那不勒斯四部曲

L'AMICA GENIALE

Elena Ferrante

我的天才女友

〔意大利〕埃莱娜·费兰特/著
陈英/译

人民文学出版社
PEOPLE'S LITERATURE PUBLISHING HOUSE

著作权合同登记：图字 01-2024-0639 号

L'AMICA GENIALE

图书在版编目(CIP)数据

我的天才女友/(意)埃莱娜·费兰特著;陈英译.
—北京:人民文学出版社,2016(2025.1 重印)
(那不勒斯四部曲)
ISBN 978-7-02-012013-0

Ⅰ.①我… Ⅱ.①埃… ②陈… Ⅲ.①长篇小说-意大利-现代 Ⅳ.①I546.45

中国版本图书馆 CIP 数据核字(2016)第 222043 号

责任编辑：卜艳冰　潘爱娟
封面设计：吉　洋

出版发行　人民文学出版社
社　　址　北京市朝内大街 166 号
邮政编码　100705
印　　制　凸版艺彩(东莞)印刷有限公司
经　　销　全国新华书店等
字　　数　190 千字
开　　本　889 毫米×1194 毫米　1/32
印　　张　10.5
版　　次　2017 年 1 月北京第 1 版
印　　次　2025 年 1 月第 35 次印刷
书　　号　978-7-02-012013-0
定　　价　65.00 元

上帝：是的，你什么时候来都可以，

我从来都没有仇恨过你的同类，

以及那些不顺从我的人，

讽刺——是我最不讨厌的行为，

人类最容易气馁，他们很快就会

进入永恒的睡眠。

因此我很乐意给他们找个同伴，

充当魔鬼的角色，刺激他们。

——歌德《浮士德》

目　录

人物表

♦ **赛鲁罗一家**（鞋匠的家人）

费尔南多·赛鲁罗：鞋匠。
农齐亚·赛鲁罗：莉拉的母亲。
拉法埃拉·赛鲁罗：所有人都叫她莉娜，只有埃莱娜叫她莉拉。
里诺·赛鲁罗：莉拉的大哥，也是鞋匠。
莉拉的几个孩子中，有一个儿子也叫里诺。
其他孩子。

♦ **格雷科一家**（看门人的家人）：

埃莱娜·格雷科：也叫莱农奇娅，或者莱农，家里的长女。后面还有几个弟弟妹妹：佩佩、詹尼和埃莉莎。
埃莱娜的父亲：在市政府做门房。
母亲：家庭主妇。

♦ **卡拉奇一家**（堂·阿奇勒的家人）

堂·阿奇勒·卡拉奇：童话中吃人的怪兽。
玛丽亚·卡拉奇：堂·阿奇勒的妻子。
斯特凡诺·卡拉奇：堂·阿奇勒的儿子，肉食店经营者。
皮诺奇娅和阿方索：堂·阿奇勒的其他孩子。

♦ **佩卢索一家**（木匠的家人）

阿尔佛雷多·佩卢索：木匠。
朱塞平娜·佩卢索：阿尔佛雷多的妻子。
帕斯卡莱·佩卢索：也叫帕斯卡，阿尔佛雷多和朱塞平娜的长子，泥瓦匠。
卡梅拉·佩卢索：也叫卡门，帕斯卡莱的妹妹，杂货店售货员。
其他孩子。

♦ **卡普乔一家**（疯寡妇的家人）

梅丽娜：莉拉母亲的一个亲戚，是个疯寡妇。
梅丽娜的丈夫：菜市场卸货工。
艾达·卡普乔：梅丽娜的女儿。
安东尼奥·卡普乔：艾达的哥哥，技工。
其他孩子。

♦ **萨拉托雷一家**（铁路职工——诗人的家人）

多纳托·萨拉托雷：检票员。
莉迪亚·萨拉托雷：多纳托的妻子。
尼诺·萨拉托雷：多纳托和莉迪亚的大儿子。
玛丽莎·萨拉托雷：多纳托和莉迪亚的女儿。
皮诺、克莱利亚以及西罗：多纳托和莉迪亚的其他孩子。

♦ **斯坎诺一家**（卖蔬菜水果的一家人）

尼科拉·斯坎诺：卖蔬菜水果的男人。
阿孙塔·斯坎诺：尼科拉的妻子。
恩佐·斯坎诺：尼科拉和阿孙塔的儿子，也是卖蔬菜水果的。
其他孩子。

♦ **索拉拉一家**（他们家有一家酒吧兼点心房）

西尔维奥·索拉拉：酒吧和点心房的主人。
曼努埃拉·索拉拉：西尔维奥的妻子。
马尔切洛和米凯莱：西尔维奥和曼努埃拉的儿子。

♦ **斯帕纽洛一家**（糕点师傅的家人）

斯帕纽洛先生：索拉拉酒吧和点心房的糕点师傅。
罗莎·斯帕纽洛：糕点师傅的妻子
吉耀拉·斯帕纽洛：糕点师傅的女儿。
其他孩子。

♦ **吉诺：**药剂师的儿子。

♦ **几位老师**

费拉罗：小学男老师，兼任图书馆管理员。
奥利维耶罗：小学女老师。
杰拉切：中学男老师。
加利亚尼：中学女老师。

♦ **内拉·因卡尔多：**奥利维耶罗老师的表姐，住在伊斯基亚岛。

引 子

| 抹去所有痕迹 |

- 1 -

今天早上里诺来电话了。我以为他又要向我要钱，我准备好了拒绝他，但他打电话却是另外一个原因：他母亲失踪了。

“什么时候的事？”

“两周前。”

“那你现在才给我打电话？”

尽管我没有生气，也没有愤怒或者被冒犯的感觉，只是有一丝讽刺，但我的语气还是让他感觉到了敌意。他试图反驳，用夹杂着那不勒斯方言的意大利语解释，但显得很拙劣、尴尬。他说，他很确信他母亲这次还是像往常一样，在那不勒斯城里晃荡。

“晚上也不回去吗？”

“你是了解她的。”

“我知道，可是两个星期不回家，你觉得这正常么？”

“是不正常。埃莱娜，你有些日子没见到她了，她的情况更糟了：她从来不睡觉，从家里出去，想干什么干什么，想什么时候回来就什么时候回来。”

无论如何，他开始担心了。他问了所有人，去所有医院问了一圈，最后甚至去了警察局，没有任何消息，还是没找到他母亲。多好的儿子！一个壮实的四十多岁的男人，一直没有正经工作，每天不过是坑蒙拐骗、虚度光阴罢了。我都能想得出，他找他母亲是多么用心。扯淡！他根本没脑子，他心里只有自己。

“她没在你那里吧？”他突然问我。

他母亲在都灵？他对情况了如指掌，只是说说而已。的确，他自己喜欢旅行，我没有邀请他，他到我家里来过十几次了。他母亲才是我热情欢迎的人，但她一辈子没有离开过那不勒斯。我答道：

“不，她不在我这里。”

“你确定？”

“里诺，别这样。我告诉你了，她不在这里。”

“那她去哪里了？”

他哭了起来，我耐着性子，让他把绝望和痛苦都展示出来。他开始假装啜泣，后来是真哭了。等他哭完，我对他说：

“拜托了。这次你要按她希望的那样：不要再找她了。”

“你是什么意思？”

“就是刚才我对你说的，找她也没用，你要学会自己生活，还有，别再给我打电话了。”

我挂了电话。

- 2 -

里诺的母亲名叫拉法埃拉·赛鲁罗，大家都叫她莉娜，除了我。这两个名字我从来都没叫过，六十多年来，我一直叫她莉拉。我要是突然叫她莉娜，或是拉法埃拉，她会觉得我们之间的友谊走到了尽头。

三十多年前，她就告诉我她想消失，不留任何痕迹。只有我知道她想表达什么。她从来都没想过逃离；从来没想过改变身份，在别处重新开始生活；她从来没想过自杀，因为一想到里诺不得不处理她的尸体，她就打消了这个念头。她的目标不是这些，而是别的：她想从人间蒸发；她想让自己的每一个细胞都消失，让关于自己的一切都无迹可寻。因为我十分了解她，至少我认为我了解她，我觉得她一定找到了办法——不留一丝毛发、从这个世界消失的办法。

- 3 -

日子一天天过去，我查看电子邮件，也查看信箱，但没有任何音讯。我经常写信给她，而她几乎从来不回复，这是她的习惯。她喜欢打电话，或是在我去那不勒斯时与我彻夜长谈。

我打开抽屉，还有用来保存各种小玩意儿的金属盒子。我其实没有很多东西，之前已经扔掉了许多，尤其是跟她有关的物品，这她也知道。我发现，我没有找到任何和她有关的东西，没有一张照片、纸条，或是小礼物。我自己都感到很吃惊。有没有可能那些年她什么也没给我留下？或者更糟的是，我不想保留任何和她相关的东西？这很有可能。

这次是我打电话给里诺，我很不情愿打电话给他。他没接家里的电话，也没有接手机。晚上方便的时候他回了电话，他说话的语气，有一种想让我难过的意图。

“我看你打过电话，你有消息吗？”

“没有，你有吗？”

“没有。”

他的话前言不搭后语。他说他想上电视，上那种关于失踪人口的电视节目。他想借助电视台做一个声明，寻求母亲的原谅，祈求她回来。

我耐心地听着，然后问他：

“你有没有看她的衣柜？”

“看衣柜干什么？”

最明显的事情，他竟然都没有想到。

“赶紧去看看。”

他去看了，这才发现衣柜里什么都没有，找不到他母亲的任何一件衣服，不管是冬天还是夏天的，一件都不在了，只剩下几只旧衣架。我让他在房子里到处找一找，看能找到什么东西。她的鞋子都消失了；仅有的几本书也不见了；所有照片也消失了；电影影碟不在了。她的电脑消失了，包括那些过时的软盘，还有其他和电脑相关的东西。她可是一位电脑高手，六十年代末她就开始使用电脑，那时候还用中间有孔的磁盘。里诺十分惊讶。

我对他说：“你慢慢找，找到的时候，打电话告诉我，看能不能找到属于她的东西，哪怕是一根别针。”

第二天他就打电话过来，非常激动地说：

“我没找到任何东西。”

“什么都没有吗？”

“没有。她把自己从合影上剪了下来，包括我小时候和她照的照片。”

“你仔细找了吗？”

“整个屋子都翻遍了。”

“地下室也找了吗？”

“我刚才说了，我到处都找了。装文件的盒子也不见了，我知道盒子里放着出生证明、电话合同，还有缴水电费的收据。这到底是怎么回事呢？难道是有人偷走了所有东西？他们在找什么呢？他们想从我和妈妈这里得到什么呢？”

我安慰他，让他放心，我说如果有人想要从他身上得到些什么东西，那是根本没有可能的事情。

“我能去你那儿待一阵子吗？”

“不行。”

“求求你，我晚上睡不着。”

“那是你的事，里诺，我也无能为力。”

我挂了电话，他再打过来，我没有接，我坐在桌前。

我想这次莉拉还是像之前一样，有些过火了。

这次她夸大了“痕迹”在整体中的比重，在她六十六岁时，现在她不仅仅想自己消失——她还想把过往生活留下的一切都彻底抹去。

我非常生气。

我对自己说，我们看看，这次到底谁会赢。我打开电脑开始写我们的故事，包括所有细节，我脑子能想起的一切。

童 年

| 堂·阿奇勒的故事 |

- 1 -

那次，我和莉拉决定爬上那段阴暗的楼梯，我们一个台阶一个台阶、一层层往上走，一直走到堂·阿奇勒[①]的家门口，就是那天我们开始了与彼此的友谊。

我记得，院子里有一种紫色的光，空气中弥漫着春天夜晚的气息。母亲们都在做晚饭，是回家吃饭的时候了，我们没马上回家，而是在彼此较劲。虽然我和莉拉从来都没有说过话，但我们在比谁的胆子大。

这种比赛已经开始有一段时间了，无论在学校里，还是在学校外，我们都一直在较劲。莉拉把自己的手甚至整条胳膊都伸进了下水道黑黢黢的洞里；我也马上把手伸进去，但我的心在怦怦跳，我希望蟑螂不会顺着我的手臂爬上来，希望老鼠不会咬我。莉拉攀上住在一楼的斯帕纽洛太太家的窗户，吊在窗子的铁栏杆上，那是绑晾衣服绳的地方。她吊在那里，摇晃着身体，然后猛地跳到人行道上。我也马上照着做了，但我很害怕掉下来摔到自己。莉拉把一枚锈迹斑斑的法国胸针扎到皮肤里，那是她在路上捡的，她一直把胸针装在口袋里，说那是一位仙女送给她的礼物。我看着那个白色的金属尖头在她手掌上留下一道白色的口子，她把那枚胸针递给我，我也照她的样子做了。

这时候，她用一种她特有的目光看了我一眼，她眼睛眯着，很坚决，然后看着堂·阿奇勒住的那栋楼。我吓呆了，因为

---

① 意大利南方也像西班牙一样，用“堂”（don）来尊称男性，也用于对神父的尊称。

堂·阿奇勒是童话中的怪兽，我绝对不能靠近他、看他、和他说话、偷窥他。我要假装他和他的家人都不存在。不仅仅是在我家，大家对于他都有一种又恨又怕的情感，我不知道这种情感是怎么来的。我父亲谈论堂·阿奇勒的方式，让我想象他是一位身材高大、满脸横肉、非常易怒的人，尽管他被尊称为“堂”，对我来说，拥有这个称呼的人，应该是那种非常平静安详的权威人士。我想象他由一些难以描述的材料构成：铁、玻璃和荨麻。但他是一个活生生的人，他的鼻子和嘴里冒着热乎乎的气息。我觉得，即使远远看见他，也会刺痛我的眼睛。假如我胆敢靠近他的家门，他一定会把我杀了。

我迟疑了一下，想看看莉拉会不会改变主意，退回去。我知道她想干什么，我徒然地希望她能忘记那件事情，但她却没有。路灯还没亮，楼道里的灯也暗着，从房子里传来让人不安的声音。要跟上莉拉的脚步，就要离开院子里微蓝的天光，进到漆黑的大门里去。我终于决定跟着她进去了，刚开始，我什么都看不见，只闻到一些旧物件，还有 DDT 杀虫剂的味道。我的眼睛最后适应了黑暗，我发现，莉拉坐在第一段楼梯的第一个台阶上。这时候她站了起来，我们开始向上爬。

我们靠着墙走，她走在我前面两个台阶，我跟在后面。我觉得很矛盾，不知道是应该赶上去缩短我们之间的距离，还是应该拉开距离。我们肩膀靠着泥灰脱落的墙壁走，这时候我有一种感觉：那些台阶非常高，要比我们楼里的楼梯高。我在发抖。脚步声，任何一种声音都是堂·阿奇勒在我们身后出现，或者是迎面走过来的声音，他拿着一把长长的刀子，像那种给鸡开膛的刀子，楼道里弥漫着油炒蒜的味道，堂·阿奇勒的妻子玛丽亚会把我扔到热油锅里，几个孩子会把我吃掉，堂·阿奇勒会把我的脑子吸出来吞下去，就像我爸爸吃鱼头那样。

我们时不时停下来，每次我都希望莉拉后退。我浑身是汗，我不知道她有什么感觉。她时不时向高处看，但我不知道她在看什么，头顶上是楼梯间灰色的大窗户。这时候灯忽然亮了，但灯光很微弱，灯上落满了灰尘，还有很多可怕的角落沉浸在黑暗里。我们停了一下，想搞清楚是不是堂·阿奇勒开的灯，然而我们什么都没听到，没有脚步声，也没有开门、关门的声音。莉拉继续向前走，我跟在后面。

她觉得自己在做一件该做的事情，而我忘记了我出现在那里的原因。唯一可以肯定的是：我在那里是因为她在那里。我们慢慢走向那些年我们最害怕的人，我们去探索、审问自己的恐惧。

上到第四级楼梯时，莉拉的表现出乎我的意料：她停了下来，等了我一会儿。我赶上她，她向我伸出手来，这个举动彻底改变了我们之间的关系。

- 2 -

那其实是她的错。在不久之前——可能是十天，也可能是一个月之前，没人知道，那时候我们不太重视时间——她拿了我的布娃娃，还忽然把娃娃扔到地窖里去了。现在我们朝上走，走向我们恐惧的人；但当她把娃娃扔到地窖时，我们不得不向下走，匆忙地奔向未知。无论是向上还是向下，我们都觉得我们在走向恐惧。尽管这些恐惧的事情在我们出生之前就存在了，但它们一直在等着我们。当时，我们来到这个世界上没多久，很难搞清楚哪些是灾难，哪些是灾难的源头，可能也觉得没必要了解这些。那些大人呢？他们在期待“明天”，在“现在”活动，“现在”之前有一个“昨天”，或者“前天”，最多一个星期前，其余的事情他们不愿意多想。小孩子不懂“昨天”的意思，也不懂“前天”和“明天”，所有一切都在“当下”：街道在这里，大门在那里；这些是楼梯；这是妈妈，那是爸爸；这是白天，那是夜晚。在我小时候，我的布娃娃可能都比我懂得多，我和她说话，她也会和我说话。她的脸是赛璐珞的，头发和眼睛也都是赛璐珞的，她身上穿着一件天蓝色的裙子，那是我母亲缝的，她难得有这个兴致，我的娃娃漂亮极了。而莉拉的娃娃是用破布块拼起来的，上面有好多裂口，我觉得那个娃娃很丑、很脏。两个布娃娃相互窥探，相互打量，假如要打雷下雨，假如有一位高大强壮、长着利齿的人要撕咬她们，她们好像会随时逃离我们的怀抱。

我们在院子里玩耍，但我们假装没在一起玩儿。莉拉坐在地上，一边是地下室的小窗子，我坐在窗口的另一边。我们喜欢这个地方，我们可以在铁网边上的水泥地上，摆上蒂娜和诺的玩意儿，“蒂娜”是我的布娃娃的名字，莉拉的娃娃叫“诺”。我们会放一些石子儿、香槟酒塞子，还有玻璃碎片在娃娃旁边。莉拉给诺说的话，我也会低声说给蒂娜，但会换个说法。假如她拿一个酒瓶塞子放到她的布娃娃头上，就好像给娃娃戴一顶帽子，我就会对着我的娃娃用方言说：“蒂娜，戴上你这顶女王王冠，不然你会着凉的。”假如诺在莉拉的怀里玩跳格子的游戏，我也会让蒂娜玩。那时候，我们还没有一起玩过游戏，甚至那时候我们一起玩的地方，彼此也没有明确约定。莉拉坐到那里，我在她周围转悠，假装要去别的地方，后来我若无其事，也坐在了地下室的窗口旁边。

最吸引我们的是地下室吹出来的凉风，无论是春天还是夏天，那里的微风都让人觉得舒服。我们还喜欢铁栅栏上的蜘蛛网、地下室的黑暗，还有因为生锈有点发红的密密铁网。我坐的一边，还有莉拉坐的那边，铁网都有些散开了，形成了两个对称的洞，通过这两个洞，我们把石子丢进去，倾听石子落地的声音，一切很激动人心，也让人害怕。因为通过那两个洞，黑暗可能会忽然夺走我们的布娃娃。有时候，我们把娃娃紧紧抱在怀里，我们经常也把娃娃放在洞口旁边，也让她们享受地下室吹过来的凉风，听下面让人害怕的窸窸窣窣、吱吱嘎嘎的声音。

诺和蒂娜都不幸福，因为我们每天感受到的恐惧也会传递到她们身上。阳光照在石头、楼房、田野、外面和家人的身上，但我们都没有安全感，我们能感觉到那些黑暗的角落，还有那种近乎让人崩溃的感情。我们把这种恐惧和不安归结于那些黑洞——整个城区下面的地窖，即使是日光下也让我们害怕的东西。比如说堂·阿奇勒，他不仅仅生活在自己位于顶层的家里，而且也存在于这些楼房的下面，他是蜘蛛中的蜘蛛，老鼠中的老鼠，他可以呈现出很多种样子。我想象他张着血盆大口，因为满嘴獠牙，他合不上嘴，他的身子是石头和玻璃做成的，身上还长着毒草。他总是拿着一只巨大的黑包，会把我们扔到地下室的任何东西都放到包里，那只黑色大包是堂·阿奇勒的象征，他一直都带着那只包，在家里也背着，他在包里放着各种东西，死的活的都有。

莉拉知道我很害怕，我的娃娃已经表达了我的恐惧，因为这个缘故，那天我们没经过商量，只是通过目光和动作，第一次交换了我们的娃娃。她刚拿到蒂娜，就把蒂娜从铁网上的洞口丢了出去，我的娃娃坠入黑暗之中。

- 3 -

在我上小学一年级时，莉拉就出现在了我的生命里，她很快就给我留下了很深刻的印象：她很坏。那个班的所有女生都有点坏，但我们不当着奥利维耶罗老师的面淘气，而她在谁面前都一个样。有一次，她把卫生纸撕成碎片，塞到墨水瓶里，然后用钢笔尖捞出来，往我们身上甩。我被她击中了两次，一次是头发，一次是我的白领子。老师像往常一样尖叫起来，声音像针刺一样，我们都很害怕。老师让莉拉站到黑板后面去，莉拉不听，她看起来一点儿也不害怕，还继续往别人身上甩沾了墨水的纸。

奥利维耶罗老师是一个比较肥胖、笨拙的女人，她那时候也就刚满四十岁，但我们都觉得她很老。她一边从讲台上下来，一边骂莉拉，这时她不知道被什么东西绊了一下，失去平衡摔倒了，脸撞到了桌角上。她倒在地板上，看起来像死了一样。

后来发生了什么，我记得不太清楚了。只记得老师一动不动，她的身体像一块黑色的包袱扔在地上，莉拉一脸严肃地看着她。

我想起了很多类似于这样的事故。我们生活的世界，大人和小孩都很容易受伤，伤口会流血，会化脓感染，有时候就死了。卖蔬菜水果的女人阿孙塔太太有一个女儿，有一次被钉子弄伤了，得破伤风死了。斯帕纽洛太太的小儿子，得哮喘死了。我的一个堂哥，他二十岁了，早上去清理废墟，晚上就被压死了。我外祖父在修建一栋楼房时死了，因为楼塌了。佩卢索先生少一条胳臂，因为出了意外，那条胳膊被车床切断了。佩卢索先生的妻子朱塞平娜有一个姐姐，二十二岁上死于肺结核。堂·阿奇勒的大儿子——我从来都没见过，但我总感觉有些印象——他去打仗，结果死了两次，第一次是淹死在太平洋里，第二次是被鲨鱼吃掉了。梅尔·奇奥莱全家人是抱在一起死的，在大轰炸期间，他们都吓得大喊大叫。老姑娘克劳林是煤气中毒死的。在我们上一年级的时候，詹尼诺上四年级，有一天他死了，因为他找到了一颗炸弹，炸弹被引爆了。路易吉娜，我们之前一起在院子里玩耍过——也可能是我记错了——伤寒要了她的命。我们的世界就是这样，充满了致命的词汇：哮喘、破伤风、毒气、战争、机床、废墟、工作、轰炸、炸弹、肺结核和传染。那些年听到的这些词汇陪伴了我一辈子，是我很多恐惧和担忧的根源。

那些看似普通的东西也能要人命。比如说一个人出了汗，如果没有先弄湿手腕，直接从水龙头上喝水，可能会满身长红点，开始咳嗽，喘不上气来死掉。也可能会因为吃黑樱桃没吐核而死掉。有时候可能吃美国口香糖，一不留神咽了下去，被卡死了。特别是，如果太阳穴挨上一拳的话，也会死掉，因为太阳穴是很关键的部位，我们都很小心，如果一块石头打中太阳穴，就会要了命，躲过石头是生存原则。学校门口有一伙乡下男生，领头的是恩佐，人称“混混恩佐”，他是卖菜的女人阿孙塔的儿子，他先向我们撇石头，他很生气，因为我们学习比他好。石头砸过来时，我们都逃开了，但莉拉没有，她还是像平时那样走路，有时候甚至会停下来。她很擅长推测石头扔过来的轨迹，不紧不慢地躲过，按照我现在的形容，她是很优雅地躲过去了。她有一个哥哥，这可能是她哥哥教给她的。我有好几个弟弟，但我从他们身上什么都没学到。我意识到她落在后面，虽然我很害怕，但我还是停下来等她。那时候我对她已经有某种情感，让我撇不下她。

在班里班外，虽然我们一直在较劲，但我和她还不是很熟，我们从来没有说过话。那时候我模糊地感觉到，假如我和其他女生一起逃走的话，我会失去某些无法挽回的东西。

一开始我藏在一个墙角，探出身子，看莉拉有没有跟来。我看到她没有动，于是不得不跑到她跟前，递给她几块石头，我自己也扔出去几块。我扔石头时不是很确信，在我的生命中，我做了很多自己都不是很肯定的事情，我觉得自己的所作所为有时候很盲目，缺乏连贯性。莉拉从小——我现在说不准，她也就六七岁吧，或者是我们一起去堂·阿奇勒家里的那次，我们八九岁的样子——她的决心一直都很大。无论是手上拿着三色笔杆，还是拿着一块石头，又或者把手放在楼梯扶手上，给人的感觉都是她很坚决。她一下子把钢笔尖扎到木头桌面上，把沾满墨水的卫生纸甩出去，拿石头打那些乡下的男生，一直走到堂·阿奇勒的家门口，她都会毫不犹豫。

这伙男生在火车站站台，用铁轨那里的石头袭击我们。恩佐是他们的头儿，他是一个非常危险的孩子，比我们至少年长三岁。他是个留级生，头发很短，是金色的，眼睛是浅蓝色的。他扔出来的石头很小，但边上很锋利，莉拉等他的石头撇过来，轻盈地躲过，这让他更加恼怒，接着扔过来的石头更加危险。有一次，我们打中了他的右脚踝，我说是“我们”打中了，因为是我递给了莉拉一块边上很锋利的扁平石头，那块石头像剃刀一样，擦过了恩佐的皮肤，留下了一道伤口，血很快就冒了出来。恩佐看着眼前受伤的腿，他的拇指和食指中间还捏着一块石头，他已经举起手臂了，这时候他惊异地停了下来，他手下的喽啰也用难以置信的眼神看着他脚踝上的血。石头打中了对手，莉拉没有任何满意的表示，她低下头去捡另一块石头。我拉住了她的一条胳膊，这是我们第一次身体接触，非常匆忙，充满惊恐。我感觉那伙男生会更加凶猛，我想把莉拉拉走，但来不及了，尽管恩佐脚踝破了，但是他回过神来，扔出了手上的石头，石头打中莉拉的额头。这时候我还紧紧地拉着她，她一下子就躺在了人行道上，头被打破了。

- 4 -

血，一般是经过激烈的争吵和肮脏的辱骂之后，才从伤口里流出来，事情总是按照这个顺序来。我的父亲——我觉得他是一个好人，但是面对一些按他的话说“不配活在这个世界上的人”，他也会破口大骂，尤其针对堂·阿奇勒，我父亲总能找到骂他的理由。有时候，我用手堵住耳朵，不想听那些难听话。当父亲和母亲说起堂·阿奇勒时，会把他称之为“你表哥”，我母亲会马上否认这种亲戚关系（他们是远房表亲），也会跟着我父亲一起骂起来。他们的愤怒让我很害怕，最让我害怕的是堂·阿奇勒可能会有听到很远地方骂他的话，我害怕他会来杀了我父母。

无论如何，堂·阿奇勒的死敌不是我父亲，而是佩卢索先生。佩卢索先生是一个木匠，非常能干，但他一直都没钱，在索拉拉酒吧的密室里，他总是把挣来的钱输光。佩卢索是我的同学卡梅拉的父亲，他有一个大儿子叫帕斯卡莱，还有两个更小的孩子。他们都是比我们更悲惨的孩子，我和莉拉有时候也会和他们玩。在学校里，在外面，他们总是会偷我们的东西：铅笔、橡皮、零食，回家时总是鼻青脸肿的，因为总是挨我们揍。

有时候我们也能看到佩卢索先生，他看起来真绝望。一方面，他赌博输掉了所有钱；另一个方面，他受到所有人的指责，因为他让家人都吃不饱。不知道是什么原因，他把这一切都归因于堂·阿奇勒，他欠堂·阿奇勒的钱，他所有的工具都被拿走了，就好像堂·阿奇勒的身体是磁铁做的，所有木工干活用的工具都被他吸走了，这样一来，那个木匠作坊就没什么用了。他骂堂·阿奇勒，后来作坊也被堂·阿奇勒收走了，变成了一家肉食店。很多年里，我都想象着那些锯子、夹子、榔头、锤子，还有成千上万的钉子，都像蜂群一样，跟在堂·阿奇勒身后；很多年里，我都想象各种各样的材料——香肠、奶酪、熏肉、猪油和火腿，像蜂群一样，从他粗糙的身体里往外冒着。

这都是我们不了解的年代发生的事情，在我们出生之前，堂·阿奇勒应该已经展示出了他那可怕的本性。“之前”——莉拉通常用这种说法，无论是在学校里还是在外面，我觉得她对于发生在我们之前的事情并不在乎。之前的事情，通常都是一些搞不清楚的事情，大人们不说，或者说的时候也闪烁其词。看起来，莉拉更在乎的是到底有没有所谓的“之前”。在当时，这就是让她不安，甚至让她烦恼的事。我们成为朋友之后，她经常会跟我谈起那些荒谬的事情——“我们之前”的事情，这让我觉得也有些焦虑。之前——那是很长很长的一段时间，我们还不存在的时间，在那段时间里，堂·阿奇勒向所有人展示了他的本性：一个很邪恶的人，身体一半是动物，一半是矿物，好像他能让别人流血，自己却从来都不会出血，你连抓一下都抓不到。

我们当时上小学二年级，可能我和莉拉还没开始说话。那时候，据说在圣家教堂的前面，佩卢索先生做完弥撒出来很愤怒，就对着堂·阿奇勒大骂起来，堂·阿奇勒撇下大儿子斯特凡诺、女儿皮诺奇娅、妻子，还有和我们年龄相仿的阿方索，忽然间露出他让人毛骨悚然的本性，一下子扑到了佩卢索身上，把他举了起来，扔向小花园里的一棵树，转身就走了。佩卢索躺在那里，半死不活，从头到脚都在流血，都来不及说一句：“救救我！”

- 5 -

我一点也不怀念我们的童年，因为我们的童年充满了暴力。在我们身上，在家里，在外面，每天都会发生各种事情。但我记得，我那时从来没觉得我们遭遇的生活很糟糕，生活就是这样，这很正常。我们在成长的过程中习得的一个责任就是，在别人使我们的生活变得艰难之前，我们不得不使他们的生活更加艰难。

当然，我也很喜欢我们的老师，还有神父那种彬彬有礼的行为方式，但我觉得他们的方式不适合我们的城区。在这里，尽管你是个女人，你也不能太客气，女人比男人斗得更凶，她们会拽头发，会相互伤害。伤害是一种疾病。从小我就想象有一种很微小的动物，肉眼几乎看不见，会在夜晚来到我们的住宅区，它们来自水塘，来自废弃的火车车厢，来自臭草、青蛙、蝾螈、苍蝇、石头和灰尘，它们会进入我们喝的水、吃的食物、呼吸的空气里。这些细微的虫子，会让我们的母亲、祖母像恶狗一样易怒。她们比男人更容易感染这种病，男人不断发火，最后他们会平息下来，但是女人呢，她们表面上很安静，心平气和，但她们会愤怒到底，停不下来。

发生在梅丽娜·卡普乔——莉拉母亲的一个亲戚——身上的事情，对莉拉影响很大，我也受之影响很深。梅丽娜和我父母住在同一栋楼里，我们住在三楼，她住在四楼。她才三十多岁，但看起来很老，她有六个孩子。她丈夫和她年龄相仿，在蔬菜水果市场给人家卸货，我记得他个子不高，很壮实，但是脸长得很英俊，满脸自豪。有天夜里，他像往常一样从家里出去，就再也没回来，可能是被杀了，也可能累死了。他的葬礼非常悲惨，整个城区的人都参加了，我父母和莉拉的父母都去了。过了一段时间，梅丽娜从外表看没发生什么变化，她还是那个干巴巴的女人，鼻子很大，头发已经花白了，声音尖锐刺耳。每天晚上，她都要从窗口一个个地呼唤孩子们的名字，每个音节都拉得很长，带着一种愤怒的绝望：艾—达！米—凯—莱！刚开始的时候，多纳托·萨拉托雷没少帮她，他住在梅丽娜楼上，也就是五楼。多纳托持之以恒地去圣家教堂，作为一个行善的基督徒，他尽心尽力为梅丽娜筹款，收集旧衣服、旧鞋子，把梅丽娜的大儿子安东尼奥安置到了他的熟人格莱西奥先生的修车铺子。梅丽娜对他非常感激，在她寂寞的女人心里，那种感激发生了变化，变成了爱和激情，也不知道萨拉托雷有没有察觉到。他是一个非常热情的男人，但也非常严肃，生活总是三点一线：家、教堂和工作。他是国家铁路系统的乘务人员，有一份固定的工资，可以很体面地养活着妻子莉迪亚和五个孩子，他们最大的孩子叫尼诺。如果他不在那不勒斯—帕奥拉的那趟车或者回程的车上，那他就在家里，修修这个，整理整理那个。他会去买东西，用小车推着最小的孩子出去散步，这种行为在我们的街区很不正常。没人想着：多纳托这么做是为了减轻妻子的负担。没有任何人那么想。整个楼里的男人，以我父亲为首，都认为多纳托是一个喜欢当女人的男人，加上他居然还写诗，还喜欢念给别人听。梅丽娜也没有想到这一点，这个寡妇更愿意相信：因为他善良，所以他就被妻子搞得俯首帖耳。因此梅丽娜决定和莉迪亚·萨拉托雷斗争到底，她要把多纳托解放出来，让他和自己结合。刚开始的时候这场残酷的战争让我觉得很有趣，无论在我家里还是在外面，人们谈起这件事情时，都会满怀恶意地笑起来。莉迪亚把刚刚洗好的干净床单晾在外面，梅丽娜会跳上阳台，手上拿着一根竹竿，一头专门用火烧黑了，用竹竿把床单弄脏；莉迪亚经过窗下，梅丽娜就会朝她脑袋上吐口水，或者倒下去一桶脏水；白天，莉迪亚在梅丽娜的头顶走来走去，加上几个闹翻天的孩子；整个晚上，梅丽娜都用拖把敲打天花板。萨拉托雷想尽一切办法想平息这场战争，但他是一个过于敏感、客气的男人。就这样，战争在不断升级，两个女人在楼道里或者路上遇见，就开始相互咒骂，骂得非常难听、激烈。从那时开始，这件事情让我觉得很害怕。我的整个童年最可怕的一个场景就是：开始是梅丽娜和莉迪亚的叫喊，随后是从窗子和楼梯上传来的咒骂声，愈演愈烈，接着我母亲打开门去看，后面跟着几个孩子，最后一个场面是这样的——对于现在的我来说，也是无法忍受的——两个女邻居扭打在一起，从楼梯上滚了下来，梅丽娜的脑袋撞到了楼梯间的地板上，离我的鞋子只有几厘米的距离，就像一只失手掉在地上的白色甜瓜。

很难解释为什么我们这些女孩子都站在莉迪亚·萨拉托雷一边。有可能是因为她长得比较标致，头发是金色的；或者是因为多纳托本身就属于她，梅丽娜想抢过来；又也许是因为梅丽娜的几个孩子都穿得破破烂烂、脏兮兮的，但莉迪亚的几个孩子都干干净净，头发梳得整整齐齐。莉迪亚的大儿子尼诺比我们大几岁，长得很帅，我们都很喜欢他。只有莉拉一个人是向着梅丽娜，但她从来都没说明为什么。有一次，她说假如莉迪亚·萨拉托雷被杀了，那她活该！我觉得莉拉这么想部分是因为她很坏，而梅丽娜是她的远亲，这也是一个原因。

有一天我们四五个女孩一起从学校回来，玛丽莎·萨拉托雷和我们走在一起。通常我们和她一起走，并不是因为喜欢她，而是因为我们希望通过她，接触到她哥哥尼诺。

玛丽莎先看到了梅丽娜，她在大路的另一边走着，走得很慢，手里拿着一个纸袋子，正从纸袋子里拿东西吃。玛丽莎指着她说，那个婊子！但语气里没有鄙视，她只是在重复着家里母亲常说的话。当时莉拉个子很小，人很瘦，她马上狠狠打了玛丽莎一记耳光，把她打倒在地。莉拉打人的时候非常冷静，就像其他施暴的场合，前后都不会叫喊，也没有任何预告，她眼睛都不眨一下，非常冷静、精确。

我先是扶哭起来的玛丽莎站起来，然后我转过身去看莉拉在做什么。她正在穿过大路，向梅丽娜走去，她根本不管来来往往的大卡车。我看到她的动作，但看不到她的脸，那时候有一种很难描述的东西，让我觉得非常不安。现在我可以这样说：她个子小小的，一头黑发，强健有力，带着她一贯的决绝和坚定。她内心很坚定地支持母亲的这位亲戚，她坚定地面对痛苦，像石雕一样沉默、坚定不移。她贴着梅丽娜站着，梅丽娜的一只手上拿着一块黑色肥皂，那是她刚从唐卡罗的店里买来的，另一只手在掰着吃。

- 6 -

就像我之前所说的，奥利维耶罗老师那天从讲台上摔下来，颧骨碰到了桌角上，我以为她死了呢，就像我外公或者梅丽娜的丈夫那样，死在了工作的地方。我觉得莉拉要承担责任，她会被判处死刑。过了一阵子——我没办法说清时间长短，什么事都没发生，只是两个人都消失了，老师和学生从我们的生活中消失了。

但之后发生的事情让人很惊异，奥利维耶罗老师活着回到了学校，她开始照顾莉拉，而不是惩罚她，惩罚她才是正常的事情，但老师却一直在表扬她。

这个新阶段始于莉拉的母亲赛鲁罗太太被叫到学校。有天早上，校工来敲门，通报莉拉的母亲来了。农齐亚·赛鲁罗马上就进来了，我几乎没有认出她来。她就像这个城区的大部分女人一样，整日都蓬头垢面，穿着拖鞋和旧衣服，但那天她是穿着节日（婚礼、圣餐礼、坚信礼和葬礼）的盛装出现。她一身黑衣，手上拿着一只黑漆皮包，高跟鞋让她浮肿的双脚很难受。她给老师带了两包东西，一包是咖啡，一包是糖，都用纸包着。

老师很高兴地接受了礼物，她眼睛看着莉拉，她对莉拉的母亲，还有全班人说的话让我有些摸不着头脑。我们都才上一年级，刚开始学字母和数字——从一数到十。我的成绩是班上最好的，我认识所有字母，能从一数到十，老师一直都在表扬我，说我字写得好，我总是能赢得三色奖章，那是老师自己缝的。然而让人惊异的是，莉拉让老师摔倒、进了医院，老师现在说班上学习最好的人是她。说她是最坏的学生倒是真的，因为她把蘸着墨水的卫生纸甩到我们身上。假如莉拉没有调皮，那老师也不会从讲台上摔下来，碰伤颧骨。而且，之前老师一直在用木棍惩罚莉拉，让她跪到黑板后面的地上。但现在作为老师，作为人，奥利维耶罗老师却非常欣喜，因为几天前，她很偶然发现了一件神奇的事情。

这时候她停了下来，好像找不到合适的词汇，或者说她要告诉莉拉的母亲，还有我们：事实要比语言更能说明问题。她拿了一根粉笔，在黑板上写了一个词（我现在不记得是哪个词，我那时候还不认字，因此我随便说一个词）——“太阳”，然后问莉拉：

“赛鲁罗，这里写的是什么？”

整个教室陷入了寂静，大家都充满了好奇。莉拉微笑了一下，看起来像做了一个鬼脸。她侧过身去，整个身子靠在同桌的身上，她同桌满脸不悦。莉拉带着愠怒念道：“太阳。”

农齐亚·赛鲁罗看着老师，她的目光不是很确信，甚至有点儿害怕。奥利维耶罗好像不明白：为什么莉拉的母亲没有和自己一样充满热情？老师不得不推测：农齐亚不识字，或者她不是很确信黑板上写的字是“太阳”，老师皱起了眉头。为了向莉拉说明情况，也为了表扬一下我们的这位同学，老师说：

“很好！黑板上的确写的是‘太阳’。”

然后她对莉拉说：

“过来，赛鲁罗，来黑板这里。”

莉拉很不情愿地走到黑板前，老师递给她一节粉笔。

“你写‘粉笔’这个吧……”

莉拉非常专注，颤巍巍、歪歪扭扭地写了个“分笔”。

奥利维耶罗老师把这个词补充完整，赛鲁罗太太看到了老师的纠正，很沮丧地对女儿说：“你写错了。”

但老师马上让赛鲁罗太太放心，她说：

“没有，没有问题。莉拉的确应该练习一下，但她已经会读书写字了，问题是谁教会她的？”

赛鲁罗太太低下了头，说：

“我没教。”

“在你们楼里，有没有人教她？”

农齐亚很有力地摇了摇头。

这时候，老师带着一种真诚的欣赏，当着我们所有人的面问莉拉：

“是谁教会你读书写字的？赛鲁罗……”

莉拉只有六岁，那时她很瘦小，黑黑的头发，身上穿着深色的罩衫，脖颈处有一朵粉色的小花。她回答说：

“我……”

- 7 -

按照莉拉的哥哥里诺的说法，莉拉大概是在三岁时，看着他的识字课本上的图片和字母学会了读书。他在厨房里做作业，妹妹总是坐在他身边，比他学得还快，还多。

里诺要比莉拉差不多大六岁，他是一个非常勇敢的小伙子。在院子里和街道上玩游戏，他玩得特别棒，特别是抽陀螺，但说到读书写字，他不是那块料。他不到十岁的时候，父亲费尔南多就开始把他带到铺子里，教给他修鞋的手艺。那个铺子位于大路背面的一条窄胡同里。我们这些小女孩遇到里诺的时候，能从他身上闻到臭脚、旧鞋面和鞋胶的味道，我们都开玩笑地称他为“小鞋匠”。他很自豪自己的妹妹学习那么好，觉得自己也有一份功劳。但实际上，他从来都没有过一本识字课本，也没有坐下来写过一分钟作业。因此说莉拉是从他的课本上学会认字是不可能的。莉拉的早慧极有可能是因为那些包鞋子的报纸。她父亲有时候会把那些报纸带回家，给家人读些有意思的新闻，莉拉因此才明白了字母的用法。

无论是哪个原因，事实是这样：莉拉会读书写字了。在那个灰暗的早晨，老师向我们展示出了这一点，我最清晰的记忆是听到这个消息之后的那种虚弱感。从第一天上学开始，我就觉得学校要比我家里好，我感觉学校是整个城区最安全的地方。每次去学校，我都很激动，我上课很专心，非常认真地听老师的话，我学到了东西。我喜欢取悦于人，尤其是喜欢取悦老师。在家里，我是父亲的掌上明珠，几个弟弟也很爱我。问题在我母亲身上，我和她的关系不怎么样。我觉得，从我差不多六岁开始，她就想尽一切办法让我明白：在她的生命中，我是多余的。她不喜欢我，我也不喜欢她。我尤其讨厌她的身体，她可能也能感觉到这一点。她头发发黄，眼睛是蓝色的，体态臃肿，她的右眼歪斜，总让人搞不清楚她在看哪里。她的右腿也不好使，她说那是一条“受挫的腿”。她走路一瘸一拐，步子让我非常不安，尤其是在夜里，她睡不着觉的时候会在走廊里走来走去，去厨房，然后又回到房间。有时候，我能听到她用鞋跟猛踩蟑螂的声音，那些蟑螂是从大门底下进来的，我想象她瞪着一双愤怒的眼睛，就像她生我气的时候。

她一定很不幸福，家务让她很累，钱一直都不够花。她经常对我父亲发火，我父亲是市政府的门房，她冲着父亲大声嚷嚷，让他想办法挣钱，要不然日子过不下去了。他们经常吵架。我父亲即使在失去耐性的时候，一般也不会大声嚷嚷。我总是支持父亲，反对母亲，尽管父亲也会打母亲，有时候对我也很凶。在我上学的第一天，是我父亲，而不是母亲，对我说："莱农奇娅，你在学校要好好学习，听老师的话，我们供你读书，如果你不好好学习，如果你不是学习最好的，你就去工作吧！爸爸需要帮手……"这些话一直都让我很害怕，尽管这些话是父亲说的，但我觉得好像是母亲的提议，是她逼父亲说的。我答应父母会好好学习。在学习上，一切都很如意，老师经常对我说：

"格雷科，你过来坐在我跟前。"

坐在老师跟前是一项很大的特权。奥利维耶罗老师旁边总是有一把空椅子，她让那些学习最好的女生坐在那里，作为一种奖励。刚开始的时候，我经常被叫到她跟前。她总是用温暖人心的话激励我，说我的金发很漂亮，这样一来，我就想表现得更加出色。在家里，母亲正好相反，她总是在指责我，有时候近乎辱骂，让我渴望躲在一个黑暗的角落里，渴望消失，让她找不到我。后来赛鲁罗太太来到班里，奥利维耶罗老师向我们展示：莉拉的学习进度已经远远超过了我们。不仅仅如此，她还经常叫莉拉坐在她身边，比叫我更频繁，这让我内心非常失落。现在事隔多年，我觉得很难清楚描述当时的感受，可能我和所有女生一样，觉得有些嫉妒。

但可以肯定的是，正好在那个阶段，我开始产生了一种担忧：尽管那时候我的腿好着呢，但我觉得自己还是很有可能变成跛子。早上醒来，我想到的第一件事情就是这个，我会马上从床上起来，检查我的腿。我特别关注莉拉，也许是因为她双腿很瘦，非常灵活，总是在动来动去，一刻不停，即使是坐在老师旁边的时候，她的脚也在踢来踢去，让老师很烦，很快就让她坐回座位。那时候我有一种信念：如果我一直跟着她的话，学她走路的样子，那刻在我脑子里我母亲的走路方式就不会威胁到我。

我决定跟着那个女生，盯紧她，即使她会很烦，即使她会把我赶走。

- 8 -

也有可能这就是我应对嫉妒和仇恨、压制这些情感的方式，或者说那是对我的自卑和感受到的魅力的一种伪装。当然，我很容易就忍受了莉拉的霸道，还有她的欺负。

除此之后，老师的态度也很明显，她的确经常让莉拉坐在她旁边，但她这样做好像不是为了奖励她，而是让她乖乖待着。老师还是继续表扬玛丽莎·萨拉托雷、卡梅拉·佩卢索，尤其是表扬我。她的表扬让我觉得自己熠熠生辉，变得更加守纪律，更加勤奋和敏锐。当莉拉不捣乱时，她很轻易就会超过我，奥利维耶罗老师先是比较节制地表扬一下我，然后会表扬莉拉。我觉得，如果萨拉托雷和佩卢索超过我，我会觉得非常沮丧；但如果莉拉超过我，我会默然接受。在那些年里，我最害怕的是在奥利维耶罗老师设定的等级里，我不是和莉拉排在一起，老师不再用骄傲的语气说：赛鲁罗和格雷科是最棒的。假如有一天她说：班里学习最好的是赛鲁罗和萨拉托雷，或是赛鲁罗和佩卢索，我可能会当场气绝身亡。因此，我用尽全力，不是想成为第一名——当时我觉得我不可能做到，而是为了不落到第三、第四名，或者最后一名。我学习特别努力，除了学习之外我还投身于很多艰难的事情，那些距离我很远的事情，就是为了跟上那个女生，那个可怕、耀眼的女生。

莉拉对我来说很耀眼，对于其他同学来说她只是很可怕。从小学一年级到五年级，因为校长的缘故——奥利维耶罗老师也是一个因素——莉拉是整个学校，甚至整个城区最遭人恨的女生。

校长会让每个班级进行竞赛，一年至少有两次，这样就能选出那些最出色的学生，还有最厉害的老师。奥利维耶罗老师最喜欢这种竞赛了，因为她一直和其他同事有矛盾，有时候简直都要打起来了。老师利用莉拉和我作为武器，证明她自己很厉害，证明她是我们城区最厉害的小学老师。因此她经常把我们带到别的班里，和其他孩子进行比赛，有男生班，也有女生班，有时候也是校长的意思。我通常是打前锋，探测对手的实力，一般我都能赢，但并不夸张，不会让别的老师和学生觉得丢脸。那时候我是一个梳着辫子的金发小姑娘，很漂亮，很乐于表现自己，但并不肆无忌惮，我很文气，招人喜爱。在背诵诗歌和口诀表、做乘除法运算、列举阿尔卑斯山山峰的名字方面，我最厉害。如果我获胜了，其他老师也会抚摸一下我的脑袋，那些学生也能感觉到我背诵那些东西费了很大劲儿，因此他们不会痛恨我。

莉拉的情况就不一样了。在小学一年级时，她就无人匹敌了。老师说如果她努力一点，就可以直接参加二年级的考试，不到七岁的她就可以跳级上三年级。之后，我们之间的鸿沟越来越大。莉拉可以心算很复杂的数学题；她听写的时候，不会出现任何一个错误；她和其他人一样，总是说方言，但如果需要的话，她会说一种书面的意大利语，有时候会用到一些很难的词汇——比如“积习”、“繁茂”、“欣然”。每次老师让她上场比赛动词时态和变位，或者做数学题，大家根本不可能心平气和地进行比赛，一般都会群情激奋。对于任何人来说，莉拉都太过强大，而且她会毫不客气地大获全胜。对于我们这些人来说，承认她的无敌，就是承认自己永远跟不上她，竞赛也没用；对于老师来说，这就意味着我们是很平庸的学生。莉拉的头脑反应太快了，她能捕捉到非常细微的东西，给人致命一击，她总是勇往直前，锐不可当。她总是穿得乱糟糟、脏兮兮的，她的胳膊肘和膝盖总是有伤疤，旧伤没有好呢，就添了新伤。她的大眼睛非常灵活，在给出精彩回答之前，总会眯成一条缝儿，她的目光一点儿也不幼稚，简直可以说有点非人类。她的每个动作都说明了一个问题：伤害她是没有用的，无论如何，她会变本加厉地还回来。

对莉拉的仇恨是大家能感觉到的，我也能觉察到：无论是男生还是女生都很恨她，但是男生表现得更加明显。实际上，有一个隐秘的原因，奥利维耶罗老师喜欢把我们带到其他女生班里，挫败那些女老师和女学生。她最喜欢把我们带到男生班里，打击那些男老师和男学生。因为一些不为人所知的原因，我们的校长很支持后一种比赛。我甚至想到了学校的老师在我们的竞赛上押了钱，可能筹码很高，但也有可能是我夸张了，这可能只是一种宣泄的方式，打破那种死气沉沉的氛围；或者让校长把那些不够能干，不够听话的老师踩在脚下。事情是这样的，我们上二年级时，有天早上，奥利维耶罗老师把我们带到了四年级的一个班里，那是费拉罗老师教的班级，卖菜女人的淘气儿子恩佐·斯坎诺在那个班，还有玛丽莎的哥哥尼诺·萨拉托雷——我喜欢的男生。

我们所有人都认识恩佐，因为他是一个老留级生。有好几次，他脖子上挂着一块牌子，费拉罗老师在牌子上写着“驴子”，他被老师拽着，在各个教室示众。费拉罗老师头发花白，剪了板寸，他人又高又瘦，脸很小，满脸皱纹，目光犀利。尼诺呢，则是一个很乖的男孩，温和安静，也很有名，我很喜欢他。当然，恩佐在学习方面是负分，我们都躲着他，因为他爱打人。我们在学习上的对手是尼诺，我们在那里还发现了另一个对手——阿方索·卡拉奇，他是堂·阿奇勒的第三个孩子，非常整洁，他和我们一样，也是二年级学生，但他看起来比他七岁的实际年龄还要小。费拉罗老师把他也叫来了，这说明他更看好阿方索，而不是尼诺，尽管尼诺要比他大两岁。

事先并没有约好把阿方索叫过来，这引起了奥利维耶罗和费拉罗老师之间的争议，但最后我们几个班合在一起，大家在一间大教室里进行比赛。老师考我们动词变位、乘法口诀、四则运算，先是在黑板上算，后来是心算。当时那场竞赛，有三件事情让我印象非常深刻：首先是阿方索·卡拉奇很快就超过了我，他不慌不忙，非常精确，即使是打败你，他也不会得意洋洋；第二件事情是尼诺·萨拉托雷，让人惊异的是，他几乎没有回答问题，他看起来很迷糊，就好像听不懂两个老师的提问；第三件事情是莉拉似乎不情愿和堂·阿奇勒的儿子比赛，好像不在乎是否能赢他。到了心算的时候，竞赛开始变得激烈：加法、减法、乘法和除法。尽管莉拉不是很积极，有时候她不回答，好像没有听到问题，但阿方索开始出错，尤其是乘法和除法。这样一来，如果堂·阿奇勒的儿子输了，那莉拉也不怎么样，他们基本上是平局。但这时候出现了一个意外，有两次莉拉不回答，或者阿方索算错了，大家都能听到恩佐·斯坎诺充满鄙视的声音，他坐在教室后面，喊出了正确答案。

这使学生、老师、校长、莉拉和我都很惊异：一个像恩佐这样懒惰、资质一般、爱耍流氓的学生，他的心算怎么可能比我、阿方索，还有尼诺都要厉害？忽然间，莉拉好像醒了过来，阿方索很快就出局了。在老师赞许的目光下，莉拉和恩佐开始决斗。

恩佐和莉拉两人一直不分胜负，比分胶着良久。忽然间，校长直接越过老师，把卖菜女人的儿子恩佐叫到了黑板前，让他站在了莉拉旁边。恩佐对着他的几个喽啰干笑了一声，有些紧张，他来到了黑板前，站在了莉拉对面，阴着脸，很不自在。他和莉拉比的还是心算，难度越来越高。恩佐用方言说出答案，就好像不是置身教室，而是在街上，老师会纠正他的说法，但答案总是对的。恩佐好像胜利在望，他非常自豪，好像也惊异于自己的能力。后来，他开始失手，莉拉在最后关头好像彻底醒来了，她眯着眼睛，非常坚定，回答非常准确。恩佐最后输了，但他不认输，开始骂人，喊出很多脏话。老师让他去黑板后面跪着，但他不愿意去，老师用教鞭敲着他的脑袋，拽着他的耳朵，把他拉到了处罚学生的角落。学校的一天就这样结束了。从那时候起，那伙男生开始向我们扔石头。

- 9 -

那天早上她和恩佐之间的较量，在我们漫长的故事中是一件非常重要的事情。从那时候开始，莉拉就表现出一些很难描述的态度。比如说，我清楚地看到：莉拉可以自己控制才能的使用。她就是这么对待堂·阿奇勒的儿子的，她不仅不想战胜他，还算计好了沉默和回答的时机，让自己不被他打败。那时候我们还不是朋友，我不能问她为什么要那么做。实际上根本就不需要问，原因我都可以猜出来，她像我一样，她也知道不仅仅不能得罪堂·阿奇勒，也不能得罪他的家人。

事情就是这样。我们不知道那种夹杂着害怕、仇恨和顺从的情绪是从哪儿来的，那是我们的父母对待卡拉奇家人的态度，这种情绪也传递到了我们身上，这种感觉很明确，就像这个街区灰白色的房子，楼梯间传出的悲惨气味，还有街上的灰尘一样具体。

尼诺·萨拉托雷没有回答问题，极有可能是为了让阿方索更好地表现自己。他只回答了很少几个问题，他那么英俊，头发梳得整整齐齐，睫毛很长，瘦弱而紧张，最后他彻底不回答问题了。为了继续爱他，我愿意认为事情就是这样，但我内心深处还是有些怀疑：他选择闭口不言，就像莉拉一样吗？我不是很肯定。我输了，因为阿方索的确比我厉害。莉拉本可以很快打败阿方索的，但她选择了打个平手。尼诺是什么原因呢？我感觉有些混乱，甚至有些痛苦：不是他不行，也不是他放弃了，现在说起来，那是一种崩溃。他小声的嘀咕，苍白的脸色，眼睛里忽然出现的血丝，那么漂亮白皙，他苍白的面孔真让我难过。

有那么一刻，我觉得莉拉也漂亮极了。通常我是那个漂亮女孩，她瘦巴巴的，像条咸鱼，身上散发着野孩子的味道。她的脸很长，太阳穴那里很窄，有两缕漆黑的直发垂在耳边。但当她决定甩掉阿方索和恩佐时，就像一位圣女战士一样被照亮，脸上浮现出一丝红晕，全身的每个毛孔都散发着热情。我第一次想到：莉拉比我漂亮，我什么都比不上她。我真希望没人能发现这一点。

但那个早上最重要的发现，是我们逃避危险的方式，逃避那些我们无法掌控、真实存在的危险。这个方法就是：我不是故意的。恩佐不是故意加入这场比赛的，他也不是故意击败阿方索的。莉拉有意击败恩佐，但她无意让阿方索出局，也不是故意让他丢脸，那只是必要的一步。这样做的缘由是我们确信：要事先规划好自己的行动，知道自己在做什么，这样就能预测后果。

实际上，后来发生的事情让我们措手不及。尽管我们都不是故意的，但还是发生了一系列事情，像火山爆发一样降临到我们身上。阿方索比赛输了，流着眼泪回家了。他哥哥斯特凡诺那时十四岁，在肉食店里（之前是木匠佩卢索的铺子）当学徒，那家肉食店是他父亲的，但堂·阿奇勒从来都不到店里去。竞赛完的第二天，斯特凡诺来到了学校楼下，对莉拉说了很多难听话，而且还威胁了她，后来莉拉也回敬了一句，斯特凡诺把她摁到墙上，想捉住她的舌头，说要用针扎她的舌头。莉拉回家后把发生的事情告诉她哥哥里诺，莉拉越说，里诺的脸就越红，眼睛亮晶晶的。后来，恩佐在回家的路上——他是一个人，那些乡下喽啰没和他在一起，他被斯特凡诺截住了，挨了很多耳光、拳头和脚踢。里诺呢，他早上去找了斯特凡诺，两人打了一架，他们势均力敌，基本打了平手。过了几天，赛鲁罗家的门被敲开，堂·阿奇勒的妻子玛丽亚大娘出现了，她对着农齐亚破口大骂。

没过多久，在某个星期天的弥撒之后，费尔南多·赛鲁罗——莉拉和里诺的父亲，他是一个鞋匠，个子很小，很瘦，——怯生生地走近堂·阿奇勒，请求他的原谅，但没说明是为何。我当时没有看到，或者是不记得了，但听说鞋匠道歉的声音非常大，所有人都听见了，但堂·阿奇勒走到一边去了，就好像没有听到鞋匠对他讲话。没过多久，恩佐和莉拉相互扔石头，莉拉弄伤了恩佐的脚踝，恩佐打破了莉拉的头，我吓得大喊大叫。莉拉头发底下在滴血，她站了起来，恩佐从路堤那里过来，他也在流血。他看到了莉拉的样子，在我们难以置信的目光下，然后出人预料地哭了起来。没过多久，莉拉最爱的哥哥里诺来到学校，在校外打了恩佐一顿，恩佐根本无法还手。里诺年龄大一些，块头很大，理直气壮。恩佐挨了打，他没有把这件事情告诉他的喽啰，也没有告诉他父亲、母亲还有堂兄弟——他们都在乡下种菜，用小推车推到城里卖。到他这儿，整个冤冤相报就结束了。

- 10 -

头被打破之后，莉拉头上包着绷带，很骄傲地出去。若有人问她，她就会把绷带解开，给别人看那道黑色的伤疤，伤疤边缘有些发红，从发际线那里伸出来。最后，她把这件事忘记了，如果有人盯着她看，看留在皮肤上的那道白色伤疤，她会恶狠狠地做个手势，意思是说：看什么看！关你屁事！她对我什么也没说，也从来没有感谢过我给她递石头，用围裙边儿给她擦流出来的血。从那时候开始，我们开始比谁胆子大，这已经和学校的事情没什么关系了。

我们经常在院子里见面。我们把各自的娃娃拿出来，假装在自己玩，假装无视对方的存在。后来我们就让两个娃娃一起玩，就好像看她们是不是很友好。那天我们坐在地下室的有破洞的通风口旁边，我们交换了娃娃，我拿着她的，她拿着我的。这时候，莉拉不动声色，把我的娃娃从通风口的破洞那里扔了下去。

我感觉到一种无法承受的痛苦，我觉得赛璐珞娃娃是我拥有的最珍贵的东西。我知道莉拉很坏，但从来没有想到她会做出这么邪恶的事情。对于我来说，我的玩偶是有生命的，地下室下面，居住着成千上万个凶残的动物，现在娃娃在下面，这让我无比的绝望。但在那时候，虽然我的眼里全是泪花，但我学会了一样东西——一样后来我非常擅长的本领，就是抑制我的绝望。莉拉用方言问我：

“你不在乎吗？”

我体会到一种极端的痛苦，但我觉得和她吵架，只会让我更加痛苦。这两种痛苦让我喘不过气来，一个已经发生，就是我失去了玩偶，还有另一种可能的痛苦，就是失去莉拉。我什么话也没有说，只是平静地做了一件事情，就好像是很自然的事情，尽管我的举动并不自然，我知道我在冒险，我只是把她的玩偶，她刚刚交给我的诺也扔到了地下室里。

莉拉用很惊异的目光看着我。

“你怎么做，我就会怎么做！”我马上大声说，表面平静，实际内心极度恐惧。

“现在，你下去给我捡回来。”

“如果你把我的娃娃也捡回来。”

我们一起下去了。那栋楼房的大门左边有一道小门通往地下室，我们知道那道小门。那道门很破败，其中一扇只有一个折页支撑着，门上有一根链条把两扇门锁在一起。门缝很宽，随便一个孩子都可以挤进去。我们就是这么做的，我们心怀恐惧，把门推开到我们能进去的宽度，我们的身体瘦小灵活，从门缝溜进了地下室。

莉拉先进去了，然后是我。我们进去之后，下了五个石头台阶，进到一个潮湿的地方。路面的高度有一个很小的孔，有光透进来，但地下室里依然非常幽暗。

我很害怕，想跟紧莉拉，但她好像很愤怒，一门心思地找她的玩偶，我们跌跌撞撞地向前走。我听到鞋底下发出吱吱嘎嘎的声音，那是玻璃、石子还有虫子发出的声音。周围有一些东西，不知道是什么：黑的、圆的、方的，有的是尖的。从窗口透进来的光，有时候会落在一些物体上面，我看到破椅子、台灯支架、水果箱子、衣柜的架子和废铁。有一样让我非常害怕的东西，看起来像是一张软塌塌的脸，上面有两个巨大的玻璃眼睛，下巴那里有一个盒子一样的东西，我看到这张脸挂在一个木质晾衣架上，表情很沮丧，我叫喊起来，指给莉拉看。她转过身，背对着我，慢慢走近那个东西，小心地伸出手，把那个东西从晾衣架上拿了下来，然后转过身来。她把那个东西戴在自己的脸上，看不见她的眼睛，只看到两只玻璃大眼睛，还有一张巨大的脸，眼眶里没有眼珠子，也没有嘴，只有黑色的长下巴，在她胸前晃荡。

这个场景深深地刻在了我的记忆里，我不是很确信，但那时候我一定是发出了一声恐惧的尖叫。她马上对我说，那是一张面具，只是一张防毒面具——她爸爸是这么叫的，他们家的储藏室里有一张一模一样的。她的声音有点儿回响，我还在发抖，吓得直叫，很明显地这让她很快把那张面具摘了下来，扔到一个角落里，一阵噼里啪啦。从窗口透进来的光线里，可以看到面具扬起了很大的灰尘。

我平静下来了。莉拉看了看四周，定位我们扔下蒂娜和诺的那个窗口。我们沿着粗糙、因潮气而结块的墙壁向前走，在黑暗中寻找，但我们的玩偶不在那里。莉拉用方言不停地说：她们不在这里，不在这里，不在这里！她用手在地上翻找，那是我没有勇气做的事情。

经过了漫长的几分钟。有一瞬间，我好像忽然看到了蒂娜，我心跳加速，伸出手去拿，但那只是揉成一团的报纸。她们没在这里——莉拉又说了一遍，她向门口走去。我觉得很茫然，我不能一个人待在地下室里继续寻找，但我也不想和她一起走开，因为没找到玩偶。

她站在台阶上说：

“娃娃是被堂·阿奇勒拿走了，他放到了一个黑包里。”

就在那时候，我觉得我好像听到了堂·阿奇勒的声音，他像蛇一样，在那些说不上名字的东西中间爬行，发出窸窸窣窣的声音。莉拉已经很灵活地从那道破门里钻了出去，为了跟上她，我只能放弃了蒂娜。

- 11 -

她说的话我都相信。我简直可以想象，堂·阿奇勒那难以描述的身体在地下隧道里跑来跑去，他双臂低垂，长长的手指，一手捏着诺的头，另一只手提着蒂娜的头。我非常痛苦。

我得了生长热，好了之后又病了，反反复复。我的感觉功能出了问题，有时候我感觉周围的每样东西都加快了节奏，物体坚实的表面在我的手指下面变得柔软，抑或物体的表层肿胀，和内部剥离开来。我觉得我自己的身体摸起来也好像是肿的，这让我非常伤心。我觉得自己的脸颊圆得像球，手上长满了伤疤，耳垂就像熟透了的花楸果，手指上全是裂口，脚也肿得像圆面包一样。

走在路上或是在学校里，我觉得空间也发生了变化。我觉得自己被夹在了黑暗的两极中间：一边是地下的气球不断地膨胀，挤压着房子的根基，以及两个玩偶掉下去的地窖；还有一只气球从上面压下来，那是住在五楼的堂·阿奇勒，他偷了我们的娃娃。这两只气球的两边好像被铁栅栏卡住了，在我的想象里，这道栅栏斜穿过房子、街道、乡村、隧道、铁轨，从上下两侧挤压着这一切。我觉得自己，还有周围每天遇到的人和事，一起被夹在了铁栏里。我觉得嘴里很苦，一直觉得恶心疲惫，就好像周围的一切都挤压过来，越来越紧，我要被挤成一堆让人作呕的糊糊了。

这场疾病很顽固，可能持续了好几年时间，一直快到青春期。我刚生病时，出乎我预料的是，出现了我人生中的第一次告白。

我和莉拉还没去楼上找堂·阿奇勒，我还沉浸在失去蒂娜的痛苦之中。我很不情愿地出门，去给家里买面包，是我母亲打发我去的。那时候我正走在回家路上，手里紧紧攥着零钱，生怕丢掉。我低着头，下巴抵着胸口在走路，我发现尼诺·萨拉托雷拉着他弟弟走在我后面。在夏天，尼诺的母亲莉迪亚让他出门时总是带着皮诺，那时候皮诺不到五岁，尼诺不得不时时带着弟弟。走到街角时，在距离卡拉奇家的肉食店不远的地方，尼诺一下子就赶上了我，但他没有超过我，而是挡住了我的去路。他把我推到墙上，空出来的那只手，挡在了我的前面，不让我逃走，另一只手拉着弟弟，他弟弟一声不吭，看着他的壮举。他气喘吁吁地说了些我听不懂的话。他脸色苍白，开始时微笑着，后来变得严肃，最后又微笑了。他用学校里学到的意大利语对我说：

“等我们长大了，我要娶你。”

然后他问我，在这之前我愿不愿意和他交往。

他个子比我要高一些，很瘦，脖子很长，有点儿招风耳，他头发蓬乱，目光很有神，眼睫毛很长。他战胜了自己的羞怯，鼓起很大勇气向我告白，这让我非常感动。尽管我也想嫁给他，但我还是回答说：

“不，我不能。”

他惊异地张大了嘴巴，皮诺这时候拽了他一把，他跑开了。

从那时候开始，每次我看到他都会绕开。尽管我觉得他非常帅，不知道有多少次，为了靠近他，我会接近他妹妹玛丽莎，只是为了和他们一起走回家。很明显，他选错了告白的时间，他不可能知道，我有多混乱，蒂娜的消失给我带来了多大痛苦，院子、楼房，还有城区都让我喘不过气来。

他总是远远看着我，有些胆怯。过了一阵子，他也开始回避我。有一阵子，他一定是担心我把他向我告白的事告诉其他女生，尤其是他妹妹。大家都知道，恩佐向糕点师傅的女儿吉耀拉·斯帕纽洛表白时，她就是这么做的。恩佐知道之后非常生气，在学校楼下和她大吵大闹，说她是个骗子，还威胁说要用刀砍死她。我本来也想把这件事情告诉别人，但最后我谁也没说。和莉拉成为朋友后，我也没把这件事情告诉她，慢慢地，我自己也忘了。

等到过了一阵子，萨拉托雷全家搬家时，我才回想起这件事情。那天早上，卖菜女人阿孙塔的丈夫尼科拉出现在院子里，还有他们在城里卖菜用的那辆破马车。尼科拉宽脸，蓝眼睛，头发和他儿子恩佐一样，也是金色的。他除了卖菜，还会帮人家搬家。多纳托·萨拉托雷、尼诺，还有莉迪亚把所有东西都搬了下来，有各种各样的破玩意儿、床垫、家具，尼科拉把每样东西都放在马车上。

楼里的女人，包括我母亲，听到院子里马车的声音，都从窗子探出头来看。我也去看了，大家都很好奇。好像国家铁路局给多纳托分了一套新房子，在国家广场附近。或者按照我母亲的说法，他们搬家是为了躲过梅丽娜的迫害，极有可能是他妻子强迫他搬家的，梅丽娜想抢她丈夫。我母亲总能看到事情糟糕的一面，这让我觉得厌恶。但事后我很快会发现，母亲说得很有道理，她的那只斜眼好像生来就是为了窥探街区的秘密。梅丽娜会是什么反应呢？我听到有人说，梅丽娜和萨拉托雷生了一个孩子，后来被弄死了，我不知道这是不是真的。梅丽娜在破口大骂时，有没有这种可能也会提到这件事情？

那时候，所有女人——大的小的——都站在窗前，也许是为了和这家人挥手告别，也有可能是为了看那个丑陋、干瘦的寡妇发怒的情景，我看到莉拉和她母亲从窗口探出身。

我在寻找尼诺的目光，但他好像在忙别的事情。就像往常这种时刻，没有一个具体的原因，我觉得非常虚弱，觉得周围的一切都开始变形。我想，他向我告白，可能是因为他知道自己要走了，在他离开之前，他要告诉我他的想法。我看到他忙前忙后，在搬装满东西的箱子，觉得很愧疚，我为自己曾经拒绝他而感到痛苦，现在他像小鸟一样飞走了。

最后，搬运家具和其他零碎物品的队伍停了下来。尼科拉和多纳托把绳子扔上去，把马车上的东西固定好。莉迪亚·萨拉托雷出来了，她一身节日的装扮，头上戴了一顶蓝色的草帽，推着一辆童车，里面是她的小儿子，旁边跟着两个大一点的孩子：玛丽莎和我差不多一样大，克莱利亚六岁。我忽然听到三楼传来摔东西的声音，几乎同时，大家都听到了梅丽娜的叫喊声，那是一种非常揪心的痛苦叫喊，我看到莉拉用手堵住了耳朵。这时候，传来了梅丽娜的女儿艾达悲痛的声音，她一直用悲痛的声音说："妈妈，别这样！妈妈！"

过了一会儿，我也把耳朵堵上了。这时候，忽然我看到有东西从窗口飞了出去，出于好奇，我把堵在耳朵上的手拿开了，想搞清楚发生了什么。梅丽娜并没有喊出什么话，而是不停地叫喊："啊！啊！啊！"就好像受伤了一样。我看不见她扔东西的手臂或者手，只能看到铜锅、杯子、瓶子、盘子都从窗子飞了出来，好像它们是自己飞出来一样。路上的莉迪亚·萨拉托雷则低头疾走，她弯着腰，护着小推车，几个孩子跟在她后面。多纳托爬上马车，趴在了他的东西上，尼科拉紧紧拉着马嚼子，马蹄子不安地踢动着。从楼上扔下来的东西摔到了马路上，弹起来，在马脚下裂成碎片。

我用目光搜寻着莉拉，看到一张和平时不一样的脸，她满脸迷茫。她应该感觉到我在看她，于是很快从窗前消失了。那辆马车出发了，马车是挨着墙走的。他们和谁都没告别，莉迪亚和四个幼小的孩子低着头，走向铁门。尼诺好像不想离开，好像那些易碎物品砸在地上，让他觉得挺遗憾的。

最后，我看到从窗口飞出来一个黑影，那是一把熨斗，纯铁的那种：把手和底座都是铁的。还没有失去蒂娜的时候，我用母亲的熨斗和她做游戏，假装那是暴风雨中的一艘船。扔下来的那把熨斗和我母亲的一模一样，也像船，尖头朝下飞出来了，"咚"的一声，落在离尼诺几厘米的地方，在地上砸了一个洞，差一点——真是差一点就要了他的命。

- 12 -

从来没有男生向莉拉表白，她从没说自己为此感到很难过。不断有男生向吉耀拉·斯帕纽洛表白，向我表白的人也很多。没人喜欢莉拉，首先是因为她瘦得像竹竿一样，脏兮兮的，身上总是有伤；其次是因为她嘴巴非常刻薄，总是给人起一些侮辱性的绰号，喜欢在老师面前炫耀自己丰富的意大利语词汇——很多没人知道的词汇。她一直和我们说一种粗俗的方言，夹杂着很多脏话，这扼杀了任何爱的萌芽。

只有恩佐对她有所表示，假如那不算是示爱，那也可以算得上一种欣赏和尊敬的表示。那是恩佐把莉拉的头打破之后很久，在他向吉耀拉·斯帕纽洛示爱之前的事。我记得，当时我和莉拉走在大路上，他跟了上来，在我惊异的注视下，递给了莉拉一个花楸果花环。

“干嘛啊？”

“可以吃呀……”

“生的？”

“你可以等熟了吃。”

“我不想要。”

“那你就扔了吧。”

恩佐说完就转身去干活了，我和莉拉笑了起来。我们很少说话，但每次一有什么事情，我们都会先笑起来。我用满怀兴趣的语气对她说：

“花楸果，我喜欢……”

实际上我在说谎，我一点儿也不喜欢花楸果。花楸果还没成熟时，我觉得那种红里带黄的颜色很诱人，在太阳底下，它们的果实很绚丽；但果子在阳台上慢慢成熟时，就会变成褐色，很软，就像小小的烂梨子一样，皮很容易去掉，里面是颗粒状的果肉，味道不错，但看起来烂糊糊的，让我想起马路上被车压扁的老鼠，让我一点胃口也没有了。我说那句话只是想试探一下莉拉，我希望她把那些花楸果递过来说：“你拿去吧！”如果她能把恩佐送给她的东西给我，我觉得那要比收到一件她自己的东西还让我高兴。但她没有给我，我还记得她把那些花楸果带回家，亲自在窗户上钉了一枚钉子，我看她把花楸果挂在上面，我有一种被背叛的感觉。

- 13 -

恩佐没有再给莉拉送其他礼物。吉耀拉把恩佐向她求爱的事情弄得众所周知，他们吵架之后，恩佐就很少出现了。尽管他在心算方面非常厉害，但他不想学习，老师没有建议他参加升初中的考试，他也不觉得懊悔，反倒觉得很高兴。他注册了技工学校，实际上，他每天都在帮父母干活。他早上起得很早，和父亲一起去蔬果市场，或者是用马拉车拉着地里种的菜来城区卖，他的学习生涯很快就结束了。

而我们几个呢，五年级快结束时，老师说我们是可造之才，可以继续学习。老师把我的父母、吉耀拉和莉拉的父母轮番叫到学校，告诉他们一定要支持我们继续学习，除了小学毕业考试，我们还要参加中学升学的考试。我费尽心机，想让父亲而不是母亲去学校和老师谈话。我母亲走路一瘸一拐的，又是斜眼，最主要的是她总是怒气冲冲；而我父亲作为市政府的门房，懂得礼貌用语。但我的算计都落空了，后来是母亲去的，她和老师谈了，回到家时表情非常阴郁。

“老师想要钱，她说那个考试很难，要孩子补课。”

“参加这些考试有什么用呢？”我父亲问。

“让她学习拉丁语。”

“为什么？”

“因为老师说她学得好。”

“如果她学得好，那为什么还要上这些收费的课呢？”

“这样一来，她的日子就好过些，我们的日子就难过了……”

他们讨论了很久。一开始，我母亲反对，我父亲不是很确定，后来父亲很慎重，开始支持我上学，母亲做出了让步，不像之前那么反对。最后他们决定让我参加考试，但是有言在先，如果我不是特别出色的话，就要马上退学。

而莉拉的父母决定不让她继续上学。她母亲农齐亚不是很肯定，她想说服莉拉的父亲，但他连商量的余地都没有，还扇了里诺一个耳光，因为里诺说这么做不对。莉拉的父母甚至不想去和老师谈，但后来校长叫他们去，农齐亚不得不去了。这个满脸惊恐的女人拒绝了奥利维耶罗的提议，老师有些不悦，但还是尽量保持平静。老师拿出了莉拉写的精彩作文，还有解出的高难度算术题，甚至是课堂绘画。莉拉无论画什么，班上的女生都很喜欢，她巧妙地模仿乔托的画法，她笔下的那些公主都很逼真：头发、珠宝、衣服和鞋子，都是在书上看不到的，在教区的电影院里也看不到。当她的提议被彻底拒绝之后，奥利维耶罗老师失去了耐性，她把莉拉的母亲拉到了校长跟前，就好像她是一个不遵守纪律的学生。但农齐亚不能做出让步，因为她没有得到丈夫的许可，她一直不停地说“不”，直到自己、老师和校长都精疲力竭。

第二天我们去学校时，莉拉用她通常的语气对我说：“无论如何，我都要参加考试。”我相信她的话，禁止她做任何事情都是没有用的，我们所有人都知道。她好像比我们所有女生都强大，她比恩佐、阿方索、斯特凡诺，还有她哥哥里诺都要强大，她比我们的父母、老师，还有可以把我们抓进监狱的宪兵更强大。尽管她外表看起来很脆弱，但是任何禁令在她面前都会失去效力。她知道如何跨越界限，但又不会真正承担后果，最后人们会做出让步。尽管很不情愿，人们还是不得不赞赏她。

- 14 -

去堂·阿奇勒家是被禁止的事情，但她一样决定去做，我跟着她去了。就是在那次，我认为没有任何东西能阻止她，她每次违背常规，总会有让人惊异的结果。

我们想让堂·阿奇勒把布娃娃还给我们。我们走上了楼梯，每上一级台阶，我都有转身跑回院子的冲动。我能感觉到莉拉紧紧拉着我的手，我很欣慰地想：她之所以那么做，是因为她估计我没有勇气一直走到顶楼，其次，她通过拉我的手给自己打气。就这样，我们并肩向前走，我走在靠墙的那边，她走在有扶手的那边，我们的手紧紧地握着，汗津津的。我们走上了最后一段楼梯，来到了堂·阿奇勒家门前，我的心跳得很厉害，我从耳朵里都能听到自己的心跳，但我安慰自己，那也可能是莉拉的心跳声。从房子里传出声音，可能是阿方索、斯特凡诺或者皮诺奇娅的声音。莉拉默不作声，在门前待了很长时间，最后摁了门铃。很长时间都没动静，后来我们听到拖鞋的声音，是玛丽亚给我们开的门，她穿着一件褪色的绿色家居服。她说话的时候，我看到她嘴里的金牙亮晃晃的。她有些惊异，以为我们找阿方索。莉拉这时候用方言说：

“不是，我们找堂·阿奇勒……”

“说吧，什么事儿。”

“我们要跟他说……”

那女人喊了一声：

“阿奇……”

又听到一阵脚步声。

从暗处走来一个非常粗壮的男人，他上身长下身短，胳膊也很长，到膝盖那里。他嘴上叼着烟，烟燃着，他粗声粗气地问：

“谁啊？”

“鞋匠的女儿，还有格雷科的大女儿……”

堂·阿奇勒来到了亮光处，这是我们第一次清楚地看到他。他身上没有矿石，也没有亮晶晶的玻璃片，他的脸是肉长的，脸很长，头发耷拉在耳朵上，脑袋中间光秃秃的。他眼睛很亮，眼里有血丝，嘴很大，嘴唇很薄，下巴很长，中间有个窝。我觉得他很丑陋，但没有我想象中的那么丑。

“说吧。”

“布娃娃的事。”莉拉说。

“什么布娃娃？”

“我们的布娃娃。”

“这里没有你们的布娃娃……”

“您从地窖里拿了我们的布娃娃。”

堂·阿奇勒转过头，对房子里喊了一句：

“皮诺奇娅，你有没有拿鞋匠女儿的布娃娃？”

“我没有。”

“阿方索，你有没有拿？”

传来一阵笑声。

我不知道莉拉哪儿来的勇气，她非常坚定地说：

“布娃娃是您拿走的，我们看到了。”

这时候，他沉默了一下，问：

“你说是我拿的？”

“是的，您把娃娃放到了您的黑包里了。”

那男人听到最后这句，眉头皱了起来，有些厌烦。

我简直不敢相信，我们就站在那里，面对着堂·阿奇勒，莉拉用那种方式和他说话。他有些不安地看着莉拉，我们能隐约看到他身后的阿方索、斯特凡诺和皮诺奇娅，玛丽亚在往桌上摆餐具。我简直不能相信他是一个普通人，个子有点低，有点秃顶，四肢不是很匀称，但他是一个普通人，因此我时刻防备着他变形。

堂·阿奇勒重复了一遍莉拉的话，就好像他不明白那句话的意思：

“我拿了你们的布娃娃，我把娃娃放在黑包里了？”

我感觉到他没有生气，而是忽然间变得很痛苦，就好像确认了一件他已经知道的事情。他用方言说了一句什么，我没听明白。这时候，玛丽亚喊道：

“阿奇，饭好了。”

“我马上来。”

堂·阿奇勒把一只大手伸向了屁股后面的口袋里。我们的手握得紧紧的，觉得他肯定会掏出一把刀来，但他却拿出一只钱包，他把钱包打开，看了一眼，然后给了莉拉一些钱，我不记得数目是多少。他说：

“你们拿去吧，去买布娃娃吧。”

莉拉抓过钱，拉着我跑下了楼梯。他从护栏探出身子，喊了一句：

“你们要记住，布娃娃是我送给你们的。”

我一边防备着从楼梯上摔下去，一边用意大利语回答说：

“祝您用餐愉快！晚安！”

- 15 -

过了复活节之后，吉耀拉·斯帕纽洛和我开始去老师家上课，为中学入学考试做准备。老师就住在圣家教堂对面，她的窗子对着花园，从那里可以看到茂密的田野，还能看到铁路上的一排电线杆。吉耀拉来我家窗户底下叫我，通常我已经做好准备了。我喜欢上这种小课，我记得是一个星期两次。在上完课之后，老师总是会给我们吃些心型点心，让我们喝点儿汽水。

莉拉没来过，因为她父母不愿意付钱给老师。我们已经是好朋友了，莉拉一直对我说，她要参加中学入学考试，要和我在一个班上课。

“书怎么办？”

“你可以借给我。”

这时候，她用堂·阿奇勒的钱买了一本《小妇人》。她决定买这本书是因为她读过，而且非常喜欢。我们上四年级时，奥利维耶罗老师给我们几个成绩比较好的女生一些书看，分给莉拉的是《小妇人》，还附上了一句话：“这本书是大人看的，但对你来说很合适。”老师分给我的书是《爱的教育》，关于这本书，她一个字也没有说。在很短几天里，莉拉把《小妇人》和《爱的教育》都看完了，她说《小妇人》写得太棒了，《爱的教育》简直没法比。但我没时间读《小妇人》，我在设定的还书期限之前很吃力地读完了《爱的教育》。我读书很慢，到现在还是这样。莉拉把书还给奥利维耶罗老师时，她很懊悔没再看一遍《小妇人》，另一个遗憾是她没法和我交流，因为我没看过。一天，莉拉在路上叫住我，我们一起去池塘边，用一只金属盒子把堂·阿奇勒给我们的钱装起来埋在那里。我们拿了钱，到文具店里问老板娘约兰达那些钱够不够买本《小妇人》。那家商店的橱窗里一直陈列了一本《小妇人》，已经被太阳晒得发黄了。她说钱够了。我们一买来那本书，就一起在院子里看了起来，有时候是朗读，有时候只是默读。我们一起读了好几个月，看了那么多遍，后来那本书变得很脏，书脊脱落，书页散开，装订线也开了，但那是属于我们的书，我们非常喜欢它。那本书由我来保管，我把书藏在课本中间，因为莉拉觉得没办法把那本书放在自己家里，那段时间，他父亲一看见她读书就会发火。

里诺一直是护着她的，谈到升学考试的问题时，他和父亲之间经常会爆发争吵。里诺那时候已经快十六岁了，脾气很大，他开始要求父亲给他付工钱，理由是：他早上六点起床，在店里一直工作到晚上八点，他要一份工资。但他的话让父母都很气愤，里诺有睡觉的地方，有饭吃，为什么还要钱呢？他的任务是减轻家里的负担，而不是从家里拿钱。但他一直坚持说，他那么卖命干活，一分钱都没有，这实在不公平。这时候费尔南多·赛鲁罗强忍着怒火，回答他说："我已经付钱给你了，里诺，我把我的手艺交给你，已经是很好的待遇了，你不仅仅会学会钉掌、缝边、换鞋底，你爸爸会的所有手艺，迟早都要传给你，你很快就会学会所有技艺，做出一双完整的鞋。"但这种传授技艺的报偿方式让里诺很不满意，所以他们经常拌嘴，尤其是在吃晚饭的时候，他们开始谈钱，然后为莉拉的事情吵架。

“如果你付钱给我的话，我来供她读书。”

“读书？为什么要读书，我读过书吗？”

“没有。”

“你读书了吗？”

“没有。”

“那为什么你妹妹要读书？而且她还是女孩……”

他们的争吵基本上以里诺挨一记耳光收场，尽管并非有意，但他对父亲总是表现得很失敬，里诺一般不会流眼泪，他总是恶狠狠地请求父亲原谅。

父亲和哥哥争论的时候，莉拉一般会保持沉默。她从来都没跟我说过她对自己父亲的看法，我感觉我全身心地痛恨我母亲，从内心深处痛恨她，但她却不恨他父亲。她一直说父亲很好，说他算账时总是让她来算；她说父亲对别人说，女儿是整个街区最聪明的人；她说过命名日的时候，早上她父亲会亲自端一杯热巧克力，还有四片饼干到她床前。但真没办法，他就是不接受莉拉继续上学的事，因为他的经济条件不允许：家里人口多，都靠一个小铺子养活，他有两个没嫁出去的姐姐，还有农齐亚的父母要赡养。跟他说上学的事情，就像对墙说话一样。莉拉的母亲也基本赞同她父亲的观点，只有哥哥的想法不一样，他站出来勇敢地和父亲做斗争。莉拉呢，因为我不知道的原因，她总认为哥哥能赢，他会拿到工资，掏钱供她读书。

“如果要付学费的话，他会替我付的。”她向我解释。

她很确信，哥哥会给她买课本的钱，甚至是买钢笔、文具盒、水彩、世界地图、围裙和蝴蝶结的钱。她很爱自己的哥哥，她对我说，上完学之后，她想赚很多钱，唯一目的就是让她哥哥成为整个街区最有钱的人。

财富成为我们小学那几年最关注的问题。我们谈论这个问题，就好像小说里描写的寻宝故事。我们说：发财以后，我们做这个，我们做那个。听起来好像财富就藏在街区的某个角落里，在保险箱里，一打开就会金光闪闪，就等着我们找到它了。不知道为什么，后来事情发生了变化，我们开始把财富和上学联系在一起。我们想如果自己努力读书，这样就可以写书，可以靠写书发财。对于我们来说，财富是一堆堆耀眼的金币，存放在无数箱子里，只要好好学习，写一本书，就可以得到这些财富。

"我俩一起写吧。"莉拉有一次说，这个提议让我很欣喜。

她产生这样的想法，可能是因为她发现《小妇人》的作者挣了好多钱，她把赚的钱分给了家人，但我不敢肯定。我们商量了一番，我说我们可以在入学考试之后开始写。她表示同意，但她没能等到那个时候。我和斯帕纽洛下午在老师家补习，我忙于学习，而她却比较空闲，她开始一个人写了，没有等我，她要写一篇小说。

她把写好的小说带给我看时，我有些难过，但我什么也没有说，我压抑着自己的失望，表示很高兴。那是在格子本上写的十几页文字，折起来，用一个裁缝用的别针别了起来。在封面上，她用彩色笔画了画儿。我还记得那部小说的标题叫《蓝色仙女》，小说激情洋溢，里面有很多很生涩的词汇。我说她可以让老师看看，她不愿意，我再三请求她，她让我带给老师看，其实我不是很确信，但我点头同意了。

有一次，我在奥利维耶罗老师家里上课，我利用吉耀拉上厕所的机会，拿出了《蓝色仙女》。我说那是莉拉写的一个非常精彩的故事，她想让老师看看。在过去的五年里，无论莉拉多调皮，老师都对她所做的一切充满热情，但那时候她只是冷冰冰地回答说：

“你告诉赛鲁罗，让她好好准备一下小学毕业考试，不要在那里浪费时间。”虽然她留下了莉拉的小说，但她把小说撇在桌子上，看都没看一眼。

老师的态度让我很迷惑。发生了什么事情？她生莉拉母亲的气了吗？她也在生莉拉的气吗？我朋友的父母没有付钱给她，这让她很窝火吗？我不明白。几天之后，我小心翼翼地问老师有没有看《蓝色仙女》。她用一种异乎寻常的语气——非常隐晦，就好像只有我们俩才能真正理解——回答我：

“你知道什么是庶民吗？格雷科。”

“是的，罗马帝国的平民，当时有庶民的民权保卫者。”

“当庶民是一件很糟糕的事情。”

“是的。”

“假如一个人想一直做庶民，那他的孩子、孙子，都会命若草芥，不值一提。你不要管赛鲁罗了，为你自己考虑吧。”

关于《蓝色仙女》，老师一直什么也没有说，后来莉拉问了我两次，最后不了了之。她有些沮丧地说：

“我一有时间，就重新写一部小说，之前写得太糟糕了。”

“写得很好啊。”

“写得太恶心了。”

但她不再那么活跃，尤其是在上课的时候，有可能她意识到，奥利维耶罗已经不再表扬她了。有时候莉拉表现得过于优秀，甚至让老师很烦。

每次竞赛的时候，莉拉还是胜出的那个，但不像之前那么肆无忌惮。在竞赛结束时，校长会考考我们几个没被淘汰的人——

也就是莉拉、吉耀拉和我，校长亲自出题，难度非常高。吉耀拉和我费了很大的力气，但没有做出来。莉拉是最后一个投降的，她眼睛眯成了一条缝，用一种羞怯的语气——一种不常见的语气，说她解不了这道题，题目本身可能有问题，但不知道是什么问题。奥利维耶罗老师破天荒地教训了她一通，她看着莉拉站在黑板前，手上拿着粉笔，非常单薄、苍白，说了一连串非常刺耳的话。我觉得很难过，我受不了莉拉下嘴唇颤抖，快要失声痛哭的样子。

最后，奥利维耶罗冷冰冰地总结道："当你不会做一道题时，你不能说这道题出错了，而是要说：'我解不出来。'"

校长一句话也没有说，在我的记忆里，那天就这么结束了。

- 16 -

在小学毕业考试之前，莉拉促使我做了一件事情，一件我一个人永远也没勇气做的事：我们决定逃学，走出我们居住的城区。

这是从来没有过的事情。自记事以来，我从来都没有远离过我家住的那栋五层的白色楼房，没有远离过院子、教堂和小花园，也从来没想到过远离这个城区。有火车不断经过这里，也有很多汽车和卡车经过大路。记忆里，我从来都没问过父亲或者老师：这些汽车、卡车，还有火车开往哪里？它们去哪个城市？哪个世界？

莉拉对于外面的世界也没有表示出特别的兴趣，但那次出行是她策划的。她让我告诉我母亲说，我们所有女生放学之后都会去老师家参加期末的聚会。尽管我提醒她，老师从来都没有邀请过所有女生去她家里参加过什么聚会。她说正是因为这个缘故，我们才要这么说。这件事情很特殊，我们的父母不会厚着脸皮，问学校有没有这回事。我像往常一样相信了她的话，就按她教的对我家人说了，我家里人都相信了，不仅仅是父亲和弟弟，连我母亲也信了。

出行前一天晚上，我激动得无法入睡。这个城区外面是什么，在我熟悉的这个区域之外会有什么呢？我们后面有一座小山，山上有很多树木，零星的几座建筑，还有闪闪发光的铁轨。在我们前面，大路另一边有一条沿着池塘的路，坑坑洼洼的。从小区门出去，在广阔的天空下，右边是一望无垠的田野，田野里一棵树也没有；左边有一条隧道，有三个出口。天气好的时候，如果我们一直走到铁轨那里，穿过一些低矮的房子、凝灰岩墙，还有浓密的树林，就能看到维苏威山，那是一座火山，一座蓝色的山脉，有一高一低两个山顶。

我们将要看到的情景和每天眼皮底下的所有东西都不一样，或者说和我们爬上山丘看到的景色都不一样，这让我们很振奋。学校的课本上通常详细地描述了一些我们从来没有见过的东西，让我们很激动。莉拉说，在维苏威火山方向有大海，里诺去过那个地方，他说那里的海水是蓝色的，波光粼粼，非常漂亮。尤其是夏天周末的时候，冬天也一样美，他和朋友一起去那里游泳，他答应带她去一次。当然，里诺不是唯一见过大海的人，还有其他我们认识的人也见过大海。有一次，尼诺·萨拉托雷和他妹妹玛丽莎提到过大海，对于他们来说，大海是一件稀松平常的事情，他们时不时去海边吃牡蛎和其他海鲜。吉耀拉·斯帕纽洛也去过那里，吉耀拉、尼诺和玛丽莎都是幸运的孩子，因为他们的父母会带他们到很远的地方去散步，不只是在教堂前面的小公园里走几步而已。我们的父母不一样，他们没时间，没钱，也没有那个意愿。说真的，我好像隐约记得大海的蓝色，我母亲说在我小时候她带我去过，她那时候去海边做沙浴，治疗那条有毛病的腿。但我都不怎么信母亲的话。莉拉说她没见过大海，不知道海是什么样的，我说我也不知道。就这样，她打算和里诺一样去看海，她决定一个人动身去看海，她说服我陪她去，我们第二天就走。

我起床很早，做好了一切准备，就像要去学校一样，我把面包泡在热牛奶里，带着书包和围裙。我像往常一样在大门口等莉拉，只是我们没有向右边走，而是穿过大路，往左向隧道方向走去。

那时候虽是清晨，但天气已经很热了。太阳底下，有很浓烈的青草和泥土的气息。我们穿过高大的灌木丛，走上了那些我们不熟悉的小路，向轨道走去。我们到了一根电线杆那里，把上学穿的围裙脱下来放进书包，然后把书包藏在灌木丛里。我们向田野走去，我们对那片田野倒是很熟悉，非常激动地顺着一条斜坡跑了下去，这条坡通往隧道一个比较隐蔽的地方。隧道口非常黑，我们从来都没有进去过。我们手拉手走了进去。那是一条长长的通道，出口那里的光亮好像距离我们很远。后来，我们的眼睛习惯了隧道的黑暗，我们听到自己的脚步声，很响亮，还看到隧道墙壁上有一道道水流下来，亮晶晶的，地上有大片积水，我们走得很小心。这时候，莉拉大叫一声，然后笑了起来，她的声音好像炸开来一样，回声很大。接着我也喊了一声，也笑了起来。这段路我们一直在大喊大叫，有时候一起喊，有时候各自喊：又笑又叫，又叫又笑。我们很高兴听到自己的叫喊产生的回音，紧张的心情得到了缓和，我们开始了旅行。

我们的时间很多，在这段时间里，我们的家人谁也不会找我们。当我想到自由的美好时，我就会想到这一天的开始。当我们从隧道里出来，眼前是一条笔直的大路，望不到尽头。里诺之前告诉莉拉，走完这条路，就会到走到海边。我内心充满了进入未知世界的喜悦，这和我下到地下室，或者爬上堂·阿奇勒家的楼梯感觉完全不一样。那天有云，太阳不是很烈，能闻到一股烧焦的味道。我们沿着一条倒塌的墙壁向前行走，墙上长满了野草，路边有一些低矮的房子，我们听到有人说话，说的是方言，有时候也能听见喇叭声。我们看见一匹马嘶叫着从路边跑下来，穿过马路；我们看到一个年轻女人在用篦子梳头，把头发里的虱子篦出来；我们看到一帮流着鼻涕的小孩在路边玩，他们看到我们就停了下来，凶恶地看着我们；我们还看到一个肥胖的男人，穿着背心，他从一个房屋摇摇欲坠的院子里出来，解开裤子，对我们露出他的阴茎，但我们一点儿也不害怕。恩佐的爸爸堂·尼科拉有时候会让我们摸他的马；我们院子里的小孩也很凶；还有堂·密密那个老东西，每次我们从学校回来，他都会当着我们的面，把他那个让人恶心的玩意儿暴露出来。我们在那条大路上走了至少三个小时，我觉得看到的东西和我们每天面对的现实没有什么差别。我感觉到带路不是我的责任。我们手拉着手，并肩向前走，但对我来说，就像莉拉走在我前面十步一样，她清楚地知道该做什么，该去哪里。我已经习惯于跟着她，我确信她比我强，像在其他方面一样。她知道去的路，来回所需要的时间，还有到海边的路程。我觉得她脑子里已经算计好了，周围的世界永远不会打乱她的计划。我沉浸在自己的快乐里，我记得有一种淡淡的光，好像来自大地深处，而不是来自天空，但从表面上看来，这种光是一种贫穷、肮脏的光。

后来我们累了，又饿又渴，这是我们预料之外的事。莉拉走得慢了下来，我也慢了下来。有两三次，我发现，她好像很懊悔让我做了这件事情。发生了什么事情？我发现她一直向后看，我也向后看。她的手开始出汗，我们离开那条隧道很长时间了，已经看不到隧道了，那是我们城区的边界。现在，眼前的路开始变得非常陌生，不断地向前延伸。人们好像对我们的命运漠不关心，周围的一切变得荒凉：有丢弃的破桶、烧过的木头、汽车的骨架，还有断了辐条的车轮、破烂家具和生锈的铁器。为什么莉拉要看着四周？为什么她不再说话？有什么不对劲的地方吗？

我仔细地看了看四周，天空一开始很高远，现在好像阴沉了一些。我们的身后变得黑压压的，天上有大片厚重的乌云，就好像被树木和路灯支撑着。在我们前面，还是明亮的日光，但那片发紫的阴暗好像要把这道光吞没，能听见远处传来雷声。我很害怕，但最让我害怕的是莉拉的表情，我从来没有见过她那种表情。她张着嘴，眼睛瞪得很大，很焦虑地看着前后左右，她握着我的手越来越紧了。我心想，有没有可能她也害怕了？发生了什么事情？

天开始落雨，雨滴落在大路的灰尘上，留下一个个褐色的泥点儿。

“我们回去吧。”莉拉说。

“那大海呢？”

“太远了。”

“家呢？”

“也很远。”

“那我们还是去看海吧。”

“不行。”

“为什么呢？”

我从来都没见过她那么焦虑，有什么事情让她欲言又止，她无法决定是否告诉我，拉着我就回家了。我不明白：为什么我们不继续走下去呢？我们还有时间，大海应该已经不远了。假如要下雨的话，无论是向前走还是回家，我们都一样会被淋湿。这种分析问题的方式是我从她那里学到的，我很奇怪她为什么不那么想。

一道紫色亮光劈开黑色的天空，雷声更大了。莉拉拽了我一下，我不是很确信地向我们城区的方向跑去。起风了，雨滴越来越密，几秒钟之内就成了瓢泼大雨。我们俩都没有想到找个地方避雨，而是很茫然地在雨中奔跑，衣服已经湿透了。我们光脚穿着旧鞋子，脚下已经变得泥泞湿滑。我们跑得喘不上气来。

后来我们跑不动了，就慢下来。电闪雷鸣，大路两边流淌着雨水，卡车飞速地开过，声音很大，扬起一阵阵泥水。我们走得很快，内心很慌乱。那天先是瓢泼大雨，后来是小雨，雨停了，天空是灰色的。我们浑身湿透了，头发贴在额头上，嘴唇冻得发紫，眼睛里充满惊恐。我们重新经过隧道，爬上山坡，那些落满雨水的灌木丛掠过我们的身体，让我们浑身颤抖。我们找到了书包，把干围裙穿在湿漉漉的衣服上面，朝家里走去。我们的眼睛一直看着脚下，莉拉没有拉我的手，气氛有些僵。

我们迅速发现一切都超出我们的计划。放学的时候，乌云密集，我母亲拿着伞来到学校，想送我去参加老师家的聚会。她发现我不在学校，而且也没有什么聚会，找了我好几个小时。我远远看见她一瘸一拐的身影，马上从莉拉身边跑开，我希望母亲不要怪罪莉拉，就跑向了母亲。没等我开口，脸上就劈头盖脸地挨了耳光，母亲还用伞打我。她大喊大叫，说下次如果发生这样的事情，她一定会杀了我。

莉拉满不在乎，因为她家里谁也没有发现。

晚上，我母亲把发生的事情告诉了父亲，让父亲教训我。父亲有些恼火，但他不想打我，最后他们吵了起来，先是父亲打了母亲一个耳光，后来他很生自己的气，就打了我一顿。整个晚上，我都想搞清楚到底发生了什么事情：我们本来是去海边的，但是我们没去成，我白白挨了打。后来我们的态度发生了神奇的转变：尽管天开始下雨，我还是想继续走下去，觉得自己远离了所有人和事，去遥远的地方——这是我第一次发现的东西，这让我忘记了所有担忧；但莉拉却反悔了，那是她的计划，下雨之后，她放弃了大海，决定回到我们居住的城区。我很难理解这件事情。

第二天，我没在小区门口等她，一个人去上学了。我们在小花园里见面，她看到我手臂上的青印，问我发生了什么事情。我耸了耸肩膀，事已至此，说什么也没用。

“他们打你啦？”

“那他们还能怎么做呢？”

“他们还让你去上拉丁语课？”

我很不安地看着她。

她拉着我去远行，心里其实是希望我父母惩罚我、不让我上中学，有没有这种可能？或者说，她急匆匆把我带回来，是为了避免我遭受惩罚？或者——今天的我在想——是不是她在不同时候，都想到了这两种结果？

- 17 -

我们一起参加了小学毕业考试。当莉拉看到我还要参加中学入学考试，就马上失去了劲头。这时候，发生了一件让所有人都惊异的事情：在这两场考试中，我所有课程都是满分十分；而莉拉的小学毕业考试，其他课程都是九分，算术得了八分。

她没有对我说任何不满或者愤怒的话。她开始和卡梅拉·佩卢索来往甚密，卡梅拉是那个赌钱的木匠的女儿，就好像对她来说，有我做朋友还不够。我们迅速结成了三人团体，在这个团体里，我在学校考试是第一名；但三人在一起时，我的位子很靠后，几乎总是排在第三位。她们俩一直在说话，开玩笑，说得准确一点，是莉拉在说话、开玩笑，卡梅拉在兴致勃勃地听。我们在教堂和大路中间散步时，莉拉总是走在中间，我们走在两边。如果我察觉到莉拉距离卡梅拉近一点，我会很痛苦，想马上回家。

在最后一个阶段，莉拉看起来很茫然，像是中暑了。天气很热，我们时不时用喷泉把头发打湿。我记得她的头发湿漉漉的，脸上全是水，她还是不停地说第二年我们一起上中学的事情。那是她最爱谈论的话题，她谈论这些时，就好像在谈论她要写书发财一样。当她谈论中学时，一般都是对着卡梅拉·佩卢索说的，卡梅拉小学毕业考试每门课程都得了七分，她没参加升中学的考试。

莉拉特别擅长讲话，好像一切都是真的：我们将来的学校和老师。这让我觉得很好笑，也让我很担忧。一天早上，我打断了她：

“莉拉，你不能去上中学，你没参加考试。你和佩卢索都上不了中学。”

她生气了，她说无论考不考试，她都会去的。

“卡梅拉也去吗？”

“她也去。”

“不可能。”

“你就等着瞧吧！”

我的话可能让她很受震撼，从那时候开始，她不再谈论我们将来一起上学的事，变得沉默了。最后她忽然又下定了决心，开始折腾她的家人，说她想学拉丁语，就像我和吉耀拉·斯帕纽洛一样。她尤其是生里诺的气，因为他答应帮助她，却没有做到。跟她说什么也没用，她变得很不讲理，很蛮横。

夏天来了，她开始用一种很难形容的态度对待我。我看得出她很焦虑，和以前一样有攻击性，我很高兴，因为我了解她，同时我也感觉到，在她那种惯用的方式背后隐藏着痛苦，这让我很难受。她很痛苦，我不喜欢她痛苦。我更喜欢那个和我不一样的她，那个不会有焦虑的莉拉。我发现她的脆弱之处，这让我觉得很不舒服，这种不舒服暗地里转化成了一种优越感。一有机会，尤其是卡梅拉·佩卢索没和我们在一起时，我就小心翼翼地提醒她：我的成绩比她好，我要去上中学了，她却不能去。我不再跟在她后面，而是超越了她。我觉得这是我人生中的第一次成功。我能察觉到她比之前更刻薄，不仅仅对我，而且是对她的家人。

有时候，我在院子里等她，听见她的叫喊声从窗口传了出来。她在骂人，比骂街还难听，还伤人。我听到她那样骂人，想到了规矩和尊敬，我觉得她不应该那样和大人说话，包括和她哥哥。她的父亲费尔南多只有五分钟耐心，之后会发怒，就像其他父亲一样。如果莉拉不惹他的话，他是一个热情、客气的人，一个了不起的鞋匠。他长得像一个叫兰道夫·斯科特的美国演员，但毫不精致，要比那个演员粗糙得多，他不会穿浅色衣服。他留着大胡子，黑色的胡子一直长到眼睛下面；他的手很宽大，指甲里全是黑色的污垢；他很爱开玩笑，有时候我去莉拉家里，他用食指和中指捏住我的鼻子，假装把我的鼻子揪下来了，他想让我相信他偷走了我的鼻子，鼻子在他的手里挣扎，想回到我脸上，我觉得非常好玩。但假如里诺、莉拉，或者其他孩子让他发火了，从路上都能听见他怒吼的声音，这让我也很害怕。

在炎热的季节，我们在外面一直待到吃晚饭的时间。一天下午，不知发生了什么，那次莉拉没出现，我在窗下叫她，他们家住在一楼。我大喊着："莉拉！莉！莉"我的声音和费尔南多，还有他妻子的叫喊声融为一体，中间还夹杂着我的朋友莉拉倔强的喊声。我听得非常清楚，正在发生一件我非常害怕的事情，从窗口传出撕心裂肺的那不勒斯方言，还有东西摔碎的声音。表面上听起来，这和我们家发生的争吵没什么差别，我母亲因为钱不够用而发火，我父亲因为母亲已经把他的工资花了大半而愤怒。我父亲发火时会控制自己，那是一种悄无声息的怒火，他会压抑自己的声音，尽管他气得脖子上青筋暴露，眼睛发红。费尔南多则会大声嚷嚷，摔东西，愤怒会越烧越旺，停不下来，如果他妻子尝试阻止他，只能让他更加愤怒，尽管和妻子无关，他也可能会动手打她。实际上，他们家的争吵和我们家的有本质差别。我还是在叫莉拉，我想把她从那场充斥着叫喊、咒骂和破坏的暴风雨中拉出来。我大声喊道："莉拉！莉拉！"但她没听到，还在和她父亲争吵。

我们当时十岁，已经快过十一岁生日了。我变得越来越丰满，莉拉还是小个子，非常瘦弱、轻盈。忽然间，争吵声停了下来，过了几秒钟，我看到我的朋友从窗子飞了出来，经过我的头顶，落在了我身后的地上。

我顿时目瞪口呆。费尔南多从窗子探出头来，还继续在痛骂女儿，是他把莉拉扔出来的，就像扔一件东西。

我恐惧地看着她，她试着站起来，做了一个近乎开玩笑的鬼脸，说："我没事。"

但她在流血，她的一条胳膊摔断了。

- 18 -

对于蛮横不听话的女儿，父亲可以随意处罚。经过那件事情之后，费尔南多变得更阴郁，比平时更加努力工作。整个夏天，有时候我、卡梅拉和莉拉经过他的铺子门口，里诺看到我们，总是会很热情地给我们打个招呼，但是鞋匠费尔南多——女儿手臂上还打着石膏——他眼睛都不抬一下，能看出来其实他也挺难过的，但和发生在这个城区的暴力事件相比，他施行的父亲的暴力算不了什么。在索拉拉的酒吧里，天气炎热，男人们赌输了钱，加上喝多了，有时候会到走投无路的地步（失去了一切希望，同时也没有一分钱），就会开始斗殴。西尔维奥·索拉拉是这个酒吧的老板，他很壮，肚子很大，蓝色的眼睛，高高的额头。他柜台后面有一根黑色大棍。如果有人没付钱，或者不想按时还账，说话不算数，那根大棍会毫不犹豫地打在他头上。通常，他的两个儿子——马尔切洛和米凯莱也会出来帮他，他们和莉拉的哥哥年龄相仿，但他们下手比父亲还狠。有人打人，也有人挨打，有些男人窝一肚子火回到家里，因为他们输了钱，喝了酒，欠了账，还不上钱，挨了打，家里人一句话说得不对就会动手，就是这样一个死循环。

在这个漫长的季节里，发生了一件让所有人不安的事情，对莉拉的震撼尤其大。堂·阿奇勒，可怕的堂·阿奇勒，在八月的一天下午被杀死在自己家里，那天很意外地下了一场雨。

他当时在厨房，刚刚打开窗子，想让雨后的凉风吹进来。为了这么做，他中断午休从床上起来。他穿着一件很破旧的天蓝色睡衣，脚上只穿着袜子，袜子颜色有些发黄，脚后跟有些发黑。他刚打开窗子，就有一阵雨打在了他脸上，这时候，他的脖子，下颌和锁骨中间，挨了一刀。

血从他的脖子上喷出来，喷到了挂在墙上的一口铜锅上。那口锅很亮，血像墨汁一样洒在上面——莉拉给我们讲述说——那些血流下来，形成一道道不是很规则的黑线。那个凶手——莉拉认为是个女的——悄无声息地进到房子里。凶手利用中午这个时机：孩子们都在外面，大人不是在工作就是在休息。“她”一定是拿了一把假钥匙开的门，是想趁他午休一刀扎进他的心脏，但凶手看到他起来了，就给了他脖子一刀。堂·阿奇勒转过身去，整个刀刃都没入了脖子，他眼睛瞪得很大，血从伤口流出来，像小溪一样流在睡衣上。他跪在地上，脸朝下倒下了。

这场谋杀让莉拉非常震撼，几乎每天，她都会很严肃地补充一些新的细节，就好像她当时在场一样。她给我们讲述这场谋杀，我和卡梅拉·佩卢索听着都觉得非常害怕，卡梅拉甚至晚上都睡不着觉，讲到最可怕的情节——就是血从铜锅上流下时，莉拉的眼睛会眯成一道缝，显得很凶残。她想象那个杀手是个女的，这样她就比较容易进入角色。

那段时间，我们经常去佩卢索家里一起玩三人跳棋——莉拉忽然有了这个爱好。卡梅拉的母亲让我们去餐厅玩，那里的家具都是在堂·阿奇勒剥夺了木匠铺子之前由她丈夫做的。我们坐在桌前，桌子放在两个带镜子的橱柜中间，我们在那里玩跳棋。我越来越不喜欢卡梅拉了，但我假装和她是朋友，至少是莉拉在场的时候，有时候我甚至假装更在乎卡梅拉。作为补偿，我很喜欢佩卢索太太，她在卷烟厂工作，但那几个月她失业了，所以总是待在家里。无论日子好坏，她都是一个快活的女人，她很胖，胸很大，脸颊上有两团红晕，显得很热情，尽管家里穷，但她总能拿些好东西给我们吃。她丈夫是一个安静的人，那时他在一家披萨店里当服务员。他强迫自己不去索拉拉酒吧，不想把自己辛苦赚来的几个子儿也赔进去。

有一天早上，我们在佩卢索家的餐厅里玩跳棋，我和卡梅拉一起对抗莉拉。我们都坐在桌子前，我们俩坐在一边，卡梅拉在另一边。莉拉的身后有一个带镜子的橱柜，我和卡梅拉身后也有一个一样的橱柜，橱柜都是深色木头做成的，镶了花边。我看到我们三个人在镜子里形成无数重影像，无法集中精神，我不喜欢镜中有那么多我们；还有，阿尔佛雷多·佩卢索那天非常烦躁，频频对他妻子发火。

后来有人敲门，佩卢索太太去开门，接着传来一阵惊叹和叫喊声。我们三个女孩从餐厅探出头去，我们看到了宪兵，那是我们都很害怕的人物。宪兵抓住阿尔佛雷多，把他带走了。他张开双臂挣扎，不停地叫喊，叫几个孩子的名字：帕斯卡莱、卡梅拉、西罗和依玛科拉塔。他紧紧捉住自己亲手做的家具，还有椅子，对朱塞平娜发誓说，他没有杀死堂·阿奇勒，他是无辜的。卡梅拉很绝望地哭了起来，所有人都在哭，我也哭了起来。莉拉没有哭，她的目光和几年前她看梅丽娜的目光一样，但要漠然一些。那时她一动不动地待着，好像目光在跟随着阿尔佛雷多。阿尔佛雷多发出沙哑的叫喊：“啊！啊！”非常吓人。

这是我们整个童年看到的最可怕的场景，让我非常震撼。莉拉为卡梅拉担心，她安慰了卡梅拉。她对卡梅拉说，假如真是她父亲杀了堂·阿奇勒，那他做得太好了，但她觉得不是佩卢索干的，他是无辜的，很快会被放出来的。她们一直在那里窃窃私语，如果我靠近，她们会移开一点，不让我听到她们在说什么。

青春期

| 鞋子的故事 |

-1-

一九五八年十二月三十一日，她第一次出现“界限消失”的状况。这不是我的说法，莉拉一直在用“界限消失”来描述她的感觉，这变成了她的一个专用词汇。她说，在那种情况下，人和事物之间的界限忽然就消失了。

那天晚上，我们在一栋楼的楼顶，庆祝一九五九年的到来，她忽然第一次出现了这种感觉。她非常害怕，就把这件事埋在了心里，因为她当时还不知道怎么描述它。只有在多年之后，在一九八〇年十一月的某天夜里——我们当时都三十六岁了，已经结婚生子——她详细地对我描述了发生在她身上的事情，并第一次用到“界限消失”这种说法。

我们当时在室外，在小区一栋楼的天台上。尽管天气很冷，但为了漂亮，我们穿的衣服很单薄，露着肩膀。我们看着那些男人们，他们都那么愉快、强悍，因为过节，他们吃美食，喝气泡酒，都有些张狂，他们点燃烟花导火索庆祝新年。莉拉后来说，她为了这个仪式费尽心机，那时候她看着冲向天空的烟花，觉得非常高兴。忽然间——她后来对我说——虽然天气很冷，但她开始出汗。她感觉到大家的叫喊声太高了，而且大家移动得太快，这让她感到一阵恶心。她感觉到一种东西，一种非常具体的存在，围绕在她和其他人，以及所有事情周围，之前她一直都没有感觉到。现在这种存在正在打破周围的人和事，显露出自己的面目。她的心开始狂跳，根本无法控制。周围的人在天台上走来走去，他们的叫喊声、烟花和鞭炮声，就好像来自另外一个世界，遵循某种崭新、陌生的规则，这让她觉得恐惧。她觉得极端恶心，我们说的方言让她觉得很陌生，我们湿润的喉咙、口水浸湿过的词汇让她觉得难以忍受。她对周围那些来回移动的身体产生了一种极端的反感，他们的骨架，他们的癫狂。她想，我们发育得真糟糕，真不完美：宽肩膀、手臂、腿、耳朵、鼻子和眼睛——在她眼里都宛如鬼怪，好像是从漆黑天空中的某个地方掉下来的一样。天知道，那种反感和嫌弃，尤其集中在她哥哥里诺的身上，那是她最熟悉、最爱的人。

她似乎是第一次看到他真实的样子：他就像一只矮小的动物，很粗壮，叫喊得最凶，最残酷，最贪婪，也最愚蠢。她的心怦怦直跳，完全无法控制，她觉得自己要窒息了。太多烟花在寒冷的夜空中闪烁，浓烟四处弥漫，味道很难闻。莉拉想平静下来，对自己说：我必须控制这种侵袭我的东西，我要把它丢开。但这时候，在大家的欢呼声中，就像鞭炮炸开的声音，她感觉有东西飞过耳边，然后听到一声枪响。他们不再是放鞭炮和烟花，而是开枪了，里诺朝着那个发出黄色火光的地方破口大骂，全是非常下流的话，让人无法忍受。

在讲述这件事情时，莉拉说那种感觉就是“界限消失”，那一次她感觉非常明显，但那不是第一次。比如说，她之前经常有一种感觉，就是在不到一秒的时间里，一个人、一样东西、一个数字或者一个音节，会打破原来的界限，改变形状。那天她父亲把她扔出窗外，在她飞向路面的过程中，她很明确地感觉到自己看到一些红色的小动物，非常友好，它们化解了坚硬的路面，使路面变得光滑柔软。但在庆祝新年的那天夜里，她第一次感觉到周围的一切都变得陌生，感觉到整个世界都打破了它的界限，展示出可怕的本性，这让她非常不安。

- 2 -

莉拉胳膊上的石膏去掉之后，露出了一段发白的瘦小胳膊，她恢复如初。她父亲费尔南多想出了一个弥补的办法，但他从来都没直接和莉拉说，而是通过里诺和妻子农齐亚转达，说可以让莉拉去上学。我忘了是学习什么了，可能是速记、簿记、家庭经济，或者是这三样都学。

她不愿意去上学。母亲农齐亚经常被老师叫到学校里去，因为莉拉经常无故旷课，而且上课时扰乱课堂纪律，拒绝回答问题，花五分钟时间做完必需的练习后，她会搅扰其他女生。后来有一次，她得了感冒，病得挺严重，她从来都不生病，那次好像有些放任自流，病毒让她无精打采。过了好一阵子，她都没有好起来，等她再出门时，比之前更加苍白，后来她又发烧了。有一天我在路上遇见她，她看起来像鬼魂一样，就像我在奥利维耶罗给我们的童话书里看到的，一个吃了毒果子的女孩的鬼魂。我听说她可能很快会死掉，这让我实在受不了。但后来她渐渐好起来了，她几乎不愿意让自己康复。在学校里，她借口没精力学习，后来去得很少，年底的时候，她考试没有及格。

我上初一的时候，情况也不怎么好。一开始，我充满希望，虽然没有明说，但我很高兴和吉耀拉一起上中学，而不是和莉拉一起。在我内心深处的一个非常秘密的角落，我已经事先感觉到一种喜悦：这所学校里没有莉拉，我可能会成为成绩最好的学生，我可以在她面前炫耀一番。但一上初中，我就感到很吃力，很多人都比我学习好。最后，我和吉耀拉都陷入了沼泽一样的困境，我们像惊恐的小动物，成绩非常平庸，为了不落到最后几名，我们整年都在苦苦挣扎，都很难受。我内心深处冒出了这种念头：没有莉拉，我们永远都不能进入前几名。

有时候在学校门口，我会遇到阿方索，他是堂·阿奇勒的小儿子，但我们假装互不相识。我不知道该对他说什么才好，阿尔佛雷多·佩卢索把他父亲杀了，我想这是为民除害，我找不到安慰他的话。我没法对他的孤儿处境产生同情，就好像堂·阿奇勒让我担惊受怕了那么多年，他也是有责任的。他衣袖上戴了一只黑色孝圈，他从来都不笑，总是在忙自己的事情。他和我不在一个班级，听说他学习非常好。初一结束时，他以平均分八分升入初二，我觉得压力很大。初一结束时，吉耀拉的拉丁语和数学不及格，我得了六分，勉强及格。

成绩公布时，老师把我母亲叫到了学校，当着我的面对我母亲说，我的拉丁语能及格是因为她对我很仁慈，但二年级如果不补课的话，我不会及格的。我感到双重的屈辱：首先因为我的成绩没有小学时好，另外让我觉得羞耻的是老师和我母亲站在一起的那种差距。老师看起来那么体面，穿着得体，她说的意大利语就像史诗《伊利亚特》里的语言；我母亲畸形的腿、破旧的鞋子、暗淡无光的头发，还有夹杂着方言、错误百出的意大利语，让她应该也感觉到屈辱。她很恼火地回到家里，告诉我父亲老师对我很不满意。她说家里需要帮手，我应该退学。他们讨论了很久，后来吵了起来，最后父亲决定，鉴于我最终还是通过了所有考试，但吉耀拉有两门考试都没通过，我可以继续上学。

我度过了一个懒散的夏季，在院子里、水塘边上待着，一般都是和吉耀拉在一起。她跟我说，有一个年轻的大学生来家里给她补课，她觉得那人爱上她了。我听她絮絮叨叨讲这些，觉得很厌烦。有时候，我看到莉拉和卡梅拉·佩卢索在外面散步。卡梅拉后来也上了一所学校，我不知道是什么学校，她考试也没通过。我感觉莉拉不想再做我的朋友，这种感觉让我很疲惫，就好像困了一样。有时候，我希望母亲看不到我，躺在床上打瞌睡。

有一天下午，我真的昏睡过去了，醒来的时候感觉到内裤湿了。我去洗手间里看看发生了什么，看到内裤上全是血。不知为什么，我当时很惊恐，担心母亲会骂我，因为我把双腿之间弄伤了。我仔细把内裤洗干净，拧干，又穿到身上。我出门，来到炎热的院子里，因为害怕，我的心怦怦直跳。

我遇到了莉拉和卡梅拉，和她们一起走到了教堂。我感觉下面又湿了，我尽量安慰自己说，那是因为我内裤是湿的。但最后我实在受不了了，就在莉拉耳边轻声说：

“我要告诉你一件事情。”

“什么？”

“我只想告诉你一个人。”

我捉住她的一条胳膊，把她从卡梅拉身边拉开了，但卡梅拉跟了过来。我当时非常担心，就对她们俩都说了，我的眼睛看着莉拉。

“会是什么原因呢？”我问。

卡梅拉非常了解这事儿，因为她开始流血已经一年了，每月一次。

“这很正常，”她说，“女人天生都这样，每月会流几天血，肚子和腰会疼，会过去的。”

“你确信吗？”

“确信。”

莉拉的沉默把我推向了卡梅拉。卡梅拉很自然地告诉我她所知道的事情，她让我放心下来，我开始喜欢上她了。整个下午，一直到晚饭时间，我都在和她说话。那个伤口又不会要人命，我证实了这一点。不仅如此，这也意味着你已经长大了，可以生孩子了，假如有男人把他的那玩意儿放到你肚子里的话。

莉拉在静静地听我们说话，几乎没有插话。我们问她有没有像我们一样流血，我发现她迟疑了一下，很不情愿地说没有。忽然间，我觉得莉拉很小，要比我一直看到的她还要小。她个子比我们矮六七厘米，瘦得皮包骨头，尽管她经常在外面，但还是很苍白。她考试不及格，她不知道流血是怎么回事儿，也从来没有男生向她表白过。

“你也会来的。”我们俩用一种假装的语气安慰她说。

“我才不在乎呢，”她说，“我没有，是因为我不想有，这事儿真恶心，那些有这事儿的人也让我恶心。”她转身要离开，但最后停下来问我：

“拉丁语怎么样？”

“很美。”

“你学得好吗？”

“很好。”

她想了一下，嘀咕了一句：“我是故意考不及格的，我不想再上学了。”

“那你想干什么？”

“做我喜欢做的事情。”

最后她把我们俩撇在院子里，自己走了。

后来，我整个夏天都没有看到她。我和卡梅拉·佩卢索成为了好朋友，尽管她总是反复无常，有时候太爱笑，有时候太爱抱怨，这让我很烦。莉拉对她的影响很明显，她成了莉拉的某种替代品。卡梅拉说话的时候，会模仿莉拉的语气，会说她经常说的话，做她经常做的手势。卡梅拉走路的时候也在模仿莉拉，虽然卡梅拉和我的身材更像：优美、丰满、身体健壮。这种对莉拉的模仿，一方面让我有些生气，另一方面又吸引着我，这好像是一种滑稽模仿，尽管有种掺水的感觉，但莉拉的风格总归很吸引我。卡梅拉就是通过那种方式，让我一直陪在她身边。她说新学校真的很烂，那里的学生都在捉弄她，老师也不喜欢她。她说她和母亲还有几个兄弟去波桥监狱看她父亲，大家都哭了。她还说他父亲是无辜的，杀死堂·阿奇勒的是另外一个人——一个皮肤黝黑、不男不女、和老鼠一起生活在下水道里的人，有时候白天也会忽然钻出来，做一些很可怕的事情，然后马上逃到地下去。她忽然告诉我说，她爱上了阿方索·卡拉奇。她脸上带着一个很愚蠢的微笑，在那个微笑之后，她马上就流下了眼泪，这份爱情折磨着她，让她很疲惫：凶手的女儿爱上了被害人的儿子。她看着阿方索穿过院子，或者走在路上，感觉自己要晕倒了。

她说的这些秘密，尤其是最后一件事情，让我很感动，这加固了我们之间的友谊。卡梅拉发誓说，这件事情她谁也没告诉过，连莉拉也没有讲。她决定对我敞开心扉，是因为把这一切压在心里，她实在受不了了。我喜欢她说话时悲剧般的语气，我们分析了那份爱情可能出现的结果，直到后来开学了，我再也没时间听她讲那些了。

真是曲折的故事！即使是莉拉，可能也构思不出这样的情节。

- 3 -

一段很糟糕的时期开始了。我发胖了，胸口长出了两个很硬的根蘖，腋窝和阴部长出了毛发。我很悲伤，也很焦虑。在学校里，我比第一年更加吃力，那些数学题我永远都解不出来，得不出书上的答案，对我来说，拉丁语句子没头没尾的。一有时间我就把自己锁在厕所，光着身子看着镜中的自己，我不知道自己是谁。我开始怀疑自己会一直变化下去，变成我母亲的样子：斜眼、跛脚，永远都不会有人爱我，我经常失声痛哭。我的胸先是很硬，后来变大了，也变软了。我感觉身体内部有一种阴暗力量摆布着我，让我很担忧。

一天早上，在学校门口，药剂师的儿子吉诺跟在我身后，他告诉我，他同学都说我的胸不是真的，说我在胸口塞了棉絮。他一边说，一边笑，他说他觉得我的胸是真的，他们赌了二十里拉。他最后说，如果他赢了，他会自己留十里拉，剩下的十里拉给我，但我要向他证明我没在胸里塞棉絮。

他的要求让我很害怕，我不知道该怎么回应。这时候，我故意装出莉拉放肆的语气说：

“给我十里拉。”

“因为我说得对吗？”

“是的。”

他逃开了，我很失落地走了。但没过多久，他就带着班里的一个同学来了，一个很瘦的男孩，我不记得他的名字，他嘴唇上已经冒出了一层黑黑的胡须。

吉诺对我说：“他也应该在场，不然的话，其他人不相信我赢了。”

我还是用莉拉的语气说：

“先给钱。”

“假如你有棉花呢？”

“我没有。”

他给了我十里拉，我们三个人默不作声地来到一栋楼的顶层，那里距离小公园不远。我们站在天台的小铁门旁边，那道铁门线条简单，道道细长的光线包裹住我。我掀起了上衣，露出了胸部。那两个男生呆立在那里看着，好像不相信自己的眼睛，最后他们转身顺着楼梯逃走了。

我松了一口气，走到索拉拉的酒吧，给自己买了一只冰激凌。

这件事情刻在了我的记忆里，我第一次尝试了自己的身体对于男性的魔力，但我尤其意识到：莉拉不仅仅像幽灵一样左右着卡梅拉，也左右着我。在当时那种失措和情绪激动的情况下，假如我自己做决定，我会怎么做呢？我会逃走。假如在莉拉的陪伴下，我会怎么做呢？我会拉着她的一条胳膊，在她耳边说：我们走吧。然而，像往常一样，我可能会留下来，因为她决定留下。

但她不在我身边，短暂的犹豫之后，我决定像她一样行事。或者说，让她取代我的位子，替我做决定。回想吉诺向我提出要求的时刻，我非常准确地感觉到，我把自己推向了一边，在这种公然的困境中，我模仿了莉拉的目光、语气和动作，我非常高兴。但忽然间，我有些担忧：我就像卡梅拉一样吗？我觉得不像，我感到自己和她不一样，但我不知道是什么破坏了我的快乐心情。当我拿着冰激凌经过费尔南多的铺子时，我看到莉拉在专心地整理一个长架子上的鞋子，我想把她叫出来，跟她讲讲发生的事情，听听她的看法，但她没有看到我，我就走了过去。

- 4 -

莉拉总是很忙，那一年里诺又逼着她注册了学校，但她基本上都没去上学，后来又没有及格。她母亲让她帮着干家务，父亲让她待在店里，她不动声色，没做任何抵抗，好像很高兴两件事都做。我们见面的机会很少——只有星期天做完弥撒之后，或者在教堂前面的小公园和大路边上散步的时候。

她对我在学校的事情一点也不感兴趣，总是充满热情地谈论她父亲和哥哥的工作，语气里充满了崇敬。她得知，她父亲年轻的时候想解放自己，从爷爷的铺子里逃走了——她爷爷也是鞋匠——然后在卡索里亚的鞋厂工作了一段时间，他在工厂里做过各种各样的鞋子，包括军靴。

她发现，费尔南多能用手工从头到尾做一双鞋子，他也会使用各种各样的制鞋机器，切边机、卷边机和磨光机。她和我谈论皮子、鞋面、皮革制品和皮革商，还有高跟、中跟、备线和鞋掌，怎么上鞋底，还有怎么上色抛光。她使用那个行业的术语，就好像那些词都是有魔力的咒语，是他父亲在一个魔法世界——卡索里亚的工厂里学到的。他父亲从工厂回来后，就像经过了一场洗礼，脑子里装满了各种想法，但现在他更喜欢待在自己家的小铺子：安静的工作台、钉锤、铁质的脚模、胶水和旧鞋子混合的味道。她充满热情，把我拉进那些词汇的世界里，她父亲和哥哥通过他们的手艺让人们穿上结实、舒适的鞋子，我觉得他们是整个城区最好的人。尤其是，在鞋匠铺子里度过了一天，每次我回到家里，面对我的父亲——一个非常普通的门房，我觉得有些自卑。

我开始觉得自己在学校是在白白浪费时间，有好几个月，我觉得书本里包含的所有能量和前途都没有了。从学校出来，我总是闷闷不乐，我经过费尔南多的铺子门口，就是为了看到莉拉在那里干活。她坐在铺子最里面的一张小桌子前，身子很消瘦，胸部一点都没发育，脖子很细，脸也很憔悴。我不知道她具体在做什么，但她好像很积极。透过玻璃门，我看到她待在哥哥和父亲中间，他们都低着头。她没有书，也不用上课，没有作业。有时候我会停下来，看橱窗里那些染了颜色的盒子，那些刚缝好、做好的鞋子，被用楦头撑着，让皮子撑开，为了穿起来舒服一点，我就像一个对他们的产品很感兴趣的客户一样。莉拉看到我会向我打招呼，这时候我才会恋恋不舍地离开，我也向她打个招呼，她又埋头做自己的事情了。但通常是里诺先看到我，对我做一个搞怪的鬼脸，让我发笑。我觉得有些尴尬，不等莉拉看到我，就马上跑开了。

一个星期天，我竟然热情地和卡梅拉·佩卢索谈起了鞋子。那时候，她着迷于照片小说[①]，买通俗杂志《梦》。刚开始的时候，我觉得她在浪费时间，后来我也看了一眼，就和她一起看了起来。在小公园里，我们评论那些故事和人物对话——写在黑色背景上的白字。卡梅拉在评论那些故事时，比我更加前言不搭后语，她总是把那些虚构的爱情故事扯到自己身上，就会说起了她真正的爱情——她对阿方索的爱。

我比她还要沉迷，有一次我告诉她，我觉得药剂师的儿子吉诺爱上我了。她不相信，在她眼里，药剂师的儿子是一位高不可攀的王子，一个阔佬，永远也不可能娶一个门房的女儿。

那时候我几乎要把那件事讲出来，就是药剂师的儿子要看我的胸，我让他看了，还赚了十里拉的事情。这时候，新一期《梦》杂志铺在我们的膝盖上，我的目光落在了一个女演员的漂

---

① 照片小说，一种小说门类，一般截取电影（电视）的情节片断，用剧照代替艺术类插图，配合情节性的文字。

亮鞋子上。我觉得那是一个更有意思的话题，所以就抛开了胸脯的事情。我没办法控制自己，就赞美起那双鞋子来，我赞美做出那双鞋子的人。这双鞋子那么漂亮，假如我们穿上的话，无论是吉诺还是阿方索，都无法抵挡我们的魅力。我越说就越是尴尬地发现，我正在把莉拉最近的爱好变成了自己的爱好。卡梅拉漫不经心地听我说话，然后她说她该走了。她和我不一样，尽管她也在模仿莉拉，但她还是紧紧抓住那几样自己喜爱的东西：照片小说和爱情。

-5-

那个阶段一直都是这样。我很快发现：我一个人，无论做任何事情都没办法心情澎湃，只有莉拉触及的事情，才会变得重要。假如她还有她的声音远离了我所做的事情，那这些事就会沾染污垢，落满灰尘：中学、拉丁语、老师和书籍，我觉得书上的文字远没有加工一只鞋子迷人，这让我很抑郁。

但在某个星期天，一切好像都发生了变化。卡梅拉、莉拉和我一起去上教理传授课，为我们的第一次圣礼做准备。上完教理课出来，莉拉说她有事就走了。我看她没有朝着回家方向走去，让我惊异的是，她进了小学的一栋房子里。

我和卡梅拉走了一段路，但我觉得有些厌烦，就和她告别了。我绕着莉拉进去那栋楼走了一圈。星期天学校都关门了，莉拉进去干什么呢？我带着很忐忑的心情走进了大门，走到前厅，我毕业之后再也没有进来过，这是我的母校。我很激动，我熟悉这里的味道，觉得舒坦自在，我已经很久没有这种感觉了。我溜进一楼唯一开着的一扇门，那是一间很宽敞的大厅，白炽灯开着，靠墙全是书架，书架上堆满了旧书。那里有十几个大人，还有很多孩子和一些小学生在里面，他们手上拿着书，翻阅一下，放回去，最后选一本出来。选好书的人在一张写字台前排队，写字台后面，坐着奥利维耶罗老师的死对头费拉罗老师，他很瘦，头发花白，剪成了板寸。费拉罗看一眼人们选中的书籍，在登记簿上记下来，那些借完书的人，拿着一本或者几本书就出去了。

我看了看四周，莉拉没在那里，她可能已经走了。这就是她现在做的事情吗？她不再去学校，开始对鞋子和修鞋产生了兴趣，但她没告诉我，她来这个地方借书。她特别喜欢这地方吗？为什么她不让我陪她来呢？她为什么把我撇下，让我和卡梅拉在一起？为什么她只对我说学校很烦人，却没告诉我她读的书？

我很气愤，转身离开了那个地方。

有一段时间，我觉得学校比平时更加乏味无聊。后来我被期末作业淹没了，我很担心拿不到好成绩，我学得很马虎，但学习时间很长，同时我还有很多其他担忧。母亲说，我现在胸长得那么大，很不像样子，她带我去买文胸。她比平时更加粗暴，好像我长了胸，我来了例假，这让她觉得很羞耻。她给我的指导说明，也是草草了事，带着怨气。我还没来得及问她一些问题，她就转身一瘸一拐地走了，留给我一个背影。

戴上文胸以后，我的胸更加明显了。在那几个月里，我被学校的男生纠缠。我很快明白是怎么回事了，吉诺和他同学把我向他们展示胸脯的事情说了出去，时不时会有男生过来，让我再展示一下。我试图摆脱他们，手臂交叉挡在胸前，我隐约觉得自己罪有应得。那些男生不断在路上或院子里提出要求，他们都在嘲笑我，开我的玩笑。我试着模仿莉拉的样子把他们推开，但效果不怎么样，后来我实在撑不住了，就哭了起来。我担心他们骚扰我，就把自己关在家里，下功夫学习，只有在上学的时候，我才很不情愿地从家里出去。

五月的一个早上，吉诺从后面追上我，没有了平时的傲慢，甚至有些忐忑，他问我愿不愿意做他女朋友。我拒绝了他，出于怨恨、报复和尴尬，但同时我也很自豪，因为药剂师的儿子想要我当他的女朋友。第二天他又问了我一次，后来他不停地求我。一直到六月底，我们的父母生活繁忙，我们三个女孩——卡梅拉、莉拉和我才穿着新娘的礼服，举行第一次圣礼。我们穿上礼服，在教堂前的空地上等着举行仪式，我们马上谈起了爱情，这真是罪过。卡梅拉无法相信我拒绝了药剂师的儿子，就把这事告诉了莉拉。让我惊异的是，莉拉没有作出一副不关我事的模样，没有掉头走开，而是表现出了极大的兴趣。我们三个人谈论起来。

“你为什么要拒绝他呢？”莉拉用方言问我。

我忽然用意大利语回答她，是为了提醒她，让她明白：尽管我们在聊男女问题，她不应该像对待卡梅拉那样对待我。

“因为我对自己的情感不是很肯定。”

这是我在《梦》杂志上学到的句子。莉拉好像有些惊异。我们又开始聊了起来，就像小学时参加竞赛一样，我们用书上和漫画中的语言聊了起来，卡梅拉只有听的份。这时候，我感觉自己的心灵和头脑都被点亮了：我和她说的话都是精心构思的。我在中学里从来都没出现过类似的经历，和老师们还有同学之间都没有进行过这样的对话，感觉太棒了。我们一句接一句聊起来，莉拉让我相信，坚固的爱情需要严厉的考验。后来，我们又用方言聊了起来，她建议我先做吉诺的女朋友，但他要答应一个条件，就是整个夏天，他要给我、她还有卡梅拉买冰激凌。

“如果他不答应的话，那就不是真爱。”

我按照她说的做了，吉诺消失了，因此那不是真爱，我一点儿也不难过。和莉拉的交流让我非常欣喜，以至于我决定全身心地投入到她身上，尤其是夏天空闲的时候。我想，我们之后见面，也要像那次那样对话。我又一次感觉自己很棒，就像有什么东西撞击了我的大脑，让我产生了思想和语言。

但事情没有按照我想象的来，不但我和她之间的关系没有变得稳固、排他，她身边还围绕着很多其他女生。她和我的谈话、给我的建议，以及产生的效果让卡梅拉·佩卢索非常震撼，以至于她把这件事情告诉了很多人。结果是：鞋匠的女儿莉拉，连月经初潮都没有来，也没有任何一个追求者，短短的几天里成了爱情方面的专家。让我讶异的是，她接受了这个职责。假如她不是在家里和铺子里干活，我就看到她不是和这个女生就是那个女生在窃窃私语。我经过她身边，和她打招呼，但她那么专心，以至于都没听到我说话。我偶尔会听到一两句很美的句子，这让我很痛苦。

- 6 -

这是一段很黯淡的日子，最糟糕的时候我觉得非常屈辱，但我不得不假装若无其事。学期结束时，阿方索·卡拉奇期末考试的平均分是八分，吉耀拉·斯帕纽洛的平均分是七分，我的拉丁语得了四分，其他课程得了六分。九月开学时，我要补考拉丁语。

这次是父亲和我谈话，他说我再念下去也没什么用，上学的课本已经花了很多钱，拉丁语词典即使是买二手的，也会花很多钱。暑假期间，他们也没钱让我补课，最主要的原因是我学习不好：堂·阿奇勒的小儿子做到了，我却没有做到，糕点师傅斯帕纽洛的女儿做到了，我却没有，需要顺应天命。

我整天哭泣，故意蓬头垢面，惩罚自己。我是家里的长女，后面有两个弟弟，还有一个妹妹埃莉莎。两个弟弟佩佩和詹尼轮番来安慰我，一会儿给我送点儿水果，一会儿让我陪他们玩，但我还是觉得很孤单，面对自己糟糕的命运，我无法平静。后来有一天下午，我母亲从我身后走了过来，她用方言对我说话，还是平时那种粗声粗气的语气。她说：

“我们没钱让你补课，但你可以自学，看看能不能通过考试。”我很不安地看着她。她还是以前的样子：头发干枯，斜眼，大鼻子，身躯肥胖。她补充说：“没人说这样做不行。”

她就说了这些话，或者说我只记得这些话。从那天开始我就自学起来，我要求自己不去院子和小公园里。

有天早上，我听见有人在路上叫我，是莉拉。自从我们小学毕业之后，她就没有了来找我的习惯。

“莱农。”她喊道。

我从窗子探出头去。

“我要跟你讲一件事。”

“什么？”

“你下来吧。”

我很不情愿地走下楼去，我不愿意告诉她我考试不及格的事。我们顶着太阳在院子里走了一会儿，我闷声闷气地问了她那些男女朋友的事情。我记得，我问她卡梅拉和阿方索之间发展得怎么样了。

“发展什么？”她说。

“她爱阿方索。”

她眨了一下眼睛，变得非常严肃。她露出这个表情时，脸上没有微笑，她眯着眼睛，就好像要使眼珠子更聚光，看得更清楚，这让我想起了那些猛禽的眼睛，那是我在教区电影院里看到的。我觉得，她好像在面对一件让她生气，同时又让她害怕的事情。

“她从来没对你说过她父亲的事吗？”她问我。

“她说她父亲是无辜的。”

“那谁是杀手呢？”

“一个不男不女的人，藏在下水道里，有时候会像老鼠一样，从井盖下溜出来。”

“那就是真的了。”她说。忽然间她好像有些痛苦，她接着说，她说什么卡梅拉都会信以为真，院子里的女生全一样。“我不想说了，我不想和任何人说话了。”她皱着眉头说。我觉得她说这话时，并没有带着鄙视，她对我们产生的影响并没有让她很自豪，我有些不理解。假如我是她的话，我会很骄傲的，但她一点儿也不骄傲，而是表现出不耐烦，混杂着对承担责任的担忧。

我嘀咕了一句：“和别人交谈很好啊！”

“是的，但只有在有人能回应你的话时。”

我觉得胸口一阵惊喜，这么美妙的一个句子里，是不是含有某种请求？她是不是在告诉我，她只想和我说话，因为我不会对她说的所有话都信以为真，而是会作出回应？她是在告诉我，只有我能跟得上她的思维？

是的。她跟我说话时用了一种我很不熟悉的语气，很柔弱——通常她都很强悍。她说："这是我建议卡梅拉的，在我看过的一部小说或电影里，一个凶手的女儿爱上了受害者的儿子。这是一种可能：要成为事实，那应该产生真正的感情。卡梅拉没明白，第二天她就告诉所有人她爱上了阿方索。这是带着卖弄的谎言，和其他谎言一样，但不知道会产生什么后果。"谈论这些事情时，我们十二岁，走在城区滚烫的街道上，四处都是灰尘和苍蝇，那是经过这里的卡车留下的。我们就像两个老太太一样，在总结自己充满失望的人生。我们手拉着手，没有人能理解我们，只有我们相互了解。我想，我们在一起，只有我们俩，我们知道，头顶上的苍穹一直压在这个城区之上，也就是说，自从我们记事开始，这个城区就是这样，假如木匠佩卢索没有把刀子插入堂·阿奇勒的脖子，假如凶手是一个住在下水道里的人，假如杀手的女儿和受害人的儿子结婚，那我们的生活还有一线生机。这里的人、事物、楼房和街道，有一种让人无法承受的东西，只有像在游戏中那样，重新安排这一切，眼前的一切才会变得让人可以接受，然而最主要的是：我和她一起玩，只有我和她才玩得了这个游戏。

这时候，她说了一句话，和之前的谈话没有直接的关系，但好像所有的话都必然会引向这句话。她问我：

"我们还是朋友吗？"

"当然是啦。"

"那你能不能帮我一个忙？"

在当时的情况下，在那个一切从头开始的早上，我愿意为她做任何事情：离家出走，离开这个城区，在农舍里睡觉，吃草根，从井盖下到下水道里去，再也不回头，无论是严寒还是下雨。但她那时候请求我的事情，让我有点失望，她只是要求我每天去小公园里一次，每次一个小时也行，在吃晚饭之前，她让我带上拉丁语课本。

“我不会搅扰你的。”她说。

她已经知道我考试不及格，她想和我一起学习拉丁语。

- 7 -

在我上中学那几年，我们眼睁睁地看着很多事情发生了变化，但我们一天天身处其中，并不觉得是真正的变化。

索拉拉的酒吧扩大了，变成了一个供应各种糕点的甜食店，糕点师傅是吉耀拉·斯帕纽洛的父亲。星期天，甜食店里挤满了各个年纪的男人，他们在给家人买甜点。西尔维奥·索拉拉的两个儿子——马尔切洛大约二十岁，米凯莱小一点，他们买了一辆蓝白相间的“菲亚特 1100”汽车，星期天他们开着车在城区的街道上兜来兜去，尽情炫耀。

前木匠佩卢索的铺子落到了堂·阿奇勒的手上之后，就变成了一家肉食店，里面摆满了美味的东西，有时候也会摆到人行道上来。经过肉食店门口，你能闻到香料、橄榄、香肠、新鲜面包和香油的味道，让人胃口大开。堂·阿奇勒死后，他可怕的影子慢慢消散了，远离了这个地方，远离了他的家人。寡妇玛丽亚大娘亲自经营这家肉食店，她说话非常客气。她十五岁的女儿皮诺奇娅也在店里工作，还有儿子斯特凡诺——他已经不再是那个愤怒的少年，想要从莉拉嘴里把她的舌头揪出来，而是变得非常有分寸，目光诚恳，带着柔和的微笑。他们的客户越来越多，我母亲经常让我去他们家买东西，父亲没表示反对，还有一个原因就是：我们没钱时，斯特凡诺会在一个小本上把账记下来，我们可以月末时结账。

那个在街上和丈夫一起卖蔬菜水果的女人阿孙塔，她的腰出了毛病，不得不在家待着。几个月之后，一场肺炎几乎要了她丈夫的命。但无论如何，这两个不幸的人还有一个依靠，现在无论冬夏，无论刮风下雨还是晴天，每天早上他们的儿子恩佐都会驾着马拉车到城区卖菜。这时候的恩佐和当时向我们丢石头的恩佐完全不像一个人，他已经长成了一个壮实的小伙子，看起来强壮健康，金色的头发有些鬈曲，蓝色的眼睛，他声音很粗，在吆喝叫卖。他的货通常都很好，他很自豪地吆喝着。他动作沉稳，服务也很周到，让人觉得诚信可靠。他很熟练地称量东西，我很喜欢他在秤杆上找准星时的敏捷，喜欢听游码在铁杆上滑动的声音。他会很麻利地把土豆或者水果用纸包好，放在斯帕纽洛太太、梅丽娜，或者我母亲的篮子里。

整个城区都生机勃勃，缝纫用品店忽然间就冒了出来——卡梅拉开始在那里做售货员。一个年轻的裁缝把店铺扩大了，店主野心勃勃，要把铺子变成给阔人做衣服的裁缝店。梅丽娜的儿子安东尼奥在汽车修理厂工作，多亏了先前的老板格莱西奥先生的儿子——能干的他要把汽车修理厂变成一个小型机动脚踏车工厂。

总之，到处都是一副百业待兴的样子，就好像卯足了劲，要改变原来的模样，要把之前的积怨、紧张和丑陋全部化解，要呈现出一副新面孔。我和莉拉在小公园里学习拉丁语的时候，我们周围的空间：小喷泉、灌木丛、街道旁边的小空地都发生了变化。空气中散发着沥青的味道，蒸汽压路机扑哧扑哧从散着热气的柏油马路上缓缓开过，那些光着背或者穿着背心的工人，在铺设城区里大大小小的路，城区的颜色也发生了变化。卡梅拉的哥哥帕斯卡莱被叫去砍伐铁路后面的树木，他们伐木时，人们好几天都听到树木倒地的声音。那些树木抖动着，散发出一种新鲜木材和青草的气息，树枝划过天空，倒在地上，发出一阵窸窸窣窣的声音，就像是一声叹息。帕斯卡莱和其他人用锯子锯，用斧头砍，把树根挖出来，树根带出了泥土的味道。那片树林逐渐消失，慢慢出现了一片发黄的平地。帕斯卡莱幸运地找到了这份工作，因为不久之前，有一个朋友告诉他，有人来到索拉拉的酒吧里，要找一些小伙子在晚上把那不勒斯市中心广场的树砍掉。尽管他不喜欢西尔维奥·索拉拉还有他的几个儿子，因为他父亲就是在那家酒吧里被毁掉的，但他要养家糊口，所以就去了。他回来的时候是黎明，精疲力竭，鼻孔里全是新鲜木头、被揉碎的树叶和大海的味道。事情就是这样，有第一次就会有第二次，他后来又被叫去做类似的工作。现在他在铁路后面的工地上干活，有时候，我们可以看到他在新建筑前的脚手架上干活，那些楼房在一层层增高。有时候，我们看到他头上戴着一顶用报纸折成的帽子，午饭时会在太阳底下吃着一块夹着香肠和萝卜叶子的面包。

我们学拉丁语时，我看着帕斯卡莱走神了，莉拉会很愤怒。让我惊异的是，我很快发现，她已经懂得很多拉丁语知识，比如她知道所有的词尾变化，也会很多动词变格。我很小心地问她为什么会懂拉丁语，她做出一副不想浪费时间解释的表情，有些不悦地说，在我上初一时，她从流动图书馆，也就是费拉罗老师管理的那个图书馆，借了一本拉丁语语法书来看，因为她觉得很好奇，就学了一下。那个图书馆对她来说是一个很好的资源。我们聊着聊着，她向我展示了她所有的借书证，一共有四张：一张是她的，一张是里诺名下的，还有两张是她父母名下的。每张借书证可以借一本书，她有四张，可以借四本。她一个星期看完四本，第二个星期天还回去之后，又借四本。

我从来没问她都看了什么书，正在看什么书，因为我们没有时间，我们要学习拉丁语。她会考我，如果我答不上来，她会发火。有一次，她狠狠打了一下我的手臂，她的手很瘦很长。她没有说对不起，她说假如我再答错的话，她会打得更狠。她着迷于拉丁语词汇，那本拉丁语词典很厚，有很多页，也很重，她之前从来都没见过。她在上面不停地查词，不仅仅是练习里出现的词汇，她脑子里想起什么就查什么。

她还会给我留作业，用她从奥利维耶罗老师那里学到的语气。她让我每天翻译三十个句子：二十句从拉丁语翻译到意大利语，另外十句从意大利语翻译到拉丁语。她也会做翻译，但比我快得多。夏天结束了，临近考试时，她看着我在词典里查找生词的样子，满脸疑惑。我按照句子中出现的生词顺序查词典，查完生词之后，抓住主要意思，我才能很吃力地明白句子的意思。她很谨慎地问我：

“是拉丁语老师让你这么做的吗？”

老师从来什么也不说，她只是给我们布置作业，并没有告诉我们应该怎么做，那是我自己摸索出来的方式。

她沉默了一下，建议我说：

“你先把整个句子看一遍，找出动词，根据动词的人称，你就能明白主语是什么。找到主语之后，你开始寻找宾语——假如是及物动词的话，你要找到宾语，如果不是及物动词，你要找到其他补语。你试试……”

我试了一下，好像忽然间翻译变得非常容易。九月参加考试的时候，我的笔试基本没出现一个错误，口试时我也能回答所有问题。

“谁给你补的课？”老师皱着眉头问我。

“我的一个朋友。”

“大学生吧？”

我不知道她在说什么，就点了点头。

我考完试，莉拉在外面的树荫下等我。我出去时拥抱了她，我对她说，我考得很好，我问她还愿不愿意和我继续学习。我们一起学习，开始是她提出来的，我觉得邀请她继续和我学习是一种很好的方式，可以表达我的愉快和感激。她一口就回绝了我，几乎有些厌烦。她说，她只想搞清楚拉丁语原理，因为那些很厉害的人都学了拉丁语。

“然后呢？”

“现在我搞清楚了，够了。”

“你不喜欢吗？”

“还行，我要从图书馆里借几本书来看。”

“拉丁语的吗？”

“是的。”

“但现在要学的东西很多。”

“你替我学吧。如果我有困难，你要帮我。我现在要和我哥哥做个东西。”

“什么东西？”

“我会给你看的。”

- 8 -

开学了，我每门功课都很顺利。我迫不及待地希望莉拉让我帮她学习拉丁语或者其他课程，我觉得自己努力学习并不是为了学校，而是为了她。我成了班上的第一名，在小学时我的成绩也没那么好过。

那年，我觉得自己像做披萨面团一样发了起来。我的胸部、大腿和臀部变得愈来愈丰满。一个星期天，我和吉耀拉·斯帕纽洛约在小公园那里见面。这时候索拉拉兄弟开车过来了，年龄大一点的马尔切洛坐在方向盘前，弟弟米凯莱坐在他旁边，他们把车停到了我身边。兄弟俩都很帅气，头发乌黑发亮，笑的时候露出洁白的牙齿，但他们俩中间，我更喜欢马尔切洛，他长得像埃托雷——我们的课本《伊利亚特》插图里的人物。他们一直跟着我，我走在人行道上，他们在路上，坐在那辆“菲亚特 1100”车里。

“你坐过汽车吗？”

“没有。”

“上来吧，我们带你兜一圈。”

“我父亲不会同意的。”

“我们不会告诉他的。你什么时候才有机会坐上这么阔气的汽车啊？”

永远不会，我想，但是我一直在说“不”，并加快脚步走向小公园。这时候他们的汽车加速开走了，一眨眼工夫就消失在正在修建的房子后面。我拒绝了他们，因为假如我父亲知道我上了他们的汽车，尽管他是一个温和的好人，非常爱我，他也一定会打死我的。我的两个弟弟佩佩和詹尼尽管年龄很小，也会感觉到有义务在长大后杀死索拉拉兄弟。没有明文规定，但大家都知道事情就是这样，包括索拉拉兄弟也知道。说实在的，他们一直都表现得很客气，只是邀请我上车。后来在艾达面前，他们表现得就没那么客气了，艾达是疯寡妇——也就是在萨拉托雷搬家时丢人现眼的那个寡妇梅丽娜·卡普乔的大女儿。艾达当时十四岁，星期天她背着母亲抹上口红，她的腿很长很直，胸比我还大，看起来很成熟，很漂亮。索拉拉兄弟会对她说一些不堪入耳的话，米凯莱用手抓住她的一条胳膊，打开车门，把她拉了进去。一个小时之后，他们会把艾达送回原处，她好像有些恼火，但又在笑。有人看到索拉拉兄弟把艾达强行拉到车上，就把这件事情告诉艾达的哥哥安东尼奥，他在格莱西奥的修理厂做技工。安东尼奥干活很努力，很守纪律，也很羞怯。很明显，父亲的早逝和母亲的疯狂让他很受伤。他没对自己的亲戚和朋友说，就一个人去索拉拉的酒吧门口等马尔切洛和米凯莱，兄弟俩一出现，他一句话也没有说，上来就动了手。前面几分钟，他占了上风，但后来索拉拉兄弟的父亲，还有一个酒吧服务员出来了，他们四个人联手，打得安东尼奥浑身是血。这时候，经过的人，还有酒吧里的顾客，没有任何人介入、帮他一把。

关于这件事情，我们这些女生都分成两派。吉耀拉·斯帕纽洛和卡梅拉·佩卢索支持索拉拉兄弟俩，因为他们很帅，而且有汽车。我有些犹豫，当着这两个朋友的面，我倾向于支持索拉拉，表现出很欣赏他们的样子。他们的确很帅，对于我们来说很难抵挡，我们想象自己坐在汽车里，坐在他们其中一个身边的样子。但我觉得他们俩在艾达面前的表现，实在是太糟糕了，安东尼奥虽然不是很帅，不像索拉拉兄弟一样肌肉发达、每天去健身房，但是他有勇气挑战他们。莉拉毫不犹豫地表达了她的观点，她和我想法一样，因此当着莉拉的面，我也说出了自己真实的想法。

有一次，我们讨论得很激烈，也许因为她不像我们发育得那么好，她不知道受索拉拉兄弟关注的那种乐趣和恐惧。她比平时更加苍白，她说假如发生在艾达身上的事情发生在她身上，那她不会麻烦她父亲和哥哥里诺，她会亲自解决那俩兄弟。

“马尔切洛和米凯莱看都不看你一眼。”吉耀拉·斯帕纽洛说。我们以为莉拉会生气，但她很严肃地说：

“这样最好。”

她还是像之前那么单薄，但很紧致。我惊异地看着她的双手：在短时间内，她的双手就会像她哥哥里诺，还有她父亲的手那样，手指会长出厚厚的、发黄的茧。尽管没人逼她——在铺子里干活不是她份内的事情——她也开始干一些活儿，穿针引线，拆线，沾胶，缝边，她现在操作费尔南多的那些工具几乎和她哥哥一样熟练。这就是为什么那一年她不再问我拉丁语的事情。后来有一次她跟我说了她的想法，但和书本一点关系也没有：她想说服她父亲做新款的鞋子，但费尔南多连谈都不愿意谈。父亲对她说，做手工鞋是没有前途的。现在有很多机器，那些机器很贵，需要很多钱，但钱不是在银行，就是在放高利贷的人手里，赛鲁罗家里没这些钱。她还是坚持己见，跟父亲说了很多好话：爸爸，没人像你做鞋子做得那么好。他回答说，尽管这是事实，但现在的鞋子都是工厂加工的，批量生产，成本很低。他之前在工厂里待过，知道那些流向市场的鞋子有多糟糕，但没办法，人们要穿新鞋的话，已经不会去附近的鞋匠那里买，而是去雷蒂费洛区的商店买。尽管你规规矩矩地做好鞋子，也会卖不出去，白费力气，还赔上钱。

莉拉没有像往常一样被父亲说服，她把里诺拉到自己一边。开始，她哥哥是站在父亲那一边的，因为他很烦莉拉，他才是做鞋子的行家，现在莉拉不谈读书的事了，却在对干活的事指手画脚。但后来，他逐渐被妹妹关于制鞋的诱人前景说服了，开始和费尔南多争吵，频繁顶嘴，说的都是莉拉说的那些话。

“我们至少要尝试一下。”

“不行。”

“你看到索拉拉家的汽车了吗？你看到卡拉奇他们家的肉食店生意多火了吗？”

“我看到，那个开裁缝用品店的女老板想开一家成衣店，但她后来放弃了。我还看到格莱西奥的修理厂，因为他那个蠢儿子的缘故，迈的步子比腿还长。”

“但是，索拉拉他们家的店铺越来越大了。”

“做你自己的事吧，别管人家索拉拉。”

“在铁路旁边要建一个新小区。”

“关我们屁事儿。”

“爸爸，那些人赚到了钱，他们想花钱。”

“人们会花钱买吃的东西，因为每天都得吃饭。鞋子首先不能吃；其次呢，如果鞋子坏了，让人修一修，还可以穿上二十年。就眼下看来，我们的工作就是修鞋子，我们不干别的。”

我很喜欢里诺，因为他一直对我都很客气，但有时候他也能鼓起勇气，非常坚定，让他父亲也有些害怕。在任何时候，任何地方，他都在支持妹妹。我很嫉妒莉拉有这样一个哥哥，这样坚定地支持着她。有时候，我想我和她之间的差别是因为我只有弟弟，因此没有人鼓励我、反对我母亲，让我能独立思考；而莉拉可以依赖里诺，无论在谁面前，他都可以保护自己的妹妹，无论她怎么想，哥哥都会支持她。话是这么说，但我觉得费尔南多说的有道理，我比较同意他的观点。我和莉拉谈论这件事情时，发现她也这么想。

有一次，她让我看了一幅图，那是她和哥哥一起画的鞋子图纸，男鞋女鞋都有。那些设计图非常漂亮，画在方格纸上面，细节很丰富，颜色也很精确，就好像她从近处仔细观看过那些不属于我们这个世界的鞋子，她看到之后，就把它们画了下来。实际上，那些鞋子是她设计的，每个细节都是她想象的，就像在上小学时她画的那些公主。她画的那些鞋子，看起来虽然非常普通，但一点儿也不像我们这个城区卖的鞋子，包括照片小说里女演员脚上的鞋子，也不是这个样子。

“你喜欢吗？”

“这些鞋子很优雅。”

“里诺说这种鞋子很难做。”

“那他会做吗？”

“他说他肯定能做出来。”

“那你父亲呢？”

“他当然能做出来。”

“那你们就做吧。”

“爸爸不愿意做。”

“为什么？”

“他说，我玩玩可以，但是他和里诺不能跟着我浪费时间。”

“什么意思？”

“意思就是说，要真干起来的话，是要时间和金钱的。”

这时候，她把自己背着里诺算好的账给我看了看。她想知道做这些鞋子到底需要多少钱，最后她停了下来，把那几页皱巴巴的纸折了起来。她告诉我，她爸爸说的对，这是白费时间。

“那你打算怎么办呢？”

“我们还是要试试。”

“费尔南多会发火的。”

“假如试都不试一下，那一切都会是老样子。”

她想要改变现状，还是同样的话题：我们应该从穷人变成富人，从一无所有到拥有一切。我跟她提了一下我们之前的计划：要像《小妇人》的作者，靠写小说发财。我还停留在这一步，还是很上心，还为了这个目标在学拉丁语。我内心深处相信，虽然她现在不再上学，尽管她专注于做鞋，但她在费拉罗老师的流动图书馆借阅了那么多书，是想和我一起写一本小说，赚很多钱。听到我的话，她耸了耸肩，一副满不在乎的样子。她对《小妇人》的想法已经变了，跟我解释说，现在要变得真正有钱，需要做生意。他们可以先做一双鞋子，向她父亲展示一下他们做的鞋子多漂亮，多舒服。一旦说服了费尔南多，就可以开始生产：今天做两双，明天做四双，一个月做三十双，一年做四百双，这样很快她就可以和她父亲、里诺、母亲，还有几个弟弟建起一家鞋厂——“赛鲁罗”鞋厂，雇佣至少五十个工人，用机器做鞋。

“一家做鞋的工厂？”

“是的。”

她说起这个工厂时，充满了信心。她用平时说话的语气，用意大利语在我眼前勾勒出了一家工厂的样子。“赛鲁罗”的牌子会被烫在鞋面上，他们会做出“赛鲁罗”系列产品，设计都很漂亮、优雅。她说，穿上“赛鲁罗”鞋子，那么舒服漂亮，晚上睡觉时也不想脱。

我们都笑了，觉得这个构想很有趣。

最后莉拉停了下来，就好像意识到我们是在开玩笑，就像很多年前我们把蒂娜和诺放在地窖通风口，一起玩布娃娃时一样。她对我说，她急于向我说明：这是一件很具体可行的事情。她一副小大人的样子，后来在我眼里，这种故作成熟成了她的一个主要特点：

“你知道为什么索拉拉兄弟觉得自己是这个城区的主人？”

“因为他们横行霸道。”

“不是，因为他们有钱。”

“你这么认为？”

“当然，你看到了吗？他们从来都不会骚扰皮诺奇娅·卡拉奇。”

“的确。”

“那你知道为什么他们会那么对待艾达吗？”

“不知道。”

“因为艾达没有父亲，她在帮梅丽娜打扫楼道和楼梯，她哥哥安东尼奥也没什么用。所以，我们要自己赚钱，要比索拉拉赚得还多。要让那兄弟俩远离我们，就要让他们知道我们的厉害。”她给我看了一把非常锋利的割皮刀，那是她从她父亲的铺子里拿的。

“他们不会碰我，因为我很丑，我还没有来月经，但他们会骚扰你，如果发生这样的事情，你就告诉我。”她对我说。

我很迷惑地看着她，我们只有十三岁，什么都不懂，我们不懂法律、正义还有国家机构。我们只是在模仿从小看到和听到的，但我们从来都不肯定：难道正义不是靠斗殴获取的吗？佩卢索不是把堂·阿奇勒杀死了吗？回到家里，我意识到她最后说的那些话证明她很在乎我，这让我感觉到很幸福。

- 9 -

初中毕业考试，我的其他课程得了八分，拉丁语和意大利语得了九分，是学校里成绩最好的学生，比阿方索成绩好——他的平均分是八分，也比吉诺的成绩好得多。很多天，我都沉浸在那种第一名的喜悦里。我父亲表扬了我，从那时候开始，他开始在所有人面前夸奖自己的长女：意大利语和拉丁语都得了九分。让人惊异的是我母亲，她正在厨房里，站在水池前面择菜，她忽然头也没回地对我说："星期天，你可以戴上我的银手镯，但当心别弄丢了。"

我在院子里没那么受欢迎，在院子里，只有男女爱情才是重要的话题。当我告诉卡梅拉·佩卢索我在学校里考了第一时，她马上对我说，阿方索经过她身边时，死死地盯着她看。吉耀拉·斯帕纽洛非常痛苦，因为她的拉丁语和数学都不及格，她想挽回一点面子，就说吉诺在追她，但她不愿意，因为她爱上了马尔切洛·索拉拉，可能马尔切洛也爱她。当我一门门告诉莉拉我的成绩时，她也没表现得特别高兴，她还是用平常那种坏坏的语气，笑着说：

"他们没给你十分啊？"

我觉得很难过，只有平时表现的成绩才能得十分，主要课程的成绩，老师没给任何人十分。但她那句话，让我心里马上敲起了鼓：假如她和我一起去上中学，和我在同一个班，假如她家人允许的话，那她现在的分数应该都是十分。这是我一直都明白的事情，她也明白这一点，她在提醒我。

我回到家里，内心很痛苦，虽然我得了第一名，但我并不是名副其实的第一名。另外，我父母已经开始商量着怎么安顿我的问题，现在我已经有了初中毕业证。我母亲想求文具店的老板娘让我当售货员。她觉得我学习那么好，非常适合卖学校里用的钢笔、铅笔、本子和书籍。我父亲幻想着通过他在市政府里认识的熟人，让我谋到一份好差事。我内心很忧伤，但无法描述是一种什么东西，那种忧伤一直在上升、膨胀，以至于周末的时候，我都不想出家门。

我不再觉得满意，所有一切都让我感到迷惘。我经常看着镜中的自己，我没有看到自己想看到的东西：金色的头发现在变成了栗色，我的鼻子很宽，很扁，我的身体在横向发展，没有长高。我的皮肤也变得很糟糕：额头、下巴和腮帮子上出现了一片片红色的丘疹，慢慢有些发紫，疹子上还有一个发黄的尖。我开始主动帮母亲打扫卫生，做饭，收拾弟弟们搞乱的东西，照顾小妹妹埃莉莎。空闲的时候，我也不出门，坐在角落里读我从图书馆借来的小说：格拉齐亚·黛莱达、皮兰德罗、契诃夫、果戈理、托尔斯泰和陀思妥耶夫斯基。

有时候，我非常渴望去修鞋的铺子里找莉拉，和她谈论那些我喜欢的小说人物，还有我背下来的那些话，但后来不了了之。我知道她会泼冷水，她可能会说起她和里诺的计划：鞋子、鞋厂和钱。我慢慢觉得自己读的那些小说一点用处也没有，我的生活很苍白，未来我会成为一个肥胖、脸上长满痘痘的售货员，在教堂对面的文具店里卖东西，或者成为市政府的一个职员，一个老姑娘，迟早会成为一个斜眼的跛子。

一天，我收到一份书面邀请，上面有我的名字，费拉罗老师让我星期天早上去图书馆。我决定采取行动，开始打扮自己，我想像小时候那样漂亮，假装自己还是以前的样子。我用了很长时间挤脸上的痘痘，后来脸比之前更红了。我戴上了母亲的银手镯，把头发散开，但还是不喜欢我自己，我很郁闷。在那个炎热的季节，从早上开始，热气就像一只发烧的手一样笼罩着整个城区，我走到了图书馆。

我马上看到那里有一小群人，有小学生和他们的家长，还有一些中学生，他们从大门里进去，情况和平时不一样。我也进去了，那里有一排排椅子，位子上都坐满了人，墙上有彩色条幅，神父、费拉罗老师，甚至连小学校长和奥利维耶罗老师都在场。我发现，费拉罗老师推出了一个奖励优秀读者的办法，他按照登记簿，给那些借书最多的人奖励一本书。因为奖励仪式马上要开始了，所以暂时停止借书。我坐在大厅最后一排，用目光搜寻着莉拉，但我只看到吉耀拉·斯帕纽洛，她和吉诺还有阿方索在一起。我很不安地坐在椅子上，非常不自在。过了一会儿，卡梅拉和她哥哥帕斯卡莱坐在了我身边。我们打了招呼。你好。你好。我用头发挡住了发红的脸颊。

那个小小的颁奖仪式开始了，得奖的人有：第一名拉法埃拉·赛鲁罗，第二名费尔南多·赛鲁罗，第三名农齐亚·赛鲁罗，第四名里诺·赛鲁罗，第五名埃莱娜·格雷科——也就是我。

这让我觉得很好笑，帕斯卡莱也想笑，我们相互看着，压抑着笑声。这时候，卡梅拉小声问："你们笑什么？"我们都没回答，又相互看了一眼，用手捂着嘴笑。我感觉我的眼睛里洋溢着笑，忽然间我觉得很快乐。费拉罗老师问了好几次，赛鲁罗家的人有没有到场，后来我被叫上去领第五名的奖品。费拉罗老师赞扬了我，把杰罗姆·K. 杰罗姆的《三人出海记》交到了我手上。我对他表示感谢，然后怯生生地问：

“我能不能把赛鲁罗家的奖品也领了，我会带给他们的。”

老师把奖给赛鲁罗家的所有书都给了我。我们出去时，卡梅拉满脸不悦地赶上了吉耀拉——她正和阿方索、吉诺聊得兴高采烈。这时候，帕斯卡莱用方言对我说，里诺看书把眼睛都看坏了；鞋匠费尔南多晚上不睡，不停地看书；农齐亚太太站在灶火旁，一边煮土豆和面条，一边看书，一只手拿着一本书，另一只手拿着长柄勺。他说的这些话让我觉得更好笑了。他上小学时和里诺一个班，而且是同桌。他眼睛里泛着喜悦的泪花，告诉我，他们俩加在一起——他和同桌里诺相互帮助，加上留级的那几年，他们上了六七年学之后，勉强能读出来的字是：盐、香烟、肉食店、邮局、电报……他问我，他以前的同桌得到的奖品是什么。

“《死去的布鲁格斯》。”

“是不是鬼故事？”

“我不知道。”

“我可不可以和你一起去找他，把书给他？最好是让我亲手交给他，好吗？”

我们又笑了起来。

“可以啊。”

“他们把奖颁给了里诺，真是太逗了！分明是莉拉读了那些书，我的天啊！那姑娘实在太厉害了。”

帕斯卡莱·佩卢索对我的关注让我倍受安慰，我喜欢和他一起笑。也许我也没那么丑，我想，也许是我无法欣赏自己。

这时候我听到有人叫我，是奥利维耶罗老师。我走到她跟前，她用一种审判的目光看着我，她用一种权威的语气对我说：

“你长大了，你真漂亮。”她的话几乎让我对自己的长相产生了自信。

“老师，这不是真的。”

“真的，你像一个明星，身体很棒，很丰满，而且功课也很好。我听说你在学校得了第一名。”

“是的。”

“现在你打算做什么？”

“我要开始上班。”

她惊叹了一下，说：“想都不要想！你应该继续读书。”

我不安地看着她，我还有什么要学的呢？我一点都不了解教育体系，不知道在初中毕业之后还有什么，我对高中、大学这些词汇都没有概念，它们就像我在小说里读到的那些词汇一样抽象。

“我不能继续读书，我父母不会让我继续念书的。”

“拉丁语老师给了你多少分？”

“九分。”

“你肯定？”

“肯定。”

“那我和你父母谈。”

我做出要离开的样子，我得说当时自己有些害怕。假如奥利维耶罗老师真的到我家里去，让我父母亲继续供我读书，家里又会爆发新的战争，我一点也不想看到这个场面。我更愿意接受现在的状况：在家里帮母亲干活，在文具店里工作，接受我脸上长的痘痘，身体健壮、肥美——就像奥利维耶罗老师说的那样，过着悲惨、辛苦的生活。莉拉不是已经有三年没上学了？那个鞋匠家的女儿，不是曾经也满怀梦想吗？

“老师，谢谢，”我说，“再见。”

但奥利维耶罗老师拉住了我的胳膊。

“你别和那人浪费时间，”她指着帕斯卡莱对我说，帕斯卡莱这时候在等我，“他做泥瓦匠，不会有什么前途，而且他出身很糟糕，他父亲是一个共产党，还把堂·阿奇勒杀了。我不希望你和他来往，他和他父亲一样，一定也是个共产党。”

我点头表示同意，没和帕斯卡莱打招呼就离开了。开始的时候，他有些不知所措，但后来就跟了过来，距离我大约十几步远。他不是一个很帅气的小伙子，但我也不是个漂亮姑娘。他鬈曲的头发是黑色的，因为经常晒太阳，所以皮肤黝黑，他的嘴很大，他是一个杀人犯的儿子，也许还是个共产党。

我心里在琢磨着“共产党”这个词，这个词对我来说没什么意思，但在老师的嘴里成了一个贬义词。共产党！共产党！共产党！我觉得这个词很迷人，共产党、杀人犯的儿子。这时候，我走到了拐弯的地方，帕斯卡莱赶上我了，我们一起走了段路，一直到离我家很近的地方。我们又笑了起来，约好了第二天见面，一起去鞋匠的铺子里，把那些书给莉拉和里诺。在离开之前，帕斯卡莱对我说，他、他妹妹还有几个愿意去吉耀拉家的人下个星期天会一起学跳舞。他问我愿不愿意去，又说我也可以叫上莉拉。我惊异得张大了嘴巴，我知道母亲是不会让我去的，但我还是说：“好吧，我想一下。”他伸出手来，我还不习惯那种方式，就犹豫了一下，然后轻轻握了握他的手。他的手很硬，很粗糙，我马上把手缩了回去。

“你一直做泥瓦匠啊？”我问他，尽管我知道他在做什么。

“是的。”

“你是共产党吗？”

他用不安的眼神看着我。

“是的。”

“你去波桥监狱看你父亲吗？”

他变得很严肃。

“我一有机会就去。”

“再见。”

“再见。”

- 10 -

当天下午，奥利维耶罗老师没有事先通知突然就到我家来了。她的造访让我父亲非常紧张，母亲也非常慌乱。她让我父母保证，他们会把我送到最近的文科高中读书，她说她会帮我找到上学用的课本。她对我父亲说话时，眼睛很严厉地看着我，她说她看到我和帕斯卡莱·佩卢索单独走在一起，这很不得体，因为我是一个很有前途的女孩，他根本不配和我走在一起。

我父母没有勇气反驳她，他们庄严地向老师保证，会让我去读高中。我父亲阴着脸说：“莱农，你要小心点！以后不要和帕斯卡莱说话了。”送别老师之前，她问了我莉拉的情况。我告诉她，莉拉在她父亲和哥哥的铺子里帮忙记账。她做了一个鄙视的表情，然后问我：

“她知道你的拉丁语得了九分吗？”

我点了点头。

“你告诉她，你现在要学习希腊语，告诉她吧！”

最后，她仰首挺胸地向我父母告别，感叹说：

“这个姑娘会成为你们的骄傲！”

当天晚上，我母亲怒不可遏，说现在不得不送我去有钱人的学校上学，否则奥利维耶罗老师会不停地折腾我们，还可能会进行报复，让小埃莉莎考试不及格。我父亲关注的是另一个问题，威胁我说如果他再发现我和帕斯卡莱·佩卢索单独在一起，就会打断我的腿。这时候，我们听见一声尖叫，那是梅丽娜的女儿艾达在喊“救命”。

我们都跑到窗户跟前，院子里乱哄哄的。我们都知道，自从萨拉托雷全家搬走了之后，梅丽娜通常都表现得挺好的。她当然有些忧郁，有些心不在焉，但她的奇怪举动变得很少，也基本不会搅扰到别人。比如说，之前病得严重的时候，她在打扫楼梯时，会非常大声地唱歌；看都不看有没有人经过，就把脏水泼到路上。她现在又发疯了，这次是幸福得发疯了。她大笑着，在家里的床上跳着，她把裙子撩起来，对着几个惊恐的孩子露出自己消瘦的大腿和内裤。我母亲很了解这类事情，她向其他从窗口探出头的女人打探。我看到农齐亚·赛鲁罗和莉拉也下楼去看发生了什么事。我想出门加入她们，但我母亲阻止了我。她整理了一下头发，一瘸一拐地出去探个究竟了。

她回来时有些气愤，说有人给梅丽娜寄了一本书。是的，一本书，梅丽娜顶多上到小学二年级，一辈子从来都没有读过一本书。书的封面上写着多纳托·萨拉托雷的名字，在书的第一页用钢笔写着一行赠言，还写着梅丽娜的名字，上面用红笔写着这些诗歌是写给她的。

我父亲听到这件奇怪的事情，骂了那位铁路职工兼诗人很多脏话。我母亲说真应该有人把那个混蛋男人的脑袋打破。整个晚上，我们都听到梅丽娜在幸福地唱着歌，还听见几个孩子——尤其是安东尼奥和艾达的声音，他们尽量想让母亲平息下来，但失败了。

这件神奇的事情震撼了我。在同一天，我吸引了一个神秘的青年帕斯卡莱；我面前冒出来一所新学校；我还发现一个以前住在这个城区的人——就住在我们这栋楼的对面，他出版了一本书。最后这件事证明莉拉说得对，出书这种事情有可能也会发生在我们身上。虽然她已经放弃了，但我呢？我可能会自己写一本书，就像萨拉托雷那样，说不定呢？假如事情顺利的话，我可能会在莉拉做出她的鞋子、建立她的鞋厂之前变成有钱人。

- 11 -

第二天，按照和帕斯卡莱·佩卢索约定的时间，我悄悄出去了。他气喘吁吁地跑了过来，身上穿着工地的衣服，浑身都是汗，衣服上沾满了石灰的白点。在路上，我把多纳托和梅丽娜的事情告诉他了。我对他说，最近发生的事情证明了梅丽娜不是一个疯子，多纳托的确是爱上了她，而且依然还爱着她。我说这些话时，帕斯卡莱表示同意，他表现出了对爱情的极大兴趣。我意识到，这件事情的最新发展，最让我振奋的是多纳托·萨拉托雷最近出版了一本书。这个铁路职员变成了一本书的作者，费拉罗老师完全可以把这本书放入他的图书馆里让大家借阅。我告诉帕斯卡莱，我们所有人都认识一个非凡的人：多纳托看起来好像被妻子莉迪亚整得服服帖帖的，但他却是一个诗人。无论如何，他的悲剧爱情在我们的眼皮底下发生了，让他产生灵感的是一个我们都很熟悉的人，也就是梅丽娜。我觉得非常兴奋，心跳得很快，但我意识到，谈到这个话题时，帕斯卡莱根本跟不上我的思路，他说同意只是不想违背我。过了一会儿，他就开始转移话题，问我莉拉的事情：她在学校表现怎么样？她人怎么样？我们还是不是朋友等等。我很乐意回答他的问题。这是第一次有人问我关于我和她之间的友谊，一路上我都在兴致勃勃地讲着。我第一次感觉自己需要找到合适的词汇，来讲述我们之间的友谊，因为之前从来都没有讲过，我尽量把我和莉拉之间的关系淡化，压抑了很多高调的表述和感叹。

到了鞋匠的铺子，我们还在谈论这个话题。费尔南多回家睡午觉了，莉拉和里诺面对面坐着，满脸阴郁，他们低头看着一个什么东西，一脸不满。他们透过玻璃门看到了我们，就马上把东西收了起来。我把费拉罗老师的奖品交给莉拉。这时候，帕斯卡莱和他的朋友里诺开玩笑，把他得的那本书在他面前打开，戏弄他说："你看完了这本《死去的布鲁格斯》之后，告诉我你喜欢不喜欢，如果写得好的话，我也读一读。"他俩笑了起来，咬耳朵说了很多关于布鲁格斯的话，当然是不堪入耳的话。我注意到，尽管帕斯卡莱在和里诺开玩笑，他还是偷偷地看了一眼莉拉。为什么他要这么看她？他在寻找什么？他看到了什么？那意味深长的目光，莉拉甚至都没觉察到。我觉得，里诺比我更注意到了这一点，他把帕斯卡莱拖到了街上，好像是想避免我们听到他们的玩笑话，但实际上，他很讨厌自己的朋友看妹妹的眼光。

我陪莉拉来到了铺子后面的房间，我努力地看着她，想从她身上看出是什么东西吸引了帕斯卡莱的注意。我觉得她还是那个柔弱的小姑娘：瘦骨嶙峋，脸色苍白，唯一能吸引人的可能就是她的大眼睛，还有微微起伏的胸脯。她把那些书放在了自己的书、旧鞋子还有一些皱巴巴的笔记本中间。我跟她提到了梅丽娜发疯的事，但我尤其想向她传递的是我激动的心情。我终于可以说，我们认识一个刚刚出版了一本书的人——多纳托·萨拉托雷。我用标准意大利语对她说："想想看，他儿子尼诺和我们在一所学校上学，萨拉托雷家发财了。"她有些怀疑地做了一个笑脸。

"你说的是这本书吗？"她说。她伸出手，给我展示出了萨拉托雷的那本书。

那本书是梅丽娜的大儿子安东尼奥送给她的，他不想让母亲看到这本书。我拿过书，仔细地看了一眼。这本诗集的题目是《平和的尝试》，封面是红色的，图案是山顶上有一枚光芒四射的太阳。看到诗集的封面上写着多纳托·萨拉托雷的名字，我非常激动。我打开书，大声读着上面的赠言："送给激起我灵感的梅丽娜。多纳托，那不勒斯，一九五八年六月十二日。"我觉得很激动，脖子上有触电的感觉，那种感觉一直延伸到发梢。我说："尼诺会有一辆汽车，比索拉拉兄弟的汽车还漂亮。"

莉拉用她特有的目光，注视着我手上的书。

"会发生什么事情，我们很快会知道的。"她嘀咕了一句，"到目前为止，这些诗歌只带来了灾难。"

"为什么？"

"萨拉托雷没勇气亲自来找梅丽娜，他寄过来这本书。"

"这不是一件很美的事情吗？"

"谁知道呢？现在梅丽娜在等着他，假如萨拉托雷不来，她比之前要更受罪。”

多精彩的分析啊！我看着她白皙的皮肤，脸上很光滑，一颗痘痘也没有。我看着她的嘴唇和耳朵精致的轮廓。是的。我想可能她变了，不仅仅是身体上的，她的表达方式也变了。我觉得——按照今天的话来说——她不仅能用一种我熟悉的语气把一件事情说清楚，比小时候还要清楚；现在她列举事实，很自然地加强了这些事实的分量，用短短几句话就能加强了事情的感染力。同时我很高兴地发现，在她表达观点时，我觉得自己也有能力那么说话。我试了一下，效果很好。我很高兴地想，这就是我和卡梅拉以及其他女生之间的差别：我会和她一起谈得热火朝天，会回应她。她的双手是多么有力啊！她的动作和目光是多么优美啊！

当莉拉和我谈论、分析爱情时，那种交谈的乐趣忽然中断了，因为我有了一个很丑陋的想法。忽然间我明白自己错了：泥瓦匠帕斯卡莱，那个共产党、杀人犯的儿子，他陪我到这里来，不是为了我，而是为了她，是为了能有机会看到她。

- 12 -

一想到这一点，我就忽然喘不过气来。两个小伙子从外面进来，打断了我们的谈话，帕斯卡莱笑着坦白说，他从工地出来时没告诉工头，他要马上回去干活儿。我注意到他还是一直盯着莉拉看，几乎有些不由自主。他这么说，也许是为了暗示她：我冒着被开除的风险，只是为了看到你。最后，他对里诺说：

“星期天，我们都去吉耀拉家，莱农奇娅也来。你们去不去？”

“星期天还远着呢，我们会考虑的。”里诺回答说。

帕斯卡莱又看了一眼莉拉，但莉拉根本就没有注意到。最后，他问都没有问我要不要和他一起走，就很快离开了。

我感觉很不舒服，也很焦虑。我不停用手指摸着发红的脸颊，但我意识到这一点之后，就强迫自己不要那么做。里诺从工作台下拿出一包东西，那是在我们到之前他们正在忙活的事情，他有些不安地研究着。我试着又和莉拉谈起书籍，还有爱情。

我们尽情地谈论着萨拉托雷，梅丽娜为爱疯狂，还有那本书的作用。现在会发生什么事呢？不看这本书的内容本身，只看它的封面、标题，还有上面的姓名，就能在那个女人的内心重新燃起多大的激情啊！我们谈论得那么热烈，以至于后来里诺失去了耐性，他对我们吼道：

“你们说够了没有？莉拉，我们看看这活儿怎么干？爸爸待会儿回来，我们什么都干不了了！”

我们不说了。我看了一眼他手头上正在做的东西，那是一个木楦，周围乱七八糟地放着鞋底、条状的皮子、一块块的厚皮革，还有刀子、各种型号的锥子，以及其他工具。莉拉对我说，她和里诺正在试着做一双旅行用的男鞋。她哥哥很快就急了，让我以我妹妹埃莉莎的性命做担保，发誓不对任何人说起这件事情。他们背着费尔南多干活，里诺通过一个在卡萨诺瓦皮革厂打零工的朋友搞到了一些皮子。他们利用一些零散的时间，今天五分钟明天十分钟来做这双鞋，因为他们没法说服父亲帮助他们。不仅如此，每次他们一提到这件事，费尔南多都会怒火中烧，让莉拉赶紧回家，说不想在铺子里看到她。他还威胁说要把里诺打死，说他已经十九岁了，还是那么不懂事，不把他父亲放在眼里。

我假装对他们的秘密行动很感兴趣，尽管兄妹俩都把我当成了知己，尽管这桩事我只能作为见证人，莉拉会一个人走在这条路上，做出一些伟大的事情，实际上我后来懊悔了。尤其让我失落的是：我们那么热烈地谈论了诗歌和爱情之后，她把我送到门口，她会觉得一双鞋要比爱情更有意思吗？谈到萨拉托雷和梅丽娜时，我们的谈话是那么精彩。我不能相信的是：她谈到那堆皮子和工具时，马上就忘记了那个为爱遭受痛苦的女人，而我还念念不忘。做鞋子跟我有什么关系呢？我的心里、眼睛里，还在体验着爱的激情，那种被打破的忠贞，还有写成书的爱之歌，那种感觉就像我和她在铺子里一起看了一本小说，周末在教会电影院里看了一部悲情电影。

这种不对应的情感让我感到痛苦，我不得不离开了。因为她更喜欢在鞋子上的这场冒险，而不是我们的谈话；因为她是独立的，而我需要她；因为她有一个可以投身的世界；因为帕斯卡莱——一个年龄比我们大的男人，而不是一个小男孩，他肯定已经找到了其他机会去看她，去挑逗她，想暗地里成为她的男朋友，和她接吻，抚摸她，就像其他男女朋友那样。总之，现在我觉得，对于她，我越来越没有存在的必要了。

因此，几乎是为了驱赶我当时内心的不快，为了强调我的价值，以及我在她生活里不可取代的位置，我忽然对她说，我要去上高中了。我是在铺子门口告诉她的，当时我已经走到了路上。我告诉她，这个决定是奥利维耶罗老师强加给我父母的，她还说要为我搞到上学用的课本，以及一些不要钱的旧书。我这么说是因为我想让她意识到：我是独一无二的，尽管她可能会和里诺一起做鞋子发财，但她永远都会离不开我，就像我永远都离不开她一样。

她很不安地看着我。

“什么是高中？”她问。

“就是上完初中后要上的学校。”

“你去高中干什么？”

“学习啊。”

“学什么？”

“拉丁语。”

“就学这个吗？”

“还学希腊语。”

“希腊语？”

“是的。”

她做出了一副很迷惘、不知道该说什么的表情，最后她说了一句前言不搭后语的话：

“上个星期，我的月经来了。”

尽管里诺没叫她，她还是进去了。

- 13 -

现在她也在流血，身体里秘密的运动，先是发生在我的身上，然后像地震波一样触及到她，会改变她，现在已经开始改变她了，而我想，帕斯卡莱比我更早发现了这一点。可能不仅仅是他，还有其他男生也发现了这一点。我要去上高中这件事情，很快就失去了光环。好几天我一直都在想这件事情，想着莉拉可能会发生的变化，她会不会变得像皮诺奇娅、吉耀拉，或者卡梅拉一样很漂亮？她会不会像我一样变丑？我回到家里，看着镜中的自己，我真的那么丑吗？她到底会变成什么样子呢？

我开始打扮自己。一个星期天的下午，我从大路走向小公园，穿着通常过节时穿的衣服：一套天蓝色裙子，领子很大，是方口的，戴着我母亲的银镯子。遇到莉拉时，我感觉到一种很隐秘的喜悦，她就像往常一样，凌乱的黑发，身上穿着一件破旧、掉色的衣服。她和往常没有任何差别，还是那个神经质、消瘦的女孩。我觉得她长高了一些，她之前很矮小，现在几乎和我一样高了，可能只差一厘米。她的变化到底在哪里呢？我那时候胸已经很大了，已经长成成熟女人的样子。

我们一直走到小公园里，再往回走，然后又走到公园。那时候时间还早，还没有通常星期天的嘈杂声，那些卖炒花生、核桃，还有扁豆的贩子还没来。莉拉小心翼翼地问了我关于高中的事情，我知道的很少，就夸大其词地告诉她我所知道的一切。我希望能激起她的好奇心，让她渴望了解我在外面的生活，让她也介入我的体验，让她也感觉到，她正在失去我的一部分，就像我担心失去她一样。我走在靠街心的一边，她走在马路内侧。我说话时，她听得很认真。

后来，索拉拉兄弟的“菲亚特 1100”靠了过来，是米凯莱在开车，旁边坐着马尔切洛。马尔切洛开始对我们说风趣话，调笑我们。准确来说，不仅仅是对我说的，而是对我和莉拉说的。他用方言唱着这样的话：多漂亮的小姐啊！你们走来走去，不累吗？你们看！那不勒斯那么大，是这个世界上最美丽的城市，像你们一样美丽。你们上来吧！过半个小时，我们会把你们送回来。

我本来不应该那么做的。我本来应该假装没看到他和米凯莱，没看到那辆汽车，我应该一直向前走，继续和莉拉说话，不理他。但我为了证实自己有魅力，而且很幸运，马上就要去那些阔人去的学校上学了，在那里我会遇到其他男生，他们会有更漂亮的汽车。我转过头，用意大利语说：

“谢谢，我们不能……”

就在这时候，马尔切洛伸出了一只手。尽管他个子很高，已经是一个发育成熟的男人，但我看到那只手很宽，手指很短，他的五根手指从车窗伸了出来，抓住了我的胳膊。他还说：

“米凯莱，你停一下车，你看门房的女儿戴了一只多漂亮的手镯啊！”

车子停了下来。马尔切洛捉住了我的手腕，拧着我的手臂，从我手上摘下了手镯。手镯掉在汽车和人行道之间的路上，断开了。

“天啊！看看你做了什么？”我想到了母亲，就大叫起来。

“别着急。”他打开车门，从车上下来说：“现在我给你修好。”

他很愉快，也很客气，他又想伸手拉我的胳膊，想表现得亲密一些，让我平静下来。就在这时候，莉拉忽然过来了——她的身高只有马尔切洛的一半——她把马尔切洛推到了汽车上，用一把裁皮子的刀顶住了他的喉咙。

她不紧不慢地用方言说：

“你敢再碰她一下，我让你看看会发生什么。”

马尔切洛一动不动，目瞪口呆。米凯莱很快从汽车里出来了，他用肯定的语气说：“马尔切洛，她能拿你怎么样，这小婊子没那胆。”

“来呀，”莉拉说，“你来呀，这样你就能看到我有没有胆。”

米凯莱在汽车周围转悠。这时候我哭了起来，从我那个角度可以很清楚地看到那把刀子已经弄破了马尔切洛的皮肤，有一条细小的伤口，流出了一丝血。在我的记忆里，这个情景非常清晰：当时天气还很热，路上行人很少，莉拉挨着马尔切洛站着，就好像他脸上有一只危险的虫子，她正在帮他赶开。

我记得清清楚楚，当时她的态度非常明确：她会毫不犹豫地把马尔切洛的脖子割破。米凯莱也意识到了这一点。

“好吧。你很厉害，”他说，还是很平静，几乎有些风趣，他回到了汽车上，“上来吧！马尔切洛，向两位小姐道歉，我们走吧。”

莉拉慢慢把马尔切洛脖子上的刀刃放了下来，他很羞怯地笑了一下，目光有些失措。

“等一下。”他说。

在我面前，他跪在人行道上，就好像通过最大程度的谦卑来道歉。他在汽车下面摸索了一下，摸到了镯子。他仔细看了看，用指甲把上面的银环弄紧，把手镯修好了。他把镯子递给我，但眼睛看的是莉拉，他说：“对不起。”然后就钻进汽车走了。

我说：“我刚才哭，不是因为害怕，而是因为镯子。”

- 14 -

那年夏天，城区的界线在慢慢消解。有天早上，我父亲带我出去。我要去高中报名了，他想利用这个机会，让我搞清楚应该坐什么车，走哪条路，去我十月要上的新学校。

那是非常晴朗的一天，吹着风，天气极好。我觉得自己备受宠爱，对父亲的情感很快上升成一种崇拜。他非常熟悉这个巨大的城市，他知道在哪里坐地铁、电车和公车。在路上，他表现得很友好，那是一种很沉着的客气，他在家从来都不那样表现。在公车和办公室里，他和任何人都谈得来，他总能让人知道：他在市政府工作，他可以帮忙加快手续，打开一些门路。

我们在一起度过了一天，那是我长那么大以来的第一次，我不记得之前曾经有过。他对我很关注，就好像在短短的几个小时里，他要传递给我他在生活中学到的所有有用的东西。他向我展示了加里波第广场，还有正在修建的火车站。他说那个火车站会修得非常先进，就连日本人也会赶过来，学习这个火车站的结构，回去也建造一座一模一样的，尤其是那些柱子很美。但他向我坦白说，他更喜欢之前的老火车站，因为比较有感情。那有什么办法呢，那不勒斯一直都是这样：分割，打碎又重建，钱就流动起来，创造劳动的机会。

他把我带到加里波第街上，一直走到我要去上学的地方。他和秘书处的人很亲切地交谈，他的语气总能讨人喜欢。在我们的城区和家里，他会把这种语气隐藏起来。他在一个校工面前炫耀我的成绩，在学校他还发现一个熟人，和他属于同一党派。我听见他不停地说“一切都好吧”或是“只能尽力而为了”。他带我去看卡罗三世广场，还有那些穷人住的地方，参观了植物园、弗罗拉街和博物馆。他把我带到君士坦丁堡街，然后带到阿尔巴门、但丁广场、托莱多区。我满脑子都是名字，以及路上熙熙攘攘的汽车声和人声，丰富的颜色，还有周围节日的气氛。我很努力地想把自己所看到的一切都记下来，回去讲给莉拉听。我父亲很风趣地和一个做披萨的师傅聊天，他给我买了一块热乎乎的奶酪披萨，他从卖水果的摊子上给我买了一只黄灿灿的桃子。有没有可能只有我们的城区才充满了暴力，而城市的其他地方都是光芒四射、一派祥和呢？

他把我带到了他工作的市政大楼里。他说那里的一切都是新的，树都被砍掉了，老房子都被拆了：现在，你看看这里多宽敞，唯一古老的东西是安焦城堡，玲珑漂亮，那不勒斯总督安焦，那不勒斯两个真正的男人就是你爸爸和他。我们走向政府大楼，他一会儿跟这个打招呼，一会儿跟那个打招呼，他认识很多人。他跟有些人尤为熟悉，跟他们介绍我，无数次说我在学校意大利语得了九分，拉丁语也得了九分。他和其他人几乎不怎么说话，只是说："好吧，是的，听从您的吩咐。"最后，他宣布要让我从近处看看维苏威火山和大海。

那是非常难忘的时刻。我们一起走向海滨大路，风越来越大，阳光越来越强烈。维苏威火山的剪影就像一幅粉笔画，火山脚下堆积着城市常见的白色鹅卵石，能看见奥沃城堡土红色的剪影，还有大海。大海真的很壮观！海浪很大，涛声澎湃，风刮得让人喘不过气来，衣服紧紧贴在身上，刘海都被吹了起来。我们和一小群人站在路边，看着眼前的风景。海浪像蓝色的金属管子，向上空喷洒着蛋白一样的泡沫，粉碎成无数亮晶晶的碎末，一直甩到我们的脚下，激起了大家一阵惊异和害怕的惊叹。莉拉没在我身边，这真是遗憾。眼前这种宏大的景象、这种声音让我感觉到眩晕。我感觉，尽管我沉浸在眼前的风景里，记住了很多细节，但有很多东西在我眼前展开，匆匆溜走，让我无法捕捉。

父亲紧紧抓住我的手，好像害怕我溜走一样。实际上，我的确想松开他的手，奔跑起来，穿过大路，奔向波光粼粼的大海。

在这个让人震惊的时刻，四处充满了阳光和大海的喧哗，我假装一个人在一座陌生的城市，就像一个全新的我在面对自己的新生。一种全新的生活，从死气沉沉的事物中突然展现出来，我一定能把握住这种新生。我和莉拉，我们俩在一起战无不胜——我们只有在一起，才能捕捉到那些颜色和声音，还有那些人和事。我们可以讲述故事，赋予那些故事力量。

我回到我们的城区，就好像从很远的地方回来。我又回到了熟悉的街道上，看到了斯特凡诺家的肉食店，还有他妹妹皮诺奇娅；我看到恩佐在卖水果；看到索拉拉兄弟的“菲亚特 1100”停在酒吧门口，我真愿意付出一切代价，让索拉拉兄弟从人间消失。万幸的是，我母亲并不知道手镯的事情，幸运的是，也没人告诉里诺那天发生的事情。

我跟莉拉讲述我看到的街道、那些街道的名字、汽车的嘈杂，还有那些神奇的光。但我很快觉得不自在，假如她是我，是她在讲述一天的经历，尽管我没和她一起度过，但我会情不自禁地惊叹起来。我会问问题，会非常活跃地和她交流，提出疑问。我会试着提出，我想和她一起走同样的路线，假如有机会的话，我会让这趟旅行更加精彩，我会成为一个比她父亲更好的旅伴。但她却漫不经心，我当时想，她一定是故意的，是想浇灭我的热情。她想让我相信，事情并不是我说的那样。她只是在想着自己的心事，一个很具体的东西：一本书，或者是一个小喷泉。她的耳朵确实在听我说话，但她的眼睛和脑子很密切地关注着街道，小公园里稀少的几棵树；吉耀拉、阿方索、卡梅拉在散步；帕斯卡莱从工地的脚手架上向我们打招呼；梅丽娜在大声地谈论多纳托·萨拉托雷，艾达想把她拉回家里；堂·阿奇勒的儿子斯特凡诺刚刚买了一辆“加尔帝内塔”，他母亲坐在副驾驶的位子上，他妹妹皮诺奇娅坐在后面；马尔切洛和米凯莱开着他们的“菲亚特1100”经过，米凯莱假装没看到我们，但是马尔切洛还是投来了友好的目光；可能最主要的，莉拉在想着她背着父亲做的秘密工作，她想着怎么把鞋子的计划向前推进。我讲的故事，对她来说是一些无用空间的无用信号。那些地方，假如她有机会去的话，她才会考虑。实际上，在听完我的讲述之后，她只是说：“我要告诉里诺，我们要接受帕斯卡莱·佩卢索星期天的邀请。”

事情就是这样，我给她讲述那不勒斯市中心的事情，她把吉耀拉家当成了我们谈话的主题，那是我们这个城区的一栋房子，帕斯卡莱想带我们去那里跳舞。我觉得很遗憾，因为每次佩卢索邀请我们时，我和莉拉都说去，但后来从来都没去过。我不去，是为了避免和父母之间产生不必要的争吵，莉拉不去是因为里诺反对。但我们有时候会很留心帕斯卡莱，在举行舞会的时候，他穿得整整齐齐，等着他大大小小的朋友。他是一个很慷慨的小伙子，不分年龄，他都一视同仁，愿意接待所有人。通常他会在加油站那里等着，这时候他的朋友三三两两地走过来：恩佐、吉耀拉和卡梅拉——现在她让大家叫她“卡门”。里诺没事也会去。安东尼奥要照顾梅丽娜，在梅丽娜比较平静时，他也会出现，还有他妹妹艾达——索拉拉兄弟会把她拉到汽车里，不知道在哪里鬼混一个小时，她有时候也去。天气好的时候，他们这帮朋友会去海边，回来时脸上晒得发红。大部分时候，他们会去吉耀拉家聚会，吉耀拉的父母要比我们的父母开明，在他们家里，谁会跳舞就跳舞，不会跳舞的可以学。

莉拉开始拉着我参加这些家庭聚会，不知道为什么，她好像忽然对跳舞发生了兴趣。而且我还惊异地发现，帕斯卡莱和里诺都是很棒的舞伴，我们跟他们学会了探戈、华尔兹、波尔卡，还有马祖卡舞。说起来，作为舞蹈老师，里诺很容易失去耐性，尤其是对他妹妹，而帕斯卡莱非常有耐心，开始他让我站在他脚上跳，这样我就能学会步子。当我们学会一点了，我们就在家里旋来旋去。

我发现我们都喜欢跳舞，我愿意一直跳下去。莉拉还是一副探究到底的表情，好像她的乐趣来自于学习的过程。说真的，她一般都坐在那里看着，研究我们的舞步，给那些跳得最优美的人鼓掌。

有一次我去她家里，她给我看一本她从图书馆里借来的书，上面详细描述了跳舞动作，还有图示——男士和女士在一起旋转的黑白绘图。那段时间她心情非常好，对于她来说，那是一个生活丰富多彩的时期。有时候，她会突如其来地抱住我的腰，让我和她一起跳探戈，用嘴哼着调子。里诺有时候探进头来，看到我们会笑起来，他也想跳舞，先是和我跳，然后和他妹妹跳，尽管我们没有音乐。我们跳舞时，里诺对我说，莉拉现在狂热地追求完美，总是强迫他一起练习，尽管他们没有留声机——莉拉一听到这个词，就会开始喊："留声机！留声机！留声机！"她在房间的角落里眯着眼睛说：

"你知道这个词是从哪儿来的吗？"

"我不知道。"

"是希腊语。"

我用疑惑的眼神看着她。这时候里诺放开了我，开始和他妹妹一起跳，她轻声欢呼了一下，把一本跳舞的书塞到我手上，开始和里诺在房间里翩翩起舞。我把那本舞蹈书放在一堆书上面。她刚才说什么了？"留声机"是意大利语呀，不是希腊语吧。这时候，我看到了一本《战争与和平》，上面有费拉罗老师的图书馆标签，从书堆里冒出另一本非常破旧的书，书名是《希腊语语法》。语法，希腊语语法。我听见她气喘吁吁地对我说：

“待会儿，我用希腊字母给你写‘留声机’。”

我说自己有事，就离开了。

- 15 -

我还没开始上高中，她就已经开始学希腊语了吗？她一个人学，我想都没想过这个问题，那时候还是夏天，大家都在度假。她是不是一直在做一些我应该做的事情，而且做得比我更早、更好？我一跟上来，她就会逃开，她总能踩着我，超过我？

有一段时间我试着没和她见面，我有些生气。我想去图书馆借一本希腊语语法，但那里只有一本，被赛鲁罗全家轮番借走了。也许，我应该从脑海里抹去莉拉的名字，就像从黑板上擦去一张图画。我想，这可能是我第一次有这种感觉，我觉得很脆弱，任何东西都会伤害我。我用所有时间去跟随她，到头来却发现是她在跟随我。无论是我跟着她，还是她跟着我，我都觉得自己比不上她，但离开她我又做不到，之后，我会回过头来找她。我让她教我跳舞；我让她给我展示用希腊字母写意大利语单词。我想在开学之前也学会希腊字母，我强迫自己读写那些字母。我脸上的痘痘更多了，我去吉耀拉家里跳舞，一直都感觉到自卑和羞怯。

我希望那种感觉能消退，但自卑和羞怯越来越强烈了。有一次，莉拉和她哥哥跳了一支华尔兹，他们跳得那么好，其他人都把地方腾出来让他们跳，我完全被迷住了。他们很漂亮，很和谐。我看着他们就马上明白了：在很短的时间内，莉拉身上那种小老太太的气息会消散，就像一首改编得特别精巧的曲子，让人忘记它原本的调子，她的身材变得错落有致，她的额头很高，眼睛很大，有时候会眯起来，鼻子很小巧，颧骨、嘴唇和耳朵正在寻求一种新的和谐，已经差不多达到一种完美。她梳着马尾辫，露出一段光洁的脖子，让人心动。她的胸很小巧，但越来越明显，她的背曲度很明显，凸显了臀部，她的脚踝还很瘦，是小女孩的脚踝，但长成一个楚楚动人的姑娘还要多长时间呢？我发现，在莉拉和里诺跳舞时，那些小伙子都在盯着她看，他们内心一定想的比我更多——尤其是帕斯卡莱、安东尼奥，还有恩佐，他们死死地盯着莉拉，好像其他女生都消失了。尽管我的胸更丰满；尽管吉耀拉是一个很扎眼的金发姑娘，线条很标致，双腿很完美；卡梅拉的眼睛也很美，尤其是走路时，风情万种；但没办法，莉拉摇曳的身姿里散发出一种东西，在场的男生都能感觉到，那种能量让他们昏聩，就像是一种美逼近的声音。只有在音乐停下来时，他们才恢复了神志，他们都带着迷惘的微笑，夸张地鼓起掌来。

- 16 -

莉拉很坏——我内心深处一直是这么想，那时候我也是这么想的。她向我展示出：她不仅仅可以用语言伤人，还会毫不犹豫地割破一个人的喉咙，在今天看来，她的那种魄力也不容忽视。我感觉她身上还散发着一种野性，可以说是一种邪恶的气息，邪恶——这是我从小时候看的童话书里找到的一个夸张的词汇。我天真地产生了这些想法，那也是有一定根据的。实际上，莉拉身上散发出的气息不仅诱人，而且很危险，渐渐地，这种气息不仅仅我能感受到——从我们还上小学一年级时，我就一直感受到这种气息，现在所有人都感受到了。

夏天结束时，莉拉开始给里诺施压，让他带我们一帮朋友离开城区，去外面吃披萨，或者散步。莉拉让哥哥带她出去，但里诺想要自己的空间。我觉得他也发生了变化，莉拉点燃了他的想象和希望，但我看到他的样子、听他说话，感觉那不能说是好的变化。他变得爱吹牛，从来都不会错过任何一个吹嘘自己的机会，他说他做鞋子非常厉害，说他将来会发财。他喜欢重复这样一个句子："用不了太久，只要一点运气，我就能在索拉拉兄弟脸上撒尿。"他的这些炫耀和吹嘘，都是在妹妹不在场时说的。莉拉在场时，他会有些不知所措，会说几句发家致富的话，就马上改变话题。他能意识到莉拉在瞪他，就好像他的行为违背了他们之间的一个秘密约定。所以埋头工作一整天之后，里诺不喜欢妹妹出现在他身边。他摆脱掉莉拉，像孔雀开屏一样，在他的朋友面前尽情炫耀，但有时候他也会做出让步。

一个星期天，在和父母抗争了很多次之后，我们出去了（在我父母面前，里诺很慷慨地承担了照顾我的责任）。即使已是晚上，我们还是出去了，我们看到整个城市被霓虹灯照亮，街上全是人，因为天气很炎热，我们闻到烂鱼发出的臭气，但同时也闻到了餐馆、炸鱼店、酒吧和甜食店发出的诱人香气。我们看到那些酒吧和甜食店，店里的甜品要比索拉拉他们家店里的品种更多、更丰富。我不记得，莉拉之前有没有机会和她哥哥或者其他人去城里，假如有的话，那她也没有告诉过我。我记得当时她非常沉默，一句话也不说。我们经过加里波第广场，她走在后面，流连地看着一把刷鞋的刷子、涂脂抹粉的女人、闷闷不乐的男人，或者一个小孩。她看人的时候非常专注，只盯着他们的脸，有的人只是一笑了之，但有的人做一个手势，意思是：你想干吗？我时不时地拉她一把，我拉着她，紧跟着里诺、帕斯卡莱、安东尼奥、卡梅拉和艾达。

那天晚上，我们到了雷蒂费洛区的披萨店，兴高采烈地吃着披萨。我感觉到安东尼奥有些想追我，他战胜了自己的羞怯。我很高兴，因为帕斯卡莱非常关注莉拉，这样我们就平衡了。假如不是因为后来那个披萨师傅的话，那天晚上会过得很愉快。那是一个三十多岁的男人，他把披萨面团抛向空中，旋转起来。他有些过于殷切地对莉拉笑，莉拉也高兴地欣赏着他的表演。

“你不要这样。”里诺对她说。

“我什么都没干啊！”她回答说，眼睛看着别处。

但事态的发展很糟糕。帕斯卡莱笑着说：“那个男人，那个做披萨的，对于你们这些小姑娘来说，简直就是个老头儿。他手上戴着结婚戒指，而且一定有孩子。他悄悄给了莉拉一个飞吻，轻轻吹了一下手指。”

我们马上转过身去看他，他还是在干他的活儿，帕斯卡莱这时候依然笑着问莉拉：

“我说得没错吧？”

莉拉神经质地笑了一声，和帕斯卡莱开朗的笑声很不同，她回答说：

"我什么也没看到。"

"别说了，帕斯卡。"里诺瞪了一眼妹妹说。

但这时候帕斯卡莱站了起来，他走到了烤披萨的炉子那里，转了一圈，嘴唇上挂着一个苍白的微笑，他打了那个披萨师傅一个耳光，把他打得趴在烤披萨的炉子口上。

披萨店老板马上跑了过来，他是一个六十多岁的老头，个子很小，脸色苍白。帕斯卡莱很平静地对他说，不用担心，他只是向他的员工说明了一个问题，现在应该没什么问题了。我们默默地吃完了披萨，眼角垂着，吃得很慢，好像披萨有毒一样。当我们出去的时候，里诺数落了莉拉一顿，最后用一句威胁的话结束了他的指责："下次你再这样的话，我就不带你出来了。"

发生了什么？在路上，我们遇到的所有男人都在看我们：帅的、顺眼的、丑的——不仅仅是那些小伙子，成年男人也都在看。在我们的城区里是这样，出去也一样，艾达、卡梅拉，还有我——尤其是在遭遇了索拉拉兄弟之后，我们都学会了低眉顺眼地走路，假装没有听到那些男人说的猥亵话，一直向前走。

但莉拉却不是那样，星期天和她一起出去，我们都捏着一把汗。假如有人看她的话，她也会看对方。如果有人对她说些什么，她会有些不安地停下来，好像不相信他们是在对她说话，有时候出于好奇，她会接茬。还有一件事非常不平常，就是那些难听话从来都不会针对她，而只会针对我们。

八月底的一个下午，我们一直走到了市政府。我们在一家酒吧里坐下，因为那段时间帕斯卡莱表现得像个阔佬一样，他请我们吃千层冰激凌。坐在我们对面的是一家人，和我们一样，他们也在吃冰激凌：父亲、母亲，还有三个儿子，年龄在七岁到十二岁之间，看起来是一个好人家。父亲是一个很高大健壮的男人，五十岁左右，看起来像个老师。我可以保证，莉拉没有任何引人注目的装扮，她没有抹口红，身上还是穿着她母亲缝制的破衣服，我们其他女孩要比她光鲜得多，尤其是卡梅拉。但那位先生——这次我们所有人都察觉到了——他没办法把目光从莉拉身上移开。尽管莉拉一直在控制自己，她回应那种目光的方式就好像是她自己不配那么被欣赏。最后我们这一桌的气氛越来越紧张，里诺、帕斯卡莱和安东尼奥都要爆发了，很明显，那个男人并没有意识到自己所冒的风险，他站了起来，走到了莉拉的面前，对着几个小伙子很有礼貌地说：

"你们真是幸运，这位姑娘会比波提切利笔下的维纳斯还要漂亮。对不起，我对我妻子还有孩子都说了自己的看法，我感觉也有必要告诉你们。"

面对这样紧张的气氛，莉拉笑了起来，那位先生也微笑了，给她很得体地鞠了一个躬。他正要回到自己的座位上，这时候里诺一下子捉住了他的领子，一把把他推到了自己的座位上，摁着他坐了下来，当着他妻子和几个儿子的面，骂了一连串我们城区的脏话。这个男人火了，他的妻子叫喊着夹到了中间，安东尼奥拉开了里诺。又一个星期天就这样毁了。

但最糟糕的那次，里诺没有在场。让我震撼的不是那件事情本身，而是不同出身的人围绕着莉拉形成的那种紧张气氛。吉耀拉的母亲（她的名字叫罗莎，如果我没记错的话）过生日的时候在家里举行了一场聚会。因为她丈夫是索拉拉点心房的糕点师傅，所以他们准备了很多美味的点心，食品很丰盛：脆皮奶油卷、甜奶油巧克力蛋糕、千层饼、杏仁饼、酒水，还有给小孩的饮料，跳舞的音乐也很丰富，有最普通的舞曲，也有最流行的。会有一些重要人物来参加那次聚会，都是我们之前的家庭舞会上从来没有见过的人：比如说药剂师，还有他的妻子和大儿子吉诺——吉诺和我一样，也快要去上高中了；比如费拉罗老师和他的一大家子人都来了；堂·阿奇勒的寡妇玛丽亚和她的小儿子阿方索，她的衣着艳丽的女儿皮诺奇娅，她的大儿子斯特凡诺也会来。

堂·阿奇勒一家人的到来造成了一种紧张的气氛，因为当时帕斯卡莱和卡梅拉也参加了聚会，他们是杀死堂·阿奇勒的凶手的孩子，但后来气氛得到了缓和。堂·阿奇勒的儿子阿方索是一个和蔼、客气的年轻人（他也要去上高中了，和我同一所学校），他和卡梅拉聊了几句；皮诺奇娅尤其高兴参加这次聚会，因为她每天都在肉食店里忙碌；斯特凡诺很早就明白：和气生财，他认为这个城区里的所有居民都是他的潜在客户，都会在他家店里消费，他对任何人都是一副和气的微笑，但他尽量避免和帕斯卡莱的目光相遇。玛丽亚呢？她看到佩卢索太太就会把脸转向一边，她完全无视佩卢索家的两个孩子，长时间和吉耀拉的母亲聊天。最后大家开始跳舞了，气氛得到缓和，聚会变得很喧闹，没人会注意到什么异样。

刚开始放的是传统舞曲，接着放了一支新潮的摇滚舞曲，所有人——包括老人和小孩，都对摇滚乐充满了好奇。我跳得浑身发热了，就待在一个角落里。我当然会跳摇滚舞，在家里经常和弟弟佩佩一起跳，星期天在莉拉家里，我也和她一起跳，但我觉得自己太笨重了，跟不上那种轻盈、敏捷的调子。尽管我不愿意停下来，但我还是决定待在那里看着，我看莉拉跳得也不怎么样，她移动身体的样子有些滑稽。我之前也告诉过她这一点，她觉得我的批评是一种挑战，她自己练习了很久，因为里诺也不愿意跳。她在任何事上都追求完美，那天晚上，她也和我在一边站着，看帕斯卡莱和卡梅拉跳，他们跳得真不错。

后来恩佐走到了莉拉身边，这个小时候向我们撇过石头的男孩，后来忽然和莉拉竞赛数学，还曾经送给莉拉一串花楸果。在那些年里，他习惯于辛苦劳作，虽然个子不高，但长成了一个很壮实的小伙子。他现在看起来好像比里诺还要大，好像是我们中间岁数最大的。他的身上的每根线条都似乎在说明：他早上起得很早，他和蔬菜市场的克莫拉黑帮有染。一年四季，无论严寒还是下雨，他都会用马拉车卖水果和蔬菜，在整个城区的街道上兜售。但从他的脸上、他的蓝色眼睛，还有一头金发上，还是能看出那个反叛少年的影子，那是我们熟悉的影子。除此之外，恩佐说话很少，他一直说方言，我们没人和他开玩笑、聊天。那天是他发起对话的，他问莉拉为什么不跳舞。她回答说，她还不怎么会跳这支曲子。他沉默了一会儿，然后说："我也不熟。"当放出另一支摇滚曲子时，恩佐抓住了莉拉的一只胳膊，很自然地把她推入了舞池。莉拉——假如没有她的许可，有人敢动她一根指头，她都会一下子跳起来，就好像被毒蛇咬了——但那时候，她没有反抗，很显然她想跳舞。她甚至用一种欣赏的目光看着他，然后沉浸在音乐里。

我马上就看到：恩佐的确不怎么会跳舞，他的身体不怎么会动，而且很严肃拘谨，但他非常在意莉拉，很希望讨她欢心，向她展示自己。尽管莉拉跳得不如卡门，但也能吸引所有人的注意。我很沮丧地想到：恩佐也喜欢她。这时候我发觉，就连肉食店老板斯特凡诺也不停地看着她，好像莉拉是一个电影明星。

就在莉拉跳舞时，索拉拉兄弟来了，我一看到他们就掉过头去。他们和糕点师傅还有他妻子打了招呼，友好地拍了拍斯特凡诺的肩膀，然后站在那里看跳舞的人。开始，他们用一种城区老大的目光深深看了一眼艾达，然后转过目光，互相小声嘀咕了一阵子。他们用手指了指安东尼奥，很夸张地跟他打了个招呼，但安东尼奥假装没看到。最后他们注意到了莉拉，他们长时间地盯着她看，在彼此耳边嘀咕了一阵，米凯莱做了一个很明显的赞同手势。

我一刻不停地看着他们。他们站在那里，很明显：女人们都喜欢他们，尤其是喜欢马尔切洛。他好像一点儿也不记仇之前发生的裁皮刀的那件事，不仅如此，在短短几秒里，他的注意力完全被莉拉优雅柔美的身体所吸引，被她那张整个城区，或者说整个那不勒斯都不怎么常见的面孔吸引住了。他一直盯着莉拉，就好像他仅有的一点脑子也迷失了，他一直盯着她，一直到音乐结束。

忽然间，恩佐把莉拉送到了我站的那个角落。斯特凡诺和马尔切洛一起过来邀请莉拉跳舞，但帕斯卡莱占了上风，莉拉很优美地跳了一下，幸福地拍了拍手表示同意。她十四岁的娇小身姿被四位不同年龄的男性围绕着，每个男性都自信满满。碟片机开始放音乐了，斯特凡诺、马尔切洛和恩佐都很迟疑地向后退去，帕斯卡莱开始和莉拉跳舞，因为舞伴跳得很好，她马上就放开了。

这时候，可能是出于对哥哥的爱，也可能是为了搅局，米凯莱·索拉拉决定让局面更加复杂。他用手肘碰了一下斯特凡诺，大声对他说：“你到底是不是男人啊？那个人是你杀父仇人的儿子，还是一个可恶的共产党。他抢了你的舞伴，你还在这儿看着他和那个妞跳舞？”

帕斯卡莱当然听不到这番话，因为音乐很高，他正在忙着和莉拉玩高难度动作。但是我听到了，恩佐在我旁边也听到了，斯特凡诺当然也听到了。我们都等着会发生什么事情，但什么事也没有发生。斯特凡诺是一个很有头脑的小伙子，他家的肉食店生意很好，他打算买下临近的铺子，扩大自己的店铺。他觉得自己很幸运，确信生活会赋予他所有他期望的东西。他用一个讨好的微笑看着米凯莱，对他说："让他们跳吧，他跳得不错。"然后，他继续盯着莉拉看，就好像他最在意的人是莉拉。米凯莱做了一个讨厌的鬼脸，就去找糕点师傅和他的妻子了。

现在，米凯莱要干什么呢？我看到他在激动地和舞会的主人说话，他用手指着坐在角落里的玛丽亚，指着斯特凡诺、阿方索和皮诺奇娅，又指着跳舞的帕斯卡莱，然后又指着和安东尼奥跳舞的卡梅拉。舞曲停了之后，吉耀拉的母亲很客气地拉着帕斯卡莱的胳膊，把他带到一个角落里，在他耳边说了些什么。

"去吧，"米凯莱笑着对他哥哥说，"道路已经扫清。"马尔切洛又趾高气扬地走到了莉拉面前。

我很确信莉拉会拒绝他，我知道莉拉有多讨厌他，但事情并非如此。音乐再次响起，她的每块肌肉都想跳舞，她先是用目光搜寻帕斯卡莱，但没看到他，她捉住了马尔切洛的一只手，就好像那仅仅是一只手，就好像他的那条胳膊和身体的其他部分都不存在。她浑身是汗，又开始了那时候对她来说最要紧的事情：跳舞。

我看着斯特凡诺和恩佐，气氛很紧张。我的心紧张得怦怦跳，帕斯卡莱恶狠狠地走到了卡梅拉跟前，跟她说了几句话。卡梅拉小声地抗议，但他让卡梅拉住嘴。安东尼奥也靠了过来，和帕斯卡莱说话，他们一起怒视米凯莱·索拉拉，米凯莱正对斯特凡诺低声说着什么。这时候，马尔切洛在和莉拉跳舞，拽着她，举起她，拍打着她。安东尼奥扯过了正在跳舞的艾达。音乐结束了，莉拉回到了我跟前。我对她说："要出事儿了。我们该走了。"

她笑了，大声说："即使是发生地震了，我也要再跳一支。"她看着靠在墙上的恩佐。这时候，马尔切洛又过来邀请她跳舞，她又去跳了。

帕斯卡莱走到我跟前，阴着脸说我们该走了。

"我们等莉拉跳完。"

"不，我们马上走。"他断然地说，非常粗暴，不容置否。他径直向米凯莱·索拉拉走了过去，狠狠地碰了他的肩膀，但米凯莱笑了起来，低声说了一句脏话。帕斯卡莱向门口走去，后面跟着不情愿离开的卡梅拉，安东尼奥也扯着艾达离开了。

我转过头去，想看恩佐在做什么，他还是靠着墙站着看莉拉跳舞。音乐结束了，莉拉向我走来，马尔切洛挽着她的胳膊，眼睛里泛着幸福的光芒。

"我们该走了。"我几乎是紧张地嘶叫着。我的情绪应该是刺激到了莉拉，因为声音里的焦虑终于传递到了她身上。她看了看四周，好像醒悟过来了。

"好吧，我们走吧。"她有些不安地说。

我径直向门口走去，没再迟疑。音乐又响起了，马尔切洛·索拉拉捉住了莉拉的一只胳膊，他笑着祈求她说："别走，我送你回家。"

莉拉好像这时候才认出了他，她用难以置信的目光看着他，忽然间她觉得很惊异，他居然那么亲切地抓着她的胳膊。她试着甩开马尔切洛的手，但他握得更紧了。他说："再跳一支吧。"

这时候，恩佐从墙壁那边走了过来，他捉住了马尔切洛的一只手腕，什么话也没有说。他就站在我的眼前，很平静，个子不高，年龄也还小，好像并不费什么力气，但他手臂的力量只有在马尔切洛的脸上能看到。马尔切洛放开了莉拉的手臂，露出疼痛的表情，马上用另一只手握住了手腕。我听见莉拉很愤怒，用方言咬牙切齿地对恩佐说：

“他敢碰我，你看到了吗？动我？那坨狗屎！幸亏里诺没来。假如他敢再来，他的死期就到了。”

她真的没意识到自己刚刚和马尔切洛跳了两次舞吗？有没有可能她就是这种人？

我们在外面遇到了帕斯卡莱、安东尼奥、卡梅拉和艾达。帕斯卡莱气疯了，我从来都没有见过他那副模样。他破口大骂，撕心裂肺地叫喊着，目光像疯子一样，没办法让他平静下来。他很气愤，针对米凯莱，尤其是针对马尔切洛和斯特凡诺。他说了很多我们没有办法理解的事情。他说索拉拉家的酒吧一直都是黑社会克莫拉的据点，是放高利贷的人、走私贩的黑窝，是收买选票的地方，是保皇党的基地。他说堂·阿奇勒给纳粹法西斯当过间谍，他说斯特凡诺用来开肉食店的钱是他父亲通过黑市赚的。他大声叫喊着：“爸爸把他杀了，他杀得好。现在轮到索拉拉父子了，我来弄死他们。最后我也要让斯特凡诺和他全家从这个地球上消失。”他叫喊着，最后指着莉拉，就好像她犯了最严重的罪行，他说：“你，你居然和他跳舞，真不要脸！”

就在这时候，帕斯卡莱的愤怒也激起了安东尼奥一肚子气，他也喊起来，就好像他是生帕斯卡莱的气，好像帕斯卡莱要剥夺他要杀死索拉拉兄弟的快乐，因为他们对艾达做了那种事情。这时候，艾达马上哭了起来，卡梅拉最后也忍不住大哭起来。恩佐劝说大家都不要待在路上。“我们回家睡觉吧。”他说。

帕斯卡莱和安东尼奥都让他闭嘴，他们都想留下来对付索拉拉兄弟。他们用一种假装出来的平静对恩佐说："你去吧，你回去吧。我们明天见！"这时候恩佐慢慢说："你们不走，我也不走。"我也哭了起来，过了一会儿，最让我感动的事情是——莉拉也哭了起来，我从来都没见她哭过，从来没有。

我们四个姑娘都哭得很绝望。帕斯卡莱看到莉拉哭了，才心软了。他用顺从的语气说："好吧，今天晚上不动手。我们和索拉拉兄弟改天再算账。我们走吧……"我和莉拉抽泣着，立刻挽着手把帕斯卡莱拉走了。我们说了一些关于索拉拉兄弟的坏话，尽管我们认为对付他们最好的方式，就是假装他们不存在。最后莉拉用手背擦了擦眼泪，问："纳粹法西斯是什么人？帕斯卡！保皇党是什么？黑市是什么？"

- 17 -

很难描述帕斯卡莱的回答在莉拉的身上产生了什么效果，我要尝试讲述的话，也很容易搞错，因为那些话当时对于我没有任何具体的影响，但她受到这件事情的冲击，整个人完全变了。一直到夏天结束时，她还是不断对我重复那些概念，对于我来说那真是难以忍受的事情，她所用的语言，现在可以概括为：任何举动、语言、叹息都包含着整个人类所犯的罪行。

她当然是按照自己的方式说的，最主要的是，她完全着迷于那种对绝对真相的展示。她用手指着街上的人、东西和街道，然后会说：

"这个人参加过战争，他杀过人；那个人用棒子打过人，还给人上了蓖麻油；那个人告发过很多人；那个人让他母亲挨饿；他们在那栋房子里给人施加酷刑，杀过人；他们走过那块石头、行过法西斯礼；在那个角落里，他们用棒子打过人；那些人有钱是因为其他人挨饿；这辆汽车是靠卖加了大理石粉末的面包、还有黑市上的烂肉得的钱买的；那家屠宰场是靠偷盗铁路上的铜线、破坏拉货的火车开的；那家酒吧的后面有克莫拉分子、走私和高利贷。”

很快，她不满足于帕斯卡莱的介绍，就好像他启动了莉拉头脑里的某种机制，现在她要把那些混乱的信息整理清楚。她越来越狂热、烦恼，可能她迫切需要把自己封闭在一种坚实的观念里，没有任何裂缝。她把帕斯卡莱干巴巴的信息和她从图书馆借来的书混在一起。就这样，她通过我们从小长大的城区，还有那些普通的面孔来说明那些抽象的概念。法西斯、纳粹、战争、盟军、君主独裁和共和国，她让这些概念变成了街道、房屋、人们的面孔。堂·阿奇勒和黑市，佩卢索和共产党，索拉拉家的祖父是黑社会克莫拉成员、父亲西尔维奥是法西斯，比那两个儿子马尔切洛和米凯莱还要糟糕。在她的眼里，她的父亲、鞋匠费尔南多，还有我的父亲，都从骨髓深处沾染了各种罪孽，所有人都是罪孽深重的罪犯，或是帮凶，所有人都可以被几个小钱收买。她和帕斯卡莱把我关进一个可怕的世界，没有任何出口。

最后，帕斯卡莱不说话了，他也被莉拉把所有事情联系在一起的能力打败了，莉拉会把所有事情串成一条，从各个方面强加给你。我经常看到他们在一起散步，假如开始是他说，现在是他在听她说。他爱上莉拉了，我想。我想莉拉也会爱上他的，他们会订婚，结婚，会一直谈论这些政治问题，他们会生孩子，他们的孩子也会谈论这些问题。开学的时候，我一方面觉得很难过，因为我知道自己再也没时间和莉拉在一起；另一方面我希望从那个世界中脱离出来，那个罪行累累的世界，还有那些我认识的人，我爱的人：莉拉、帕斯卡莱、里诺，所有人，血管里流淌着怯懦和顺从的人们。

- 18 -

高中前两年要比初中更加辛苦。我们班有四十二个学生，是那所学校极少数的男女混合的班级之一。女生极少，我一个人也不认识，在吉耀拉说了很多大话之后（“是的，我也要去上高中，要和你做同桌”），她初中毕业后最终还是去索拉拉的酒吧里给她父亲当帮手了。男生中间，我就认识阿方索和吉诺，他俩坐在一张靠前的桌子上，胳膊肘挨着，一副担惊受怕的样子，他们都假装不认识我。教室很臭，充满了汗腥味，还有臭脚和担忧的气息。

高中的前几个月，我都默不作声，没和别人说话，我的手一直放在额头或者下巴上，这两个地方的粉刺总是层出不穷。我坐在教室最后一排，基本看不到老师，还有黑板上的字。我和我的同桌互不认识。奥利维耶罗老师给我搞到了需要的书，那些书很脏很破，但能用。我用初中学到的方法来要求自己：从下午一直学习到晚上十一点，从早上五点学习到七点，然后去上学。我背着书包从家里出来时，经常会遇到莉拉，她也正跑向铺子，去开门打扫、擦洗。在她父亲和哥哥上班之前，她要把店里收拾干净。她会问我那天上什么课，问我学了什么，她要我具体地回答，假如我回答得不够详细，她会问我一系列问题，让我觉得很焦虑，觉得自己学得不够好，没办法回答老师的问题，就像我回答不了她的问题一样。在寒冷的清晨，我黎明即起，在厨房里复习功课，和通常一样，我感觉自己牺牲了清早暖哄哄的被窝和睡眠，不是为了在那所阔人学校的老师面前表现自己，而是为了在鞋匠的女儿面前不丢脸。因为她的缘故，我早餐也吃得匆匆忙忙，一口气喝下牛奶和咖啡就跑上大路，因为我不想错过和她一起走的那段路，哪怕只有一米。

我在大门口等她，看见她从她住的那栋楼里出来。我看到她不断在变化——她现在比我高一些，走路的样子不再像几个月前那个瘦骨嶙峋的小姑娘，她的身体变得圆润，好像她的脚步也变得柔软起来。嗨！嗨！打个招呼后，我们马上就聊了起来。我们走到十字路口就会告别，她向修鞋的铺子走去，我走向地铁站。我不断回头，看她最后一眼，有一两次，我看到帕斯卡莱气喘吁吁地跑过来，陪她走那段路。

地铁里挤满了脏兮兮的男孩和女孩，他们睡眼惺忪，还有人们早上抽的第一支烟。我不抽烟，不和任何人说话。那短短几分钟里，我忧心忡忡，在脑子里温习功课，我脑子里疯狂冒出的那些陌生的语言，和我们城区通用的语言完全不同。我最害怕的是学业上的失败，我母亲的不悦，她一瘸一拐的身影，还有奥利维耶罗老师的白眼。其实当时我唯一真实的想法是：找一个男朋友，在莉拉宣布她和帕斯卡莱在一起之前，我要马上找一个男朋友。

那种紧迫感越来越强烈。我很害怕从学校里回去，我担心遇到她，担心她用喜悦的声音告诉我，她和帕斯卡莱·佩卢索做爱了；或者不是和帕斯卡莱，而是和恩佐；或者不是和恩佐，而是和安东尼奥；或者是和斯特凡诺·卡拉奇，那个肉食店老板；甚至是和马尔切洛·索拉拉。莉拉总是那么反复无常，出人预料。那些围绕在她身边的男性，基本上都成人了，他们都对她充满期望。最后的结果可能是：她忙于鞋子的事情，专注于研究我们生活的这个可怕世界的历史，加上交男朋友，她不再会有时间给我。有时候从学校里回来，我远远地绕开，不想经过他们家的铺子。假如我远远看见她，我也会因为焦虑改变路线；但后来我实在抵挡不了，向她走去，就像命中注定一样。

我们的学校是一栋非常破败的灰色建筑。在学校进进出出，我会看那些男生，死死地盯住他们，想让他们感觉到我的目光，想让他们也看到我。那些和我同龄的同学，有的穿短裤，有的穿上宽下窄的军裤，有的穿长裤。我看着那些高年级的学生，他们大部分人都穿西装打领带，但很少穿大衣，他们想摆酷，表示自己一点也不怕冷，他们留着板寸，光秃秃的脖子露在外面。我更喜欢那些高年级的男生，但现在能有一个上高一的男朋友也不错，重要的是，要是一个穿长裤的男生。

有一天，有个男生吸引了我的注意力，他走路的样子很懒散，他很瘦，栗色的头发鬈曲着，面孔很英俊，我感觉很熟悉。他有多大？十六？十七？我仔细看了看他，又走回去看他，心简直要从胸口蹦出来，那是尼诺·萨拉托雷！他是多纳托·萨拉托雷——那个铁路职工兼诗人的儿子！他也看了我一眼，但显得漫不经心，没有认出我来。他的外套袖子皱巴巴的，肩膀很窄，裤子很破旧，脚上的鞋子也脏兮兮、乱糟糟的。他看起来一点也不阔气，不像斯特凡诺那样炫耀，尤其不像索拉拉兄弟，虽然他父亲写了一本诗集，但很显然他们还没有变成有钱人。

尼诺的忽然出现让我非常不安。从学校出来，我想马上跑去找莉拉，告诉她这件事，那种冲动非常强烈，但后来我改变了主意。假如我告诉她，她一定会要求我陪她去学校看他。我已经知道会发生什么。尼诺根本没注意到我——小学时那个瘦弱的金发小姑娘，现在已经变成了一个满脸青春痘、十四岁的胖子——他没认出来我。但他会一眼认出莉拉，会马上被她征服。我决定把遇到尼诺·萨拉托雷的事情藏在心里。他从学校出去时，一般都低着头，晃荡着走向加里波第路。从那天开始，我去学校的目的好像就是为了看到他，或者只是远远看到他。

秋天也飞驰而去。一天早上，我被提问了，问题和《埃涅阿斯纪》有关，那是我第一次被叫到讲台上。那位老师杰拉切是个六十多岁的男人，他的态度有些厌烦，总是很响地打着哈欠。我在说“神谕”这个词时弄错了音调，他马上就笑了起来。他根本想不到，尽管我知道那个词的意思，但在我生活的世界里，没有任何人会用到那个词。所有人都笑了，尤其是吉诺，他和阿方索坐在第一排。我觉得很耻辱。过了几天，我们进行了第一次拉丁语考试。杰拉切老师把改好的考卷带到课堂上，问道：

“格雷科是谁？”

我举起了手。

“你过来。”

他问了我很多词尾变化、动词，还有句法的问题。我心惊肉跳地答着题，因为他很仔细地看着我，他从来都没那么关注过班里的任何人。最后他没做出任何评价，就把考卷给我了，我得了九分。

从那时候开始，我的地位得到了提升。我的意大利语考试得了八分，历史考试没有弄错任何一个日期，还有地理考试——我知道所有的面积、人口、地下矿藏，还有农业。我的希腊语的成绩尤其让他目瞪口呆。因为我事先和莉拉学习过的缘故，我对那些希腊字母很熟悉，我能流利地阅读，语音语调也掌握得很自如，我终于获得了老师的当众表扬。我的优异成绩就像一个定理，也震撼到了其他老师。以至于有一天早上，教宗教的老师把我叫到一边，问我愿不愿意注册一个免费的神学函授课程，我说愿意。快到圣诞节时，出于敬佩，所有人都叫我格雷科，很少人叫我埃莱娜。

吉诺开始在学校门口徘徊，等我和他一起回我们居住的城区。有一天回家时，他问我要不要做他的女朋友。尽管他还是一个小毛孩，但我深深地吸了一口气，心想总比没有的好，我就接受了他。

圣诞节期间，所有那种让人激动不安的压力都得到了缓解，我又重新融入我们的城区。我的时间宽裕一点了，经常和莉拉见面。她发现我在学习英语，自己也去借了一本语法书来看。现在她已经认识很多英语单词，发音马马虎虎，当然我的发音也好不到哪里去。她一直在纠缠我，总是说：你回到学校以后问问老师，这个怎么念，那个怎么念。

有一天，她把我带到她家的铺子里，给我展示了一只金属盒子，里面放了一些纸片：纸片一面写着意大利语，另外一面写着英语："铅笔 /Pencil；理解 /understand；鞋子 /shoe"。那是费拉罗老师建议她的方法，这是学习生词的一个极好的办法。她读着意大利语，想让我说出英文，但我的单词量少到几乎没有。我感觉她似乎无论哪个方面都比我强，就好像上了一所秘密的学校。我也注意到，她在意的事情就是想向我展示出：我学的东西她都会。我更乐意谈论其他事情，但她一直在问我希腊语词格。我很快发现当我还在学习第一个词格时，她已经学到第三个了。她问我《埃涅阿斯纪》的故事情节，她最近非常迷恋这部史诗。在短短几天时间里，她就读完了整部史诗，但我在学校才读到第二章的一半。

她跟我谈到了狄多女王，谈到很多细节，但对这个人物我还全然不知。我不是在学校里第一次听到这个名字，而是从她那儿听到的。有天下午，她做出了一个评论，让我觉得很震撼。她说：假如没有爱情，不仅人们的生活会变得枯燥，整个城市的生活也会变得无聊。我不记得那句话具体是怎么说的，但内容基本就是这样。我把这句话和我们居住的肮脏街道、尘土飞扬的公园、被新建筑破坏了的乡村，还有每个家里发生的暴力事件联系在一起。我很担心她会和我谈起法西斯、纳粹和共产党，所以没有回应。我想让她明白，在我身上发生了很多美好的事情，我一口气对她说了两件事：首先我和吉诺成了男女朋友，其次尼诺·萨拉托雷也来我的学校上学了，他现在比上小学时还帅。

她眯起眼睛，我很担心她会对我说：我也交男朋友了。但是没有，她开我玩笑说："你和药剂师的儿子做爱啦。不错啊！你也委身于人，就像埃涅阿斯的情人一样……"

她的话题忽然从狄多女王转到了梅丽娜身上。她和我谈论了很久，因为我基本上不知道我们楼里发生的事情，我很早去上学，晚上很晚才回来。莉拉提到她家的这位亲戚时，好像一直都很关注她，她和几个孩子吃得不好，她不得不和艾达一起打扫和清洗楼梯（安东尼奥挣的钱根本不够用），再也听不到她在楼梯间唱歌，快乐的时光已经过去了，她只是很机械地干活。根据莉拉的描述，梅丽娜弯着腰，从顶楼开始，用湿抹布逐个擦洗台阶，一段楼梯一段楼梯清洗干净，即使是一个比她身强力壮的人最后也可能会累垮。假如有人在她清洗楼道时上上下下，她就会破口大骂。艾达对莉拉说，有一次有人破坏了她母亲的工作成果，她犯病了，从水桶里喝脏水，艾达不得不把水桶抢过来。你明白吗？我们聊着聊着，就从吉诺聊到了狄多，埃涅阿斯抛弃了狄多女王，最后我们又聊到了那个疯寡妇。这时候，我又提到了尼诺·萨拉托雷，她仔细地听我说完，对我说："你告诉他梅丽娜的事，让他告诉他父亲。"她又恶毒地补充道："光写几句诗，那是太容易了。"最后她笑了起来，用很庄重的语气发誓说："我永远不会爱上任何人，永远也不会写任何诗。"

"我不相信。"

"就这样。"

"但其他人会爱上你的。"

"那是他们倒霉。"

"他们会像狄多女王一样受罪。"

"不会的。他们会和别人在一起，就像埃涅阿斯的所作所为，最后他和一个国王的女儿在一起了。"

我还是表示不信。有时候我也会提到男女朋友的事，现在我有一个男朋友了，我喜欢谈论这些事情。有一次，我很小心地问她："马尔切洛·索拉拉现在在做什么，他还在追你吗？"

"是呀。"

"你呢？"

她很鄙夷地笑了一下，意思是：马尔切洛·索拉拉让我觉得很恶心。

"那恩佐呢？"

"我们是朋友。"

"斯特凡诺呢？"

"你觉得所有人都看上我了？"

“是的。”

“每次我去他们店里，尽管排队的人很多，他总是先照顾我。”

“你看到没？”

“没什么可看的。”

“那帕斯卡莱呢？他向你告白了吗？”

“你疯了吗？”

“我看见他早上陪你去店里。”

“他向我解释，在我们出生之前发生了什么。”

这样我们就回到了“之前”的话题上，但和我们小时候提到的“之前”完全不同。她说我们什么都不知道，以前不知道，现在仍然不知道，因为我们没法理解发生的事情。这个城区的每样东西、每块石头，或者说每块木头，都是在我们之前出现的。我们在这里长大，我们都没有意识到这些，从来也没有想过，也无法了解。不仅仅是我们，她父亲假装之前什么也没有，她母亲也一样。我父母，包括里诺，大家都假装不知道斯特凡诺的肉食店“之前”是佩卢索的木匠铺子，属于帕斯卡莱的父亲；堂·阿奇勒的钱，还有索拉拉他们家的钱是“之前”挣的。她试探了一下她父母，他们什么都不知道，也不想谈论这些。没有法西斯，没有国王，没有压迫，没有欺压，没有剥削，这些都没有存在过。他们痛恨堂·阿奇勒，也很害怕索拉拉，但是他们不管这些，他们去堂·阿奇勒儿子的店里花钱，有时候还让我们去。他们投法西斯的票，投那些保皇党的票，那是因为索拉拉让他们那么做。他们想，过去的事情都过去了，他们已经在上面压了一块石头，但他们还是在里面，和之前一样，他们也让我们待在里面。就这样，我们根本就没意识，一切照旧。

“之前”这个话题，让我很震撼，要比她谈论的其他那些可怕的话题更让我印象深刻。我们在那个圣诞假期谈论了很多，在铺子里，在街上，在院子里，我们谈论所有事情，包括那些很小的事情。我们很自在。

- 19 -

那个阶段的我觉得自己很强大。我在学校的表现很完美，我跟奥利维耶罗老师汇报了自己的成绩，她表扬了我。我和吉诺见面，每天一起走到索拉拉酒吧，他买一块点心，我俩一起吃，然后往回走。有时候，我甚至有一种感觉：是莉拉在依赖我，而不是相反。

我走出了我们的城区去上高中，我和那些学习拉丁语和希腊语的男生在一起，而不像她只能和泥瓦匠、技工、修鞋的、卖水果的、卖肉食的，还有鞋匠在一起。当她跟我谈起狄多女王、学习英语单词的方法、希腊语第三词格，或者她和帕斯卡莱谈论的那些政治话题时，我越来越明显地感觉到，她这么做是为了引起我的关注。就好像她最终也感觉到有必要向我展示她能像我一样思考。甚至，有一天下午，她带着一丝犹豫，决定让我看看她和里诺暗地里做的鞋子。我再也没有那种感觉，就是她生活在一个没有我的神奇世界里。我甚至觉得，她和她哥哥在谈起这些不体面的事情时，都有些不好意思。

或者只是我自己觉得高人一等。他们在储物间里翻找，拿出一个纸包时，我假惺惺地鼓励他们打开。但当他们把一双男鞋展示在我面前时，我马上觉得那双鞋子很不同寻常：鞋子是褐色的，鞋码是四十三，里诺和费尔南多都穿这个号。我记得这双鞋和莉拉的设计图纸中的那款一模一样，看起来又轻便又结实，我从来没见过人穿这种鞋子。他们让我用手触摸，给我展示鞋子的质量，我用热情的声音恭维他们。“摸摸这里，”里诺说，我的表扬让他很振奋，“告诉我，你能不能摸到缝线。”“摸不到，感觉不到。”我回答。这时候，他把鞋子从我手上接了过去，对折，揉了揉，给我展示它很结实。我表示赞同，我说：“很棒！”就像奥利维耶罗老师鼓励我们时一样。但莉拉看起来一点也不满意，不像哥哥那么振奋，她对里诺指出了那双鞋子的问题：“爸爸一眼就能看出这些毛病吧？”

后来，她很严肃地说：“我们再用水试试。”哥哥表示不同意，但她还是把脸盆装满水，把一只手放到鞋子里，假装是一只脚，在水里“走”了几步。“她要玩一下。”里诺不耐烦地对我说，就像一个大哥在说自己淘气的小妹妹。他看到莉拉把那只鞋子拿出来，又露出一副担心的样子，问：“怎么样？”

莉拉把手拿出来，几个手指相互触摸了一下，把鞋子递给他说：

“你摸一下。”

里诺把一只手伸了进去，说：

“鞋子是干的。”

“只有你才那么觉得，其实很潮湿。莱农，你摸一下！”

我也摸了一下。

“有点潮。”我说。

莉拉做了一个很不高兴的表情。

“你看到了吧？在水里放一分钟就那么潮了，这样不行，我们要拆了重做。”

“操！是有点儿潮，那又怎么样呢？”

里诺发怒了，不仅如此，在我眼皮底下，他好像发生了变形：他的脸变得很红，眼睛周围和颧骨都胀起来了。他实在忍无可忍，对他妹妹说了很多脏话。他一边咒骂，一边抱怨说这样下去什么时候是个尽头啊！他指责莉拉，说她先是鼓励他，现在又让人泄气。他大喊大叫，说他再也不想待在这个恶心的地方，给他父亲当奴隶，看着别人都发财。他拿起了一个铁鞋楦要丢到莉拉身上，假如他真的丢出去，莉拉会被他当场打死的。

我离开了他们的铺子，觉得有些迷乱：一方面，我不知道那个通常都很客气的年轻人为什么会变得那么愤怒；另一方面，我的观点变得那么具有权威和决定性，这让我觉得很自豪。

接下来的几天，我发现我脸上的青春痘在变干。

“你看起来气色不错，那是学校的生活让你很满意，也是爱情滋润的结果。”莉拉对我说，她有些忧伤。

- 20 -

快过新年时，里诺狂热地希望新年夜放很多鞭炮和烟花，要比任何人都放得多，尤其要把索拉拉兄弟比下去。莉拉开他的玩笑，但有时候对他也非常严厉。她对我说，她觉得一开始哥哥对通过制鞋变得有钱这件事表示怀疑，但现在好像又过于激进，觉得自己已经是“赛鲁罗”鞋厂的老板了，不想再做一个普通的修鞋匠了。这件事情让她很担忧，她以前不了解里诺的这一面。她一直觉得哥哥只是有些急躁，偶尔有攻击性，但不是一个爱吹牛的人。现在的他的态度和以往不同，他觉得自己快要变得有钱、是个小老板了。在他眼里，索拉拉兄弟是成功年轻人的典范，需要模仿和超越他们，所以，他要在过新年时放很多烟花鞭炮，预示在新的一年里超越他们。城区里那些对索拉拉家心怀嫉妒的人，都觉得索拉拉是敌人，需要打败他们、取代他们的位子。

莉拉从来都不说闲话，她不像院子里的像卡梅拉那样的姑娘们。但这次她说："也许，我让他产生了一种幻想，现在他没法控制这个梦想。"那本来是莉拉的梦想，她觉得可以实现，她哥哥是实现这个梦想的重要环节。还有，她很爱自己的哥哥，哥哥比她大六岁，但她不想把他变成一个无法控制自己梦想的小男孩。她经常说里诺缺乏实干精神，不能脚踏实地，面对困难，总是有些过激，比如和索拉拉兄弟较劲。

"也许是因为他吃马尔切洛的醋。"有一次，我对她说。

"也就是说？"

她笑了，装傻，其实是她亲口告诉我的，马尔切洛·索拉拉每天在她们家铺子前面晃来晃去，有时候走路，有时候是开车。里诺应该觉察到这一点了，他不止一次警告妹妹："你不要跟那个混蛋讲话，想都别想。"也许，马尔切洛·索拉拉对他妹妹有意思，他不能毫不客气地打破索拉拉兄弟的脸，他想通过烟花来展示自己的力量。

"假如事情是这样的，你会同意我说得有道理？"

"在哪个方面有道理？"

"就是他现在变成了一个爱吹牛的人，他从哪儿搞到买烟花的钱呢？"

这是真的。整个那不勒斯，在我们的城区，那年的最后一夜真是一场战争：耀眼的火光、爆破声四起，鞭炮和烟花产生的浓烟让人看不清周围，烟钻到屋子里，让人睁不开眼睛，呛得人直咳嗽。但鞭炮、冲天炮和各种烟花都是要钱的，通常谁最有钱，谁就放得多。我们格雷科家没有钱，过年时家里用来买鞭炮的钱很少。我父亲会买一盒烟花、一串鞭炮，还有几个小小的礼炮。到半夜，他会把一些鞭炮和烟花交到我手上，因为我是家里的老大，有那种会炸出星星的烟火，还有那种旋转烟花。我很激动，也很害怕，一动不动地站在那里，看着那些耀眼的烟花在我手指不远的地方形成一个个火圈。我父亲会跑过去，把冲天烟花放在大理石窗台上的玻璃瓶子里，用香烟点燃导火索，一道道明亮的火光冲向天空，他很激动，最后他把瓶子也扔到街上。

莉拉家的烟花也一直很少，近乎没有，里诺很早就开始抗议。从他十二岁开始，他就养成了一个习惯，在新年的半夜时分，他会和那些比他父亲大胆的人，去捡那些没有炸开的鞭炮。外面鞭炮和烟花声一停，他就会跑出去。他把捡来的鞭炮和烟花放在池塘边点燃，享受鞭炮的噼里啪啦，烟花冲向天空，最后炸开的欢乐。他的手上还有一道伤疤，一个很宽的印子，那是因为有一次他缩手缩得太慢了。

一九五八年年底的那场较量，有很多表面和深层的原因，还要补充的一点就是：里诺想洗刷自己贫穷童年遭受的耻辱。他开始到处搞钱，购买烟火，但大家、包括他自己也知道，尽管他现在充满狂热，大张旗鼓，他还是没办法和索拉拉兄弟抗衡。每年，那对兄弟会开着他们的“菲亚特 1100”来来回回，每次行李箱里都会装满烟花爆竹，那是他们新年夜里要放的。那些烟火简直可以杀死鸟儿，吓到猫儿、狗儿和老鼠，让整栋楼房的每块瓷片都抖动起来。里诺从铺子里充满敌意地看着他们，他和帕斯卡莱、安东尼奥，尤其是和恩佐——那时候恩佐相对比较有钱，他们也准备了一些烟火储备，让他们至少不丢面子。

当我和莉拉去斯特凡诺·卡拉奇家的肉食店买新年晚餐用的东西时——那是我们的母亲派我们去的，发生了一件小小的、出人意料的事情。肉食店里挤满了人，柜台后面，除了斯特凡诺和皮诺奇娅，阿方索也在帮忙，他对着我们尴尬地笑了一下。我们在后面排队，估计要等很久，但斯特凡诺非常明确地跟我们打了个招呼，然后在他弟弟耳边说了些什么。我的高中同学阿方索从柜台后面走了出来，问我们有没有购物的单子。我们把单子给了他，他拿着就走了。过了五分钟，我们要买的东西准备好了。

我们把所有东西都放在包里，给玛丽亚太太付了钱就离开了。但我们没走几步，这时不是阿方索，而是斯特凡诺，用他那种成熟男人的声音叫我：

“莱农！”

他赶上我们，脸上的表情很平静，笑容很客气，唯一破坏他完美的是白衬衣上有一块油渍。他是对我们俩说——用方言说，但他眼睛看着我：

“你们愿不愿意来我家庆祝新年？阿方索也希望你们能来。”

在堂·阿奇勒被谋杀之后，他的妻子和孩子的日子很简单，他们深居简出：教堂、肉食店、家里，最多去参加一些不能回避的聚会。他们邀请我们，这是从来没有过的事。我看着莉拉，回答说：

“我们已经有约了，我们和莉拉的哥哥，还有很多其他朋友……”

“你们也告诉里诺吧，包括你们的父母。我们家房子很大，放鞭炮可以去楼顶。”

莉拉用一种拒人于千里之外的语气插了一句：“帕斯卡莱和卡门·佩卢索，还有他们的母亲也会和我们一起过节。”

这句话本该中断任何继续对话的可能：阿尔佛雷多·佩卢索现在关在监狱，因为他杀死了堂·阿奇勒，堂·阿奇勒的儿子不能邀请阿尔佛雷多的孩子在他家里庆祝新年。但是斯特凡诺看着莉拉，好像一直没有注意到她一样，带着一种很专注的目光、用一种理所当然的语气说：

“好吧，你们都来吧。我们喝香槟酒，一起跳舞，新年，新生活……”

他说的话让我很感动。我看着莉拉，她也有些茫然，嘀咕了一句：

“我们要和我哥哥先谈谈。”

“谈好了告诉我。”

“那烟花呢？”

“你是什么意思？”

“我们带上我们的烟花，你呢？”

斯特凡诺微笑了一下，说：

“你要多少烟花？”

“很多很多。”

这个年轻男人又把目光投向我，说：

“只要你们来我家，我答应你们，就是到天亮时，我们还有烟花可以放。”

- 21 -

一路上，我们俩笑得前仰后合，一边笑一边说话。

“他是因为你，才这么做的。”我说。

“不，是因为你。”

“他爱上你了，为了把你请到他家里去，他连共产党，连他的杀父仇人都请了……”

“你说什么呀？他都没正眼看我一眼。”

里诺听到了斯特凡诺的提议，他马上说自己不去，但想战胜索拉拉的愿望让他犹豫再三。他和帕斯卡莱说了这件事情，帕斯卡莱非常气愤。恩佐嘀咕了一句：“好吧，假如我能来的话，我会来的……”至于我们的父母呢，他们听到这个邀请时都非常高兴，因为堂·阿奇勒已经不在了，他的妻子和孩子都是很客气的人，非常有钱，能和他们成为朋友，那是非常有面子的一件事情。

莉拉开始有些迷失，就好像忘了自己身处何处。无论在街上和小区里，还是在修鞋的铺子里，她都在思考这个问题。后来，某天下午她出现在我面前，脸上带着一种恍然大悟的表情，对我说：

“我们都搞错了。斯特凡诺既不想要我，也不想要你。”

我们还是按照通常的方式讨论了一会儿：事实和我们的想象混合在一起。假如他不是想要我们，那他想要什么？我们想，可能斯特凡诺也想教训教训索拉拉兄弟。我们记得吉耀拉的母亲过生日时，米凯莱让她把帕斯卡莱赶走的情景，他当时提了卡拉奇家的事情，插了一杠子，就是想展示出斯特凡诺没良心，忘了自己的父亲。想一下，在那种情况下，那兄弟俩不仅仅让帕斯卡莱没面子，而且让斯特凡诺颜面扫地。因此，这次斯特凡诺要反击一下，增加分量：他不仅仅要和佩卢索家人彻底不计前嫌，而且要在过年时邀请他们去家里一起庆祝，就是为了让他们下不来台。

“那他能得到什么呢？”我问莉拉。

“我不知道。他想做一件整个城区没人能做到的事情。”

“原谅？”

莉拉满脸狐疑地摇了摇头。她也在寻找答案，我们俩都想搞清楚，我们喜欢把事情搞清楚。斯特凡诺看起来并不是一个能原谅别人的人，按照莉拉的看法，他脑子里有自己的盘算。渐渐地，她把最近一段时间一直思考的问题联系起来，也就是她和帕斯卡莱一直讨论的问题，最后她好像找到了答案。

“你记不记得，我给你说过，卡梅拉和阿方索可以在一起成为恋人的事情？”

“记得。”

“斯特凡诺做了一件类似的事情。”

“他要娶卡梅拉吗？”

“不仅仅是这个。”

按照莉拉的看法，斯特凡诺要把一切一笔勾销，他想从“之前”的事情中走出来。他不想假装，就像我们的父母一样，假装什么事也没发生。他想要做的事情可以总结为：我知道，我父亲过去是那样的，但现在我是我，我们是我们，过去的一切都过去了。总之，他想让整个城区的人都明白，他不是堂·阿奇勒，佩卢索的家人也不是之前杀死他父亲的那个木匠。这个推论我们很喜欢，我们很快肯定了这一点，马上对卡拉奇家的这个年轻男人产生好感，我们决定站在他那边。

我们把我们的发现说给里诺、帕斯卡莱和安东尼奥听。我们说斯特凡诺的邀请不仅仅是邀请，这个邀请的背后是非常有含义的，他好像要告诉我们：在我们之前发生了很多糟糕的事情，我们的父亲——他们都在这个那个方面表现得很糟糕，但我们现在要采取行动，我们要表现出，作为孩子，我们要比他们强一些。

“强一些？”里诺充满兴趣地问。

“好一些，”我说，“要和索拉拉兄弟完全不同，因为他们要比他们的父亲，还有爷爷更糟糕。”

我非常激动地用意大利语说着，就好像在学校里一样。莉拉用非常惊异的眼光看着我，里诺、帕斯卡莱和安东尼奥尴尬地嘀咕了几句。帕斯卡莱试着用意大利语回答我，但他很快放弃了。他阴沉着脸说：

“现在斯特凡诺用来做生意的本钱，是他父亲通过黑市挣来的。那家肉食店之前是我父亲的木工铺子。”

莉拉的眼睛眯了起来，简直看不见她的眼睛。

“这是真的。但你们要站在一个希望改变的人一边，还是站在索拉拉兄弟那边？”

帕斯卡莱呢，部分因为他的信念，部分因为他有些吃醋，因为斯特凡诺忽然间成了莉拉谈话的中心，他很肯定地说：

“我就站在我的角度，没别的。”

但他是一个善良的小伙子。他想了又想，然后去和他母亲谈，和家里的所有人谈。朱塞平娜是一个不知疲惫的劳动者，性格也很好，很开朗，不拘小节。自从她丈夫被抓起来之后，她整个人都变了，她因为自己的苦命而悲伤。她把这件事情告诉了神父。神父经过斯特凡诺的铺子，跟玛丽亚聊了很长时间，最后又去和朱塞平娜·佩卢索谈话。最后他们都确信，生活已经很艰难了，假如在过新年的时候，大家的关系友好一点，那对所有人都有好处。就这样，十二月三十一号晚上十一点半，吃完新年大餐之后，出身不同的几家人——前木匠的全家人、门房的全家人、鞋匠全家人、卖水果的全家人和梅丽娜全家人——都收拾得干干净净的，三三两两爬到了五楼，在以前最遭人痛恨的堂·阿奇勒家里，一起过新年。

- 22 -

斯特凡诺非常热情地接待我们。我记得他的头发梳得很整齐，脸因为激动有些泛红，他穿着一件白衬衣，打着领带，还穿着一件蓝色的西装马甲。我觉得他帅极了，有点王子风范。我算了一下，他要比我和莉拉大约大七岁，在当时的情况下，我想我的男朋友吉诺真是不值一提：我让他来卡拉奇家里找我，他对我说他不能来，因为他父母不让他出来，说半夜出来会很危险。我想要一个年龄大一点的男朋友，就像斯特凡诺、帕斯卡莱、里诺、安东尼奥或者恩佐那个年龄的青年，而不是一个小孩。我看着他们，整个晚上，我都用眼睛瞥他们。我有些紧张，一直用手抚摸着母亲给我的银手镯，还有耳环。我又开始觉得自己很美，我想得到他们的关注和认可，但好像所有小伙子都一门心思地想着半夜的烟火，他们等着和其他男人进行较量，好像也没太在意莉拉。

斯特凡诺对佩卢索太太和梅丽娜尤其客气。梅丽娜一句话也不说，眼睛好像着魔了一样。她的鼻子很长，头发梳得很整齐，戴着耳环，身上穿着一件寡妇穿的黑色旧裙子，看起来像个贵妇。半夜时分，主人斯特凡诺先给他母亲的杯子里斟上香槟酒，然后给帕斯卡莱的母亲斟上。我们一起干杯，祝愿在新的一年里，会发生很多幸福美好的事情。祝酒之后，我们向外面走去，因为天气很冷，老人孩子都穿着大衣，围着围巾。我发现，唯一一个不愿意出去的人是阿方索，出于礼貌，我叫了他一下，他没有听到，或者假装没有听到。我也跑上了楼顶，头顶是可怕的天空，充满了黑暗、繁星和寒意。

小伙子们都穿着毛衣，帕斯卡莱和恩佐甚至只穿着衬衣。莉拉、艾达、卡梅拉和我都穿着很轻薄的裙子，那是我们参加舞会穿的裙子，我们都冷得发抖，但非常激动。我们已经听到了几声烟花的响声，几束亮光划过上空，开出五颜六色的花朵。

我听到人们把废旧物品从窗子扔出去的声音，还有叫喊和笑声。整个居民区都沉浸在喧嚣之中，鞭炮声响起。我点燃烟火，还有小孩子手上的旋转烟花，我喜欢看着他们眼睛里的惊恐和惊异，我小时候也是那种感觉。莉拉说服了梅丽娜，她们一起点燃了一个"孟加拉"烟火，蹿出一道五彩的烟花，她们俩都激动得叫喊起来，拥抱在一起。

里诺、斯特凡诺、帕斯卡莱、恩佐和安东尼奥把一箱箱烟花爆竹搬上屋顶，他们都很骄傲，因为他们的储备非常丰富。阿方索也加入了，但不是很积极，哥哥给他施压，他才上来的。我觉得他在里诺面前有些羞怯，里诺看起很振奋，他从阿方索手上拿过东西，像对待小孩子一样对待他，阿方索也没生气，他只是退了出来，没和其他小伙子搅在一起。这时候，他们点燃了火柴，几个年龄大一点的小伙子相互点燃了香烟，用手捂着挡风，他们很严肃、客气地交谈。我想，是不是要爆发一场内战，就像罗马的建立者罗慕路斯和瑞莫斯①之间的那场战争，就像马略和苏

---

① 罗慕路斯（约公元前771—前717）与瑞摩斯（约公元前771—前753），罗马神话中罗马的奠基人，在神话中是一对双生子，他们的母亲是女祭司雷亚·西尔维亚，父亲是战神玛尔斯。按照普鲁塔克和蒂托·李维等的传统罗马历史记载，罗慕路斯是罗马王政时代的首位国王。兄弟俩人后来因为给新建的城市命名的问题而发生争执，甚至爆发战斗，结果罗穆路斯将瑞摩斯杀死。

拉[1]，或者说像恺撒和庞培[2]之间的斗争。他们的面孔，他们的目光和姿态，让我想起了那些人。

除了阿方索，每个男性口袋里都装满了摔炮，他们把烟花放在空瓶子里。里诺交给我、莉拉、艾达还有卡梅拉的任务是及时供应烟花，里诺越来越激动，开始大声支使我们。最后，那些年龄很小的男孩——我的弟弟佩佩和詹尼，还有那些不再年轻的男人——比如说我父亲，还有年龄最大的鞋匠，他们在黑暗和寒冷中也行动起来了。他们点燃礼包的导火索，烟花冲向天空或者天台栏杆。节日气氛非常浓郁，人们很激动，都在叫喊：你看颜色多绚丽！响声真大！没事儿！没事儿！——他们听到梅丽娜惊恐的叫喊，安慰她。里诺从我两个弟弟手上抢过散装鞭炮，自己点燃了，叫喊说他们简直就是在浪费，说导火线还没点燃，他们就扔了出去。

城市上空的烟花越来越明亮、稠密，烟花声音消失之后，又传来一阵阵汽车喇叭声，还有大面积的黑暗。这时候尽管烟雾弥漫，索拉拉兄弟的阳台在闪光中变得更加耀眼。

他们家阳台距离我们很近，我们可以看到他们。那些父子、亲戚和朋友们，就像我们一样，想制造混乱和节日的欢腾气氛。

---

① 盖乌斯·马略（公元前157—前86），罗马帝国的将军和政治家，因击败了日耳曼部落的侵略，而被称为罗马的第三位创始人，后被高卢人卢奇奥·苏拉（公元前138—前78）所杀，苏拉是古罗马独裁者，为了结束内战娶敌人马略之女朱妮亚为妻，但朱妮亚已许配给流放者切契利奥。她欲杀卢奇奥·苏拉，他宽容她而退位。

② 恺撒（公元前100—前44）与庞培（公元前106—前48），两人曾在公元前60年与克拉苏一起组成政治联盟（史称“前三头联盟”）。庞培率军平定了叙利亚一带，并建为行省，后和恺撒发生权力之争。庞培在法萨卢斯战役中败北后逃往埃及，恺撒追到埃及。埃及国王为了讨好恺撒，便杀了庞培。

整个城区的人都知道，到那时候为止，一切只是刚开始。当整个城区的穷人放完了他们少得可怜的鞭炮，那些银色和金色的毛毛雨，索拉拉家会真正开始放烟花，只有在这时候，他们才展示出自己是这个节日的真正主人，因为最后只剩下他们在尽情燃放烟花。

当时就是这样，索拉拉家阳台上的烟火忽然稠密起来，天空和街道炸开了。每点燃一道烟花，尤其是在一阵震耳欲聋的鞭炮声之后，从他们的阳台都会传来一阵猥亵的笑声。出人意料的是，斯特凡诺、帕斯卡莱、安东尼奥和里诺用同样响亮的鞭炮和烟花回应了他们。索拉拉家放烟花，这边用烟花回应；那边放冲天炮，这边用冲天炮回应。各种颜色的迷人花冠在空中扩散开来，地上则是鞭炮震天响。忽然间，里诺跳上了天台栏杆，他一边大骂，一边扔出去那些爆破力很强的鞭炮。他母亲吓得大叫："下来，你会掉下去的！"

这时候，梅丽娜也被惊吓到，大声叫喊起来，声音很尖，持续时间很长。艾达叹了一口气，她不得不把母亲带走，但阿方索给艾达做了个手势，意思是他来照顾梅丽娜，他把梅丽娜带下楼了。我母亲也马上一瘸一拐地跟了下去，其他女人也带着孩子下去了。索拉拉家那边的爆破声越来越响了，忽然，他们的烟花没有冲向天空，而是朝着我们站着的天台冲了过来，带来一阵红光，还有让人窒息的浓烟。

"他们是故意的。"里诺对斯特凡诺说，他已经怒不可遏了。

在夜色里，斯特凡诺只是一个冰冷的黑色影子，他让里诺平静下来。他跑到一个角落里，那里有储备烟花的箱子，他先告诫我们几个姑娘不要碰这些东西，他叫几个小伙子去拿。

"恩佐。"他喊道，已经听不出任何平时当售货员的柔软语气，“帕斯卡、里诺、安东！你们过来，来吧！我们让他们听听，我们有什么……”

所有人都笑着跑了过去。大家嘴里都说着：斯特凡诺，是呀！我们让他们听听，让他们去死吧，这帮混蛋！他们对着索拉拉家的阳台做着下流手势。我看着他们躁动的黑色身影，觉得越来越冷。我们几个女孩子单独待在一边，没我们什么事儿。我父亲和鞋匠也下楼去了。我不知道莉拉是什么感觉，她一声不吭，很入迷地看着眼前的情景。

我之前已经提到过了，她将那天发生在她身上的事称为“界限消失”。她告诉我，那就好像一个海上的月圆之夜，忽然天空乌云密布，暴风雨来临，吞没了所有光亮，把那轮皎洁的圆盘打回了原形，让它变成了一团没有任何意义的粗糙物质。莉拉想象、看到和听到的情景就好像是真的：她哥哥在破碎，里诺在她眼里失去了本来的面貌。那是她一直记得的面貌——一个慷慨、诚实的小伙子，脸上的轮廓看起来让人很放心，她从记事起就喜爱的那张面孔，他曾经逗她乐、帮助她、保护她。但在那里，在寒风和猛烈的爆炸声当中，在弥漫的刺鼻的硫磺味中，不知道是什么东西打破了她哥哥的身体结构，施加在他身上的压力那么大，以至于他的形状和轮廓破裂开来，露出了本来的面目。那个节日的每一秒都让她感到恐怖，她看到里诺在移动，他周围扩散开来的物质也在移动，他身体的界限在消失。她自己身体的界限也越来越柔软、易碎。她很难控制自己，但最后努力做到了，没有把自己的焦虑和崩溃展示出来。说真的，在鞭炮的震天响声和缤纷的烟花中，我并没有注意到她。但我觉得她的表情越来越恐惧，这让我很震撼。我发现她盯着她哥哥的影子看——里诺是最活跃、最放肆、最大放厥词的那个，他对着索拉拉家阳台的方向，骂得非常起劲——莉拉用很厌烦的眼神看着哥哥。莉拉通常天不怕地不怕，但那时候她看起来满脸恐惧。这是我后来才想到的，当时我没仔细想，我觉得自己和卡梅拉、艾达更亲近一些。她像往常一样，好像并不需要那些男生的关注，而我们置身在寒风和混乱中，如果没有那些小伙子的话，我们会感觉自己的存在没有意义。假如斯特凡诺、恩佐或者里诺能停止他们的战斗，能跑过来把手臂搭在我们的肩膀上，紧紧挨着我们，对我们说些好听话，那是我们所期待的。我们几个挤在一起取暖，而他们都忙着拿那些爆破力很强的烟花，点燃导火索。他们很振奋，因为斯特凡诺储备了很多烟花，他们欣赏他的慷慨，但同时不安于那么多钱变成一道道烟花、火光、爆炸和烟尘。无论如何，他们为自己能占上风感到心满意足。不知道他们和索拉拉兄弟的比赛进行了多久，两边爆炸声竞相响起，就好像天台和阳台都是战壕，整个城区都在颤抖，真让人晕头转向，鞭炮声、玻璃碎裂的声音此起彼伏，天好像塌下来一样。直到恩佐大喊："他们没货了！他们已经完了，我们还可以继续！"尤其是里诺，他一直在继续，直到最后连一只鞭炮都不剩了。所有人都发出胜利的欢呼，他们都在跳跃，相互拥抱。最后大家平静下来，四周静悄悄的。

但这种寂静持续的时间很短，远处传来孩子的哭声、叫喊和骂人声，还有汽车在堆满垃圾的街道上行驶的声音。最后，我们看到索拉拉家的阳台上传出火光，啪！啪！非常干脆的响声朝我们传来。里诺很失望地叫了一声："我们从头开始。"但恩佐马上明白发生了什么事情，把我们推进屋子，在他之后，帕斯卡莱和斯特凡诺接着也明白发生了什么。只有里诺一直在骂很难听的话，他从天台护栏上探出身子。这时候莉拉躲过帕斯卡莱，过去把哥哥拉了进去，这次是她大骂起来。我们这些姑娘们也叫喊着跑了下去，索拉拉兄弟因为放烟花没能赢过我们，就朝我们开枪了。

- 23 -

我已经说过了，那天夜里我错过了很多事情。浓郁的节日气氛、我们面临的危险，尤其是那些男人身上迸发出来的激情，要比天空的烟花更让人心旌荡漾，我忽视了莉拉。就是那时候开始，她的内心发生了变化。

我已经说过，我当时没发现发生在她身上的事。从表面看，很难理解她的变化，但后来我马上就觉察出来：她变得很慵懒。那个晚上过后两天，尽管不用去学校，我还是起床很早，想陪她走到铺子去开门，帮助她打扫卫生，但她没有出现。后来她很晚出来，而且拉着脸，我们走在居民区里，尽量回避过他们家的铺子。

“你不去上班吗？”

“不去。”

“为什么？”

“我不乐意去。”

“新鞋子呢？”

“还差很远呢。”

“那怎么办？”

我觉得，她也不知道自己想干什么。唯一确信的是：她很为哥哥担心，比之前几次我看到她时更加担心。正是这种担忧，改变了她对财富的看法。她还是着急变得有钱，这一点没什么可说，但财富不再是她小时候想象的那样了：没有保险箱，没有宝石和金币的光芒。在她脑海里，财富现在好像都变成了水泥：会加固，变硬，会修补这个那个东西，尤其是会修好里诺的脑子。他们俩一起做的鞋子，里诺觉得已经做好了，要拿给费尔南多看，但莉拉很清楚地知道（她觉得里诺也应该知道），那双鞋子问题很多，她父亲看到那双鞋子会直接扔了。因此她说，他们需要再试试，再改改，因为开鞋厂是一个非常艰难的过程，但里诺已经不想再等了，他迫不及待地想变得和索拉拉兄弟或者斯特凡诺一样有钱。莉拉已经没办法和他理论了。忽然间，我觉得她好像对财富本身失去了兴趣，在谈论金钱时，她不再两眼放光，只是觉得钱可以避免她哥哥闯祸。"都是我的错，"她向我坦白说，"我让他相信财富唾手可得，好像就在街角。"但街角并没有财富，她瞪着一双有些发狠的眼睛问，到底怎么才能让他平静下来。

里诺真是着魔了，比如说，莉拉不再去铺子，费尔南多从来都不责备她，相反，他说他很高兴莉拉能待在家里，帮助母亲干活，而她哥哥却异常愤怒，刚过完新年，他们就大吵了一架。里诺低着头，在路上堵住我们，对莉拉说："赶紧来干活！"莉拉回答："想都别想。"他就伸手拉住她的胳膊，她甩开他的手，开始骂了起来，里诺给她一个耳光，对她喊道："那你回家去吧，去帮妈妈干活吧。"听了里诺的话，她连一声招呼都没跟我打就径自走了。

他们的矛盾在主显节那天达到了顶峰。莉拉早上醒来时，看到床边放着一只装满煤炭的袜子，她明白那是里诺干的。吃早饭的时候，她给所有人摆好餐具，单是没给里诺摆。这时候她母亲出现了，儿子给她床头的椅子上挂了一只袜子，里面装满了糖果和巧克力，她觉得很感动。她很宠爱里诺，当她看到里诺坐的位子上没摆放餐具就马上要摆，莉拉阻止了她。母亲和女儿正在争吵，哥哥出现了，莉拉马上朝他扔过去一块煤炭。里诺笑了起来，说那是一个玩笑，想逗她开心。当他发现妹妹较真了，就捉住莉拉想打她。费尔南多出现了，身上还穿着背心和短裤，手上拿着一个盒子。

“你们看看，主显节巫婆给我带来了什么礼物？”他说道，能看出来他很恼怒。

他从盒子里拿出了两个孩子偷偷做出来的鞋子。莉拉惊异地张大了嘴巴，她对此一无所知，里诺自己一个人决定通过主显节礼物的方式，把他们的工作成果展示给父亲。

她看到哥哥脸上现出了一丝微笑，还夹杂着一丝忧虑，她也看到了父亲警惕、犀利的目光。她感到，在天台上惊吓到自己的情景再次出现，在浓烟和鞭炮声中，里诺失去了他通常的轮廓，她现在面对一个变形的哥哥，这个哥哥可能会变成一个无法挽回的人。在那个微笑，那道目光里，她看到了一种让她无法忍受、丑陋的东西。尽管她觉得难以忍受，她还是继续爱着哥哥，她感觉到自己需要站在他身边，和他相互帮助。

“真是漂亮啊！”农齐亚说，她根本就不懂鞋子。

费尔南多一句话都没说，做了一个发怒的表情，像电影演员兰道夫·斯科特，然后他坐了下来，先穿上右脚的鞋子，再穿上左脚。

“主显节女巫，”他说，“真是照着我的脚做的。”

他站起来感受了一下，在家人的注视下在厨房里走来走去。

“真的很舒服。”他评价说。

“这双鞋子像阔佬穿的。”他妻子用幸福激动的目光注视着儿子。

费尔南多又坐了下来，把鞋子脱了下来，上上下下、里里外外看了一道。

“做这双鞋子的人，真是一个大师!”他说，但他脸色很阴沉，没有任何喜悦的神色，“很棒，主显节女巫。”

他说的每一个字，都能听出来他非常难受，那种痛苦正要爆发，让他想把眼前的一切都砸了，但里诺没有觉察出这一点。他父亲的每一句讽刺都让他觉得越来越自豪。他红着脸，有些支吾，微笑着说：“爸爸，我加上了这个，我想着……”莉拉想从厨房里出去，想躲过父亲即将爆发的怒火，但她没办法做决定，她不想撇下哥哥。

“这双鞋子既轻便又结实，”费尔南多接着说，“没有任何硌脚的东西。尤其是，我从来没有见别人穿过，鞋尖比较宽，这很新鲜……”

他坐了下来，穿上鞋，又解开。他对儿子说：

“转过身去，里诺，我现在要感谢主显节女巫……”

里诺想着这是一个玩笑，可能会彻底结束他们之间的摩擦和矛盾，他就转过身去，他觉得有些幸福，也有些尴尬。他刚转过身去，父亲就从身后狠狠地踢了他的屁股，说他是个畜生、混蛋！父亲把手边能拿到的东西都朝他扔了过来，最后把鞋子也扔了过来。

最后莉拉也介入了，因为她看到哥哥开始只是躲避父亲的拳打脚踢，但后来也叫喊起来，他把椅子掀翻在地，打碎盘子，大声哭了起来，说他宁肯去死，也不愿意免费给他父亲干活。他母亲、几个弟弟妹妹，还有邻居都很惊恐，但没有用，父亲和儿子都需要发泄一下。他们把身上的力气用完了，最后一起去上班了，一句话也没有说，带着他们的绝望埋头在那间破铺子里干活。

有一段时间，没人提到那双鞋子。莉拉决定：她的工作就是帮助母亲干家务，买东西，做饭，洗衣服，晾衣服，她再也不去修鞋铺。里诺变得很忧伤，他拉着脸，觉得那是妹妹对他的报复，因此觉得无法理解。他开始期望妹妹能把洗干净的袜子和内裤，还有衬衣整整齐齐放在他的抽屉里，会在他干完活回家之后，对他表示敬意，伺候他。假如有什么事情不合他的心意，他都会抗议，他会说出这样的话：连衬衣都不会烫，你这个笨蛋！她耸耸肩膀，什么话也不说，继续认真完成她的任务。

里诺当然不满意这种态度，他很费力地平静下来，努力想回到之前的样子。在天气好时，比如星期天早上，他会跟莉拉开玩笑，用一种讨好的语气说："你生我的气，是因为我说那双鞋子是我一个人做的吗？但我这么做，"他开始说谎，"是为了避免爸爸对你发火。"然后就会恳求她："帮帮我吧！我们现在该怎么办呢？我们不能停下来，我要摆脱眼前的状况。"

莉拉一句话也不说，她做饭，熨衣服，有一次她还吻了哥哥的脸颊，表示她已经不生气了。但火上来时，他会暴跳如雷，总会摔碎什么东西，说莉拉背叛了他，现在不管他了，她迟早都要和某个混蛋结婚，离开这里，让他一个人继续过着悲惨的生活。

有一次，家里没有人，莉拉来到那个藏着鞋子的小房间，她把鞋子拿出来，仔细研究。看着那双鞋子，她自己也觉得惊异：按照笔记本上的一张图纸，这双鞋子毕竟还是做了出来，不管好坏，真是费了好大力气！

- 24 -

我回到学校上课，被老师营造的紧张气氛和那里的快节奏折磨得喘不过气来。很多同学都跟不上进度，班上的人越来越少。吉诺有些课程不及格，开始向我求救，我想帮助他，但我发现他只是想抄我的作业。我让他抄作业，但他很不爱学习，抄作业时不专心也不用心。阿方索也一样，尽管他很守纪律，但还是遇到了困难。有一天，在希腊语课上，老师向他提问的时候，他忽然哭了起来，这对一个男生来说是非常丢脸的事情。很明显，他宁可死去，也不愿当着全班人的面洒一滴眼泪，但他当时没能忍住。我们都没吱声，觉得很不安，除了吉诺。可能因为当时压力很大，也可能是看到他同桌的处境也那么糟糕，他觉得很满意，忽然笑了起来。放学的时候，因为他发笑的事情，我说我们不再是男女朋友了。他很担心地问我："你喜欢阿方索吗？"我跟他解释，事情很简单，我只是不喜欢他了。他结结巴巴地说："我们刚刚开始，这样不行。"其实，作为男女朋友，我们俩也没发生过什么：我们接过一次吻，但不是舌吻；他想摸我的胸，我生气地把他推开了。他求我再继续交往一段时间，但我坚持自己的决定，我知道每次上学放学，没有他的陪伴，我也没问题。

我和吉诺分手没几天，莉拉对我说，有两个人几乎同时向她求爱，这是第一次有人向她求爱。首先是帕斯卡莱，有天早上，她去买东西，他从后面赶上了莉拉，他跑得气喘吁吁，非常激动。他对莉拉说，他非常担心，因为一直没在铺子里看到她，他想着她是不是生病了。现在看到她身体好着呢，他觉得很幸福，当他说这些话时，脸上丝毫看不出幸福。他忽然就中断了闲谈，就好像喉咙被卡住了一样，要清一清嗓子。他几乎是叫喊着说：他爱她，他那么爱她，假如她同意的话，他就会马上去和她哥哥、父母，还有所有人说，他们可以马上在家里订婚。她一句话也没说，开始几分钟，她觉得他在开玩笑。说真的，以前我已经跟她说过，帕斯卡莱看上她了，但她一直都不相信。现在他站在那里，在一个美丽的春日，眼泪几乎要涌出来，他在恳求她，他说假如她拒绝了，那他的生命就没有任何意义了。要说出自己的情感，是多么艰难的一件事情啊！莉拉小心翼翼，她没有一口回绝，但还是找到了拒绝他的方法。她说她也很爱帕斯卡莱，但不像爱一个男朋友那样。她说，她一直很感激帕斯卡莱对她解释的那些事情：法西斯、抵抗运动、保皇派、共和国、黑市、意大利新法西斯党、基督教民主党、共产党等等，但要成为男女朋友却不行，因为她永远都不会和任何人成为男女朋友。她最后总结说："我爱你们所有人：你、安东尼奥、恩佐。我爱你们就像爱我哥哥里诺那样。"这时候，帕斯卡莱嘀咕了一句："我爱你，可不像爱我妹妹卡梅拉。"说完他跑开了，回去干活了。

"另一个告白呢？"我充满好奇地问她，但也有些担忧。

"你永远也想不到。"

另外一个向她求爱的人是马尔切洛·索拉拉。

听到这个名字，我感觉胃一阵剧痛。假如帕斯卡莱对莉拉的爱证明莉拉特别招人爱，但马尔切洛臭名昭著。他是一个年轻帅气、有钱有汽车、暴戾强悍的黑社会男人，喜欢的女人他都要得到。但也许因为这个原因，在我和我的同龄人眼里，被他爱上是一项荣耀，这标志着莉拉由一个消瘦的小姑娘变成一个能让任何人倾倒的女人。

"怎么发生的？"

马尔切洛一个人开着他的“菲亚特1100”，弟弟没和他在一起。他看到莉拉在大路上往家里走。他没开车靠过来，也没有隔着车窗和她讲话。他把车子停在路中间，车门开着，走过来赶上她。莉拉还在继续走路，他跟在后面。他请求莉拉原谅他之前的表现，他说哪怕她用那把裁皮刀把他杀了也不过分。他很激动地提起他们在吉耀拉母亲过生日那天跳的摇滚舞，说他们很般配。他说了很多恭维莉拉的话：“你长大了，眼睛很漂亮，整个人都很美……”然后，他跟莉拉讲了那天晚上他做的梦：他向莉拉求爱，莉拉答应了，他送了一枚订婚戒指给莉拉，和他奶奶戴的订婚戒指一模一样，上面镶了三颗钻石。莉拉一直在走路，没有搭腔。这时候，她说话了：“在那个梦里，我答应你了？”马尔切洛说：“是的。”她回答：“看来那真是你在做梦了，因为你是个畜生，你和你的家人、你爷爷、你父亲，还有你弟弟都不是人，我永远都不可能接受你，杀了我也不可能。”

“你真是这样对他说的？”

“我说得更难听呢。”

“也就是说？”

马尔切洛后来有些生气，他回答说，自己的感情很真挚，他不分白天黑夜满怀爱意地想着她，他不是畜生，而是一个爱她的男人。她回答说，假如一个人那样对待艾达，一个人在新年晚上拿手枪向人群开枪，说他是畜生，那简直是辱没了畜生。马尔切洛马上明白她不是开玩笑，她真的觉得他连一只蛤蟆，或者是一只蜥蜴都不如。他很丧气，只是低声地嘀咕了一句：“是我弟弟开的枪。”但话一出口他就已经明白了，她听到这句话后会更加鄙视他。这也是事实，莉拉加快了脚步，他还想跟上来。莉拉对他喊了句“滚开”就跑了起来。马尔切洛停下了脚步，就好像忘了自己在哪儿，正在做什么，后来他低着头走向自己的“菲亚特 1100”。

“你跟马尔切洛·索拉拉真是这么说的？”

“是的。”

“你疯了。你不要告诉任何人，你是这么对待他的。”

当时，我觉得这是一个非常肤浅的交代，我说了那句话，只是为了表明我非常在意莉拉讲的事情。莉拉非常喜欢对一件事情进行分析和想象，这是她的特点，但她从来都不爱说闲话，她和我们都不一样，我们其他女孩都很八卦。实际上，她只对我说过帕斯卡莱对她的爱，我不知道她有没有对别人讲过，但马尔切洛·索拉拉的事情，她对所有人都讲了。后来我遇到了卡梅拉，她问我：“你知不知道，你的朋友拒绝了马尔切洛·索拉拉？”我遇到了艾达，她也问我：“你的朋友真的对马尔切洛·索拉拉说‘不’了？”皮诺奇娅·卡拉奇在肉食店里，在我耳边低声问：“你的朋友真的拒绝了马尔切洛·索拉拉？”甚至有一天在学校里，阿方索也惊异地问我：“你的朋友拒绝了马尔切洛·索拉拉，这是不是真的？”

我见到莉拉时，我对她说：“你把这件事情告诉了所有人，马尔切洛会生气的。”

她耸了耸肩膀，她忙于照顾几个弟弟，还要在家里帮母亲干活，没说几句就走了。自从过完年之后，她只在家里做家务。

- 25 -

的确如此，那一学期剩下的时间，莉拉对我在学校的学习彻底失去了兴趣。当我问她在图书馆借了什么书，在读什么书时，她很不耐烦地回答说："我什么书也没借，看书让我头疼。"

我一直在学习。对我来说，读书几乎是一种乐趣。我很快就发现，当莉拉不再紧跟我，在学习和阅读上超过我，学校以及费拉罗老师的图书馆已经不再是一种历险，而成了我非常擅长的事情，我得到很多鼓励和表扬。

有两件事情，让我非常清楚地意识到这一点。

有一次，我拿着我的借书证，上面写满了借书和还书的记录，老师先是表扬了我的坚持，然后问起了莉拉。他说莉拉和她家人现在都不借书了，他觉得很遗憾。不知道为什么，老师表现出来的那种遗憾让人很难受。我觉得，那种遗憾来自一种对莉拉的深层兴趣，要比他对我的表扬和鼓励要更加强烈。我想到，莉拉一年即使只借一本书，她也会在那本书上留下痕迹，还书的时候，老师会感觉到她留下的痕迹，但我不会在书上留下任何痕迹，我只是一个顽强的读者，一本一本，没有任何规律，囫囵吞枣。

另一件事和学校的作业有关。语文老师将我们的作文修改好发给我们（我到现在还记得当时的作文题目——《狄多女王悲剧的不同阶段》），通常他只是说两句，解释一下我为什么会得八分或者九分，但那次他在班里对我的表扬深入具体，只有到最后，他才说了我的分数，他给了我满分。下课时，他在楼道里叫我，说他非常欣赏我分析问题的方式。宗教老师露脸时，他把宗教老师也拦住了，充满热情地讲了我功课的进步。过了几天，我发现杰拉切老师不仅仅让宗教老师看了我的作文，也让其他老师也读了，即使有些老师没教过我。有些高年级的老师在楼道里对我微笑，有时候甚至会表扬我一句。比如说，A 班的一个女老师加利亚尼老师，她是所有人都很喜欢的老师，但大家都在回避她，因为她是一个公认的共产党，她三言两句就可以把别人说得不够严密的话推翻。在学校的院子里，她叫住我，她对我的作文里表达的主要观点充满热情，也就是——爱情已经不能存在于城市，城市的本质已经发生了变化，由善变成恶了。她问我：

“对你来说，一个没有爱的城市，意味着什么？”

“意味着失去幸福的人们。”

“举个例子。”

我想到了我和莉拉，还有帕斯卡莱整个九月的讨论，我觉得那才是真正的学校，要比我每天上的学校更像学校。

“法西斯统治下的意大利，纳粹统治下的德国，今天我们全世界的人类。”

她饶有兴趣地看着我，说我的作文写得很好，还给我推荐了一本书，她说会把她的书借给我。最后她问我，我父亲做什么工作，我回答说：“市政府门房。”她低着头走开了。

当然，加利亚尼老师对我表示的兴趣让我很自豪，但这件事没有后续了，一切都回到了往常的样子。我在高一就成了一个比较有名、学习优异的学生，最后也没什么大不了的。这能说明什么问题呢？这是不是只能证明：我和莉拉一起学习、一起交谈是一件多么有益的事？在她的激励和支持下，我能勇敢地走出我们城区之外的世界，也打开局面，让自己体会书上写的那些思想、风景、人物还有事情。当然，我对自己说，关于狄多女王的分析是我写的，把那些事情用优美的句子表达出来是我的专长，但我写的关于狄多的观点并不属于我。那篇作文，难道不是我和她一起写的吗？我们相互刺激，我们的热情一起燃烧，难道事情不是这样吗？关于城市里没有爱的观点，老师那么欣赏，但那不是莉拉的想法吗？尽管我是用自己的语言扩展了这种观点，但从这些事情中，我能得出什么样的结论呢？

我开始期待我独立完成的作文能获得表扬。杰拉切老师让我们写了另一篇关于迦太基女王的作业——《埃涅阿斯和狄多女王：两个流亡者的相遇》。他看到我的作文，并没有被打动，只给了我一个八分。但我获得了加利亚尼老师的认可，她见到我，总是会很客气地向我打招呼。我发现她是尼诺·萨拉托雷的拉丁语和希腊语老师，尼诺是A班的学生。我真的很渴望受到别人的关注，我希望这些关注来自尼诺。他的语文老师在班上公开表扬我，我希望他会想起我来，和我说话。但后来什么事也没发生，我进出学校门口时会遇见他，他总是一副很专注的样子，从来都没有看我一眼。

有一次，我甚至尾随他到了加里波第路，然后走到了卡萨诺瓦路。我希望他能看到我，对我说："你好，我们正好同路啊！我经常听人说起你。"但他走得很快，低着头，一直都没有向后看。我觉得很累，我鄙视我自己，我很沮丧地掉头走上诺瓦拉路，回家了。

一天天就这样度过了，我向我的老师、同学还有我自己证明我的决心和努力，但内心的寂寞感越来越强烈，我觉得自己学习时缺乏动力。我试着对莉拉讲了费拉罗老师的遗憾，让她继续去图书馆借书。我对她讲了那篇狄多的作文获得的认可，我没有具体说我写了什么，但我让她明白那是她的成功。她听我说这些，有些不耐烦，可能她已经不记得狄多女王这个人物，以及关于她我们当时都说了什么，她有其他的问题要面对。她一有说话的机会就对我说，马尔切洛·索拉拉并没有像帕斯卡莱那样接受现实，他还是一直在追她。她出去买东西时，他会一直跟着她，走到斯特凡诺的店里，走到恩佐的马车那里，只是看着她，并不搅扰她。如果她从窗口探出身子，会看到他站在街角等着她露脸。这件事真让人焦虑，她父亲也注意到了，尤其是里诺也发现了。她很担心几个男人会开始互殴，这种事情在我们居住的城区很常见。“我到底有什么？”她说自己看起来很瘦、很丑，为什么马尔切洛会对她那么狂热？“我是不是有问题啊？我让人做一些错误的事情。”

她不断地说着类似的话。她越来越确信自己给哥哥带来的坏处远远超过好处。她说：“你看着他就知道，为建‘赛鲁罗鞋厂’的事，他丧失了头脑。他一门心思地想和索拉拉兄弟一样有钱，像斯特凡诺一样富裕，甚至比他们还有钱，他受不了每天在铺子里工作。”他想让莉拉重新燃起之前的热情，对莉拉说：“我们很聪明。莉娜，我们两个人加起来，谁都赶不上，告诉我，我们应该怎么办？”他也想买汽车和电视机。费尔南多不明白这些东西的重要性，这让他很气愤。尤其是当莉拉表示出她不想再支持他，里诺的态度就变得很恶劣，对她比对一个女仆还粗暴。也许他都不知道自己被毁了，莉拉每天都面对哥哥，并为此担忧。她有一次对我说：“你有没有看到过一个人刚醒来的样子，非常丑陋，整个脸都变形了，而且目光空洞？”

她觉得里诺就变成了那副样子。

- 26 -

四月中旬的一个星期天晚上，我记得那次是五个人一起出去的：我、莉拉、卡梅拉、帕斯卡莱和里诺。我们几个女孩子要穿得好一些，一出门就涂上了口红，描了描眼睛。我们坐上了地铁，地铁上人很拥挤，里诺和帕斯卡莱一路上都死死地守护着我们，担心有人会摸我们，但没人这么做，因为我们的守护者脸上的表情太可怕了。

我们从托莱多站下车。莉拉坚持要走基亚亚街、菲兰杰里街，然后经过千人军街，一直走到阿米迪欧广场——我们知道那都是富人去的地方。里诺和帕斯卡莱都反对，他们不了解这些地方，或者他们想解释那些地方不适合我们。他们用方言低声嘀咕了几句，说那里人的全是“花花公子”。我们三个女孩联合起来，一直坚持要去。就在那时我们听到了喇叭声，看到索拉拉兄弟的“菲亚特 1100”开了过去，我们没看到他们兄弟俩，只看到两个姑娘张着双臂把身体探出车窗外——是吉耀拉和艾达。她们看起来都很漂亮，穿得很好，发型和耳环都很美丽，简直光彩照人。她们看到我们后激动地向我们叫喊，打招呼。里诺和帕斯卡莱掉过头去，卡梅拉和我因为惊异都没回应。莉拉是唯一一个很热情地跟她们打招呼的人，她们的车子向人民广场方向开去。

我们沉默了一会儿。里诺阴沉着脸对帕斯卡莱说，他一直都知道吉耀拉是个婊子。帕斯卡莱听到他的话，表情很凝重。他们俩谁都没提艾达，因为艾达的哥哥安东尼奥是他们的朋友，他们不想冒犯他。卡梅拉说了艾达很多坏话，我感觉到她的语气很苦涩。他们四个年轻人坐在汽车里招摇过市，这才是出去度周末的正确方式。我们的方式完全错了：步行，穿得破破烂烂。我当时特别想掉头回家，但莉拉就像没遭遇那几个人一样，坚持要去那些阔人去的地方。她拉着帕斯卡莱的胳膊，又是叫又是笑，扭着屁股走路，她还做出很夸张的微笑和很娇软的动作，她觉得那就是富人的方式。我们犹豫了一下，后来还是站在她那边、支持她。艾达和吉耀拉现在正和帅气的索拉拉兄弟坐在汽车里，享受她们的周末，而我们步行着，由缝鞋底的里诺，还有泥瓦匠帕斯卡莱陪着。

我们很不满，大家都心知肚明。里诺和帕斯卡莱也应该感觉到了，他们相互看了一眼，叹了口气，最后答应了。“好吧！”他们说，“我们现在去基亚亚街。”

对于我们来说，那就像是跨越边界，我现在还记得那种差异让我感觉到的屈辱。我不看那些小伙子，而是看着那些姑娘和太太们：她们和我们完全不同，好像呼吸的是不同的空气，吃的是不一样的食物，她们的穿着宛若天人，走路的样子那么轻盈。我真的目瞪口呆，有时候会停下来想看清楚她们的裙子、鞋子，还有眼镜。但她们经过时，好像看都不看我一眼。她们看不到我们五人中的任何一个，就好像我们都是空气，或者说我们没有任何引人注目的地方。有时候，她们的目光落在了我们身上，但也会很快移开，就好像他们看到了让人反感的东西，她们只是看着自己的同类。我们所有人都意识到了这一点，但没人说出来。我们明白，里诺和帕斯卡莱年龄大一点，他们会在那条街上再次证实自己已经知道的事情，这让他们的心情变坏，人也变得恶狠狠的，他们觉得自己很不合时宜。但我们几个姑娘只有在那时才发现这一点，那是一种懵懵懂懂的感觉。我们觉得很不自在，但也充满好奇，我们觉得自己很丑，但都想象着如果能像她们一样打扮自己，穿那样的衣服，像她们那样化妆，我们会变成什么样子。为了不破坏我们的心情，我们相互开玩笑，用讽刺的语气说：

“你会不会穿那样的裙子？”

“给我钱我都不会穿！”

“我会穿的。”

“不错，那你就会像那个胖墩女人一样。”

“你看到她的鞋子了吗？”

“怎么，那能算鞋子吗？”

我们一直走到切拉马雷大楼那里，一边走一边笑。帕斯卡莱尽量不和莉拉走在一起，但当她挽着帕斯卡莱的胳膊，他会很客气地摆脱她（他经常和莉拉说话，很明显他喜欢听到她的声音，看着她，但是也能看出来，任何身体接触都让他很不安，就好像会让他失声痛哭）。帕斯卡莱走在我身边，用一种鄙夷的口气问我：

“在学校里，你的女同学都穿成这样吗？”

“不这样。”

“这就意味着那不是一所好学校。”

“那是一所文科高中！”我生气地说。

“不是好学校，”他接着说，“假如没有这样的人，那就不是好学校。是不是莉拉？”

“是啊！”莉拉指着一个向我们走过来的金发姑娘，和她走在一起的是一个黑发小伙子，个子很高，穿着一件洁白的V领毛衣：“假如没有一个像这样的姑娘，那你的学校真烂啊！”她笑了起来。

那个金发姑娘穿了一身绿色的衣服：绿鞋子、绿裙子、绿上衣——尤其让莉拉觉得好笑的是，她像喜剧演员卓别林那样，头上戴了一顶绿色的圆顶硬礼帽。莉拉轻快的语气感染到了我们，当那两个人经过里诺身边时，他说了一句很难听的话，是关于那顶硬礼帽的。这时候，帕斯卡莱停下来，用一只胳膊撑着墙壁靠在那里笑。那姑娘和她的男伴向前走了几步又停了下来，穿着白毛衣的小伙子转过身来，但那个姑娘很快拉住了他的一只手臂。他甩开她的手，走了回来，对里诺说了很多难听话。一眨眼工夫，里诺一拳打在了那小伙的脸上。他大喊着："你叫我什么？我没有听清楚，你再说一遍，你叫我什么？你听到了吗？帕斯卡，他叫我什么？"

我们几个女孩脸上的微笑马上变成了惊恐。莉拉一下子扑过来，拉住她哥哥，因为里诺正要用脚踢那个倒在地上的年轻人，她满脸惊异地把哥哥拉走了。这时候，我们生命中的千万个片段，从小时候一直到我们的十四岁，好像最后终于形成了一个清晰的画面，让她觉得难以置信。

我们把里诺和帕斯卡莱推开了。这时候，那个戴礼帽的女孩把她男朋友扶了起来。莉拉那种难以置信的表情变成了一种绝望的愤怒，她把哥哥拉过来，劈头盖脸一顿臭骂，言语非常粗俗肮脏。她拉着哥哥的一条胳膊，威胁他，里诺用一只手抓着她，脸上有一丝神经质的微笑。他对帕斯卡莱说：

"我妹妹以为，这里是好玩的地方，帕斯卡，"他瞪着一双疯子一样的眼睛，用方言说，"我妹妹以为……我说最好不来这里，她一直都觉得自己什么都懂，什么都明白，就像通常一样，她一定要来……"他顿了一下，喘了口气，接着说："你听到这个混蛋叫我什么了吗？土鳖！我是土鳖？……"然后又喘了一口气说："我妹妹把我带到这个地方，看人家当面叫我土鳖，现在我让你们看看叫我土鳖的后果。"

"别激动，里诺。"帕斯卡莱回答道。帕斯卡莱阴沉着脸，时不时警惕地看着身后。

里诺还是很激动，但声音小了下来，莉拉这时候彻底平静下来了。我们停在了马尔蒂里广场上，帕斯卡莱几乎是冷冰冰地对卡梅拉说：

“你们自己回去吧。”

“我们自己？”

“是的。”

“我们不走。”

“卡门，我不想和你吵。你们走吧。”

“我们不知道怎么走。”

“别撒谎！”

“你回去吧，”里诺对莉拉说，他尽量控制自己的情绪，“你拿点儿钱，在路上你们可以买冰激凌吃。”

“我们一起出来，一起回去。”

里诺失去了耐心，猛推了莉拉一把：

“你听不听话？我是你大哥，你应该听我的话。赶紧走，去吧！别让我扇你。”

我看到他真的动怒了，就拉了莉拉的一只手臂，她也明白自己冒的风险，就说：

“我要告诉爸爸。”

“说去吧，谁他妈在乎！赶紧走，起来，走吧！我都不应该给你买冰激凌的钱。”

我们忐忑地朝圣卡塔林纳路走去。莉拉琢磨了一下，停了下来，说她要去找她哥哥。我们尽量想说服她和我们一起走，但无济于事。就在我们商量的时候，我们看到有五六个小伙子，看起来身材就像我们星期天在奥沃城堡散步时看到的桨手，他们个子很高，身体很直，穿着也很好，有几个人手上拿着棒子。他们经过教堂，快步往广场方向走去。其中有一个就是被里诺打脸的那个人，他的白毛衣上有血迹。

莉拉甩开我的手跑了起来，我和卡梅拉跟在她后面。我们及时赶到，看到里诺和帕斯卡莱向后退，他俩先并肩后退到广场中间的纪念碑那里。那群穿着体面的青年逼近他们，用棒子打他们。我们喊救命，开始大哭，拦住路上的人，但那些棒子让人害怕，人们都无动于衷。莉拉抓住其中一个打手的手臂，但被推倒在地。我看到帕斯卡莱被打得跪在地上，被人用脚踢，我看到里诺用手臂挡着棒子。最后，一辆汽车停了下来，那是索拉拉兄弟的“菲亚特 1100”。

马尔切洛马上从车上下来，先把莉拉扶了起来，莉拉大喊着让他帮忙。他叫喊着弟弟的名字，然后就搅了进去和其他人打成一团。米凯莱从车子里出来，他不慌不忙从后备箱里拿出一件东西，像是一截明晃晃的铁棍。他拿着那根铁棍冲进了那群斗殴的人中间，非常冷酷地抡了起来。我真希望这辈子再也不要看到这种情景。里诺和帕斯卡莱这时候站起来还手，他们开始和对手厮打。我觉得他们变得很陌生，仇恨彻底改变了他们的样子。那些穿着体面的年轻人开始逃散。米凯莱走到帕斯卡莱跟前，后者的鼻子在流血，但他推开了米凯莱，他用白衬衣袖子抹了一下鼻子，衣袖马上变成红的了。马尔切洛从地上捡起了一串钥匙，交给了里诺，里诺很不自在地向他道谢。那些散开的人都充满好奇靠近来看。我吓傻了，动都动不了。

“你们把几个女孩子带走吧。”里诺对索拉拉兄弟说，他的声音里充满感激，他也知道自己的要求不会被拒绝。

马尔切洛让我们挤进汽车，莉拉首先表示抗议，但最后我们都坐到了后排，一个人坐在另一个人的膝盖上，我们出发了。我回过头，看到帕斯卡莱和里诺向里维埃拉方向走去，帕斯卡莱走路一瘸一拐的。我感觉我们居住的城区在不断扩大，好像吞并了整个那不勒斯，包括那些富人区。汽车里的气氛马上就紧张起来，吉耀拉和艾达在抗议，抱怨说她们坐得很不舒服。她们说："这算怎么回事儿！""那你们就下车走回去啊。"莉拉叫喊着，简直要和她们打起来了。马尔切洛觉得很有趣，刹住车，吉耀拉下车了，像公主一样慢慢挪步，坐在了前座米凯莱的腿上。我们就是这样回去的：吉耀拉和米凯莱在我们眼皮底下接吻。我看着她在激吻米凯莱，她也看着我，我马上把目光移开。

莉拉一路上什么也没说，一直到我们城区。马尔切洛时不时会说几句话，从后视镜寻找她的眼睛，但她一直都不接话。我们让他们在离家很远的地方把我们放下来，因为不想让人看到我们从索拉拉兄弟的车子上下来。剩下的路我们五个姑娘是走回去的。莉拉好像完全沉浸在她的愤怒和担忧里，我们其他人都觉得两兄弟的行为值得欣赏。"很义气！"我们说，"他们做得好。"吉耀拉不停地说："那当然了，你们以为呢？那肯定了。"听她的语气，好像在那家甜食店工作，她很清楚索拉拉兄弟的品质。后来，她用一种开玩笑的语气问我：

"你的学校怎么样啊？"

"很好。"

"但你不能像我那样玩得这么开心。"

"那是另外一种开心。"

吉耀拉、卡梅拉、艾达和我们分开，她们走进了大门。我对莉拉说：

"那些阔人真的比我们还糟糕。"

她没有回答，我很慎重地补充说：

"索拉拉兄弟也许都是混蛋，但今天幸亏他们出面。要不然，千人军街上的那些人可能会把里诺和帕斯卡莱打死。”

她用力地摇了摇头，比平常更加苍白，眼睛下面有很深的黑眼圈，有些发紫。她不同意我的说法，但也不说明为什么。

- 27 -

学期末，我以各门功课九分的成绩通过了考试，甚至还得到了一个叫“奖学金”的东西。我们班本来有四十个学生，现在只剩下三十二个了，吉诺留级了，阿方索有三门考试没通过，要在九月补考。在父亲的要求下，我去了奥利维耶罗家——母亲是反对的，因为她不喜欢奥利维耶罗老师插手我们家的事情，也不喜欢老师表现得那么高傲，取代她决定几个孩子的未来——我还是拿着两包东西：一包糖和一包咖啡，都是在索拉拉酒吧买的，我去感谢奥利维耶罗老师对我的照顾。

她身体不怎么样，嗓子不舒服，但她一个劲儿地表扬我，说我非常努力。她说看我的脸色有点儿苍白，说想给她的某个表姐打电话。她表姐住在伊斯基亚岛，她想看看表姐能不能让我去岛上待一阵子。我对她表示感谢，我没告诉我母亲这件事，我知道母亲不会让我去的。我一个人去伊斯基亚？我一个人坐船在海上旅行？我穿着游泳衣出现在海滩上？下水游泳？

我也没和莉拉说过这件事，短短几个月内，她的生活里连鞋厂的冒险光环也失去了。我觉得不应该在她面前说我通过考试、拿到奖学金，还有我可能去伊斯基亚度假的事情。表面上看来，情况转好了：马尔切洛·索拉拉现在已经不跟踪她了。但马尔蒂里广场的暴力事件之后，发生了一件出人意料的事情，让莉拉非常不安。马尔切洛让费尔南多非常激动，因为马尔切洛出现在他的铺子里，打探里诺的情况，这让费尔南多受宠若惊。里诺非常当心，没有把发生的事情告诉费尔南多（他说身上和脸上的瘀青是从一个朋友的兰美达摩托车上摔下来搞的）。他很担心马尔切洛会多嘴，就把他推到了路上。他们一起走了一段，里诺有些不情愿地对他表示感谢，先是感谢索拉拉兄弟出手相救，其次是感谢他过来探望自己。两分钟之后，他们俩就告别了。里诺回到铺子里，父亲对他说：

“你终于开窍啦。”

“什么？”

“和马尔切洛·索拉拉的交情。”

“没有什么交情，爸爸。”

“那就是说，你以前是个笨蛋，现在还是笨蛋。”

费尔南多想说，假如儿子和索拉拉兄弟有些什么瓜葛，他是会鼓励的。他的感觉是对的，几天之后，马尔切洛又来了，拿着他爷爷的一双鞋，说要换鞋底。他邀请里诺坐他的车出去兜一圈，还想教给他怎么开车，还让他练习练习，去考个驾照，说会让他用自己的“菲亚特 1100”练车。可能这不是友谊，但索拉拉兄弟有意讨好里诺。

莉拉现在已经不管铺子的事了，她基本不会踏进铺子一步。听到他们谈到索拉拉去铺子的事，和她父亲的态度不同，她越来越担忧。

一开始，她想起烟花之战：里诺太痛恨索拉拉兄弟了，他不可能那么容易被蒙骗。最后，她发现和她父母相比，她哥哥似乎更加被马尔切洛对他们的关注诱惑了。她知道里诺的脆弱，但她还是很愤怒，因为索拉拉兄弟已经钻进他的脑子里，让他变成了一只高兴的猴子。

“这有什么问题呢？”有一次，我斗胆说了一句。

“这些人很危险。”

“这里一切都很危险。”

“那天在马尔蒂里广场，你看到米凯莱从汽车里拿出了什么东西？”

“没有。”

“一根铁棍。”

“其他人都拿着棒子呢。”

“你没有看到！莱农！那根铁棒顶头很尖，假如失手的话，一下子就能把那些人的胸口刺穿。”

“好吧。你以前还拿一把刀，威胁过马尔切洛呢。”

这时候她很恼怒，说我不懂。可能她说得对，里诺是她哥哥，不是我的。我喜欢分析问题，但她有其他需求，她想把里诺从那种关系里拉出来。但她每次一提起这件事，里诺就让她闭嘴，威胁她，有时候还会打她。总之，所有事情——暴力的，非暴力，都在演化，一直到六月末的一个晚上——我在莉拉家里，在帮她叠晾好的床单，我记得不是很清楚——她家门开了，里诺进来了，后面跟着马尔切洛。

里诺邀请索拉拉来家里吃饭。费尔南多从铺子里回来没多久，他非常累，有些不悦，但他马上就觉得很荣幸，表现得非常客气。农齐亚就不用说了，她很激动，先是感谢马尔切洛带过来的三瓶好酒，然后她把另外三个孩子拉到厨房，不让他们打扰大人。

我也和莉拉一起帮着准备晚饭。

“我要放一些毒蟑螂的药进去。”莉拉愤怒地在灶火前说道，我们都笑了。这时候，农齐亚让我们不要说话。

我试着挑起话题：“他来是想和你结婚，向你父亲提亲。”

“让他做梦去吧！”

“为什么，”农齐亚很不安地问，“如果他要娶你，你不答应吗？”

“妈，我已经拒绝他了。”

“真的吗？”

“真的。”

“是吗？”农齐亚问我。

“的确是这样。”我确认了莉拉的话。

“不要让你爸爸知道这件事情，他会杀了你的。”

晚饭时，只有马尔切洛在说话。实际上他是不请自来的，里诺没办法拒绝他。现在里诺几乎一声不吭地坐在那里。索拉拉说话时基本上是对费尔南多说的，但他没有忘记给农齐亚、莉拉还有我倒酒水。他夸奖主人费尔南多修鞋的手艺太好了，在整个城区备受好评，他父亲也一直说费尔南多很能干，他还说对里诺做鞋的本事无限崇拜。

也许因为喝了酒，费尔南多很感动，说了西尔维奥·索拉拉几句好话，最后甚至说，里诺干起活来很卖力，正在成为一把好手。马尔切洛接着说了一些里诺的好话，说他还会更能干。他说他爷爷从一个地下室起步，他父亲接手后又一步步扩大，开起了索拉拉酒吧和甜品店，现在这家店变得很有名，那不勒斯各个地方的人都会来喝一杯咖啡，吃块点心。

“太夸张了。”莉拉感叹说，她父亲瞪了她一眼。

马尔切洛对莉拉微笑了一下，很谦和地承认：

“是呀，也许是我夸大其词了。但我只是想说，钱应该周转起来，开始是一个地下室，几代人下来，可能会走得很远。”

这时候气氛有些尴尬，特别是里诺很不自在。马尔切洛用赞赏的口气说起生产新鞋的事。他看着莉拉，就好像赞赏新一代人的努力，主要是赞赏她。他说：假如一个人满怀信心，而且还有能力，能想出一些新点子，做出一些新东西让大家都喜欢的话，为什么不试试呢？他用一种讨人喜欢的方言说着这些，说话时一直盯着我朋友莉拉看。我感觉他就像歌曲里描述的那样，不顾一切地爱上了莉拉：他想亲吻她，呼吸她的呼吸，任凭她处置，在他眼里，她是女性美的化身。

“我知道，”马尔切洛最后总结说，“您的孩子做了一双非常漂亮的鞋子，四十三的鞋码，刚好是我的尺码。”

餐厅陷入了一阵沉默，里诺盯着盘子，他不敢抬眼看他父亲，只能听到窗子那边传来金翅鸟的叫声。费尔南多慢慢说：

“是的，他的确是做了一双四十三码的鞋子。”

“如果方便的话，我特别想看看。”

费尔南多嘟哝了一句：

“我不知道那双鞋子放哪儿了。农齐亚，你知道吗？”

“那双鞋被她放起来了。”里诺指着妹妹说。

莉拉看着马尔切洛的眼睛，说：

“我是把那双鞋放起来了，放在储藏室。但是，前天妈妈让我打扫卫生，我把那双鞋扔掉了，因为根本没人喜欢。”

里诺发火了，说：“你说谎，赶紧去把鞋子拿来！”

费尔南多有些生气地说：

“去！把那双鞋子拿过来。”

莉拉气呼呼地对父亲说：

“你现在怎么想起来要了？我把那双鞋子扔了，因为你说你不喜欢。”

费尔南多一巴掌拍在桌子上，桌上的酒杯跳了一下。

“赶紧去取鞋子，马上！”

莉拉推开椅子，站了起来。

“我扔了。”她小声地重复了一句，从餐厅里出去了。

她没有再进来。

大家陷入长时间的寂静，马尔切洛是第一个开始着急的人。他的确很焦急，他说：

“也许我错了，我没有搞清楚状况。”

“没有任何问题。”费尔南多说，他轻声对妻子说：

“你去看看你女儿在搞什么……”

农齐亚从餐厅里出去，回来的时候满脸尴尬，她没有找到莉拉，她把每个房间都找遍了也没找到她。我们从窗口叫唤她，也没人答应。马尔切洛有些沮丧，就和大家道别了。他刚一走，费尔南多就对着妻子大吼：

“这次我发誓，一定要把你女儿给杀了！”

里诺也附和了他父亲的威胁，农齐亚哭了起来。我很害怕，几乎是蹑手蹑脚地离开了。我刚从外面关上门，就听见莉拉在楼梯间叫我，她在顶层，我轻轻走了上去。她抱着膝盖坐在天台门边的暗处。她怀里抱着鞋子，我第一次看到那双鞋做好的样子。楼梯间有一盏小灯泡挂在一根电线上，灯光很微弱，但那双鞋看起来熠熠生辉。

“让他看看，又能怎么样呢？”我有些迷惑地问。

她很用力地晃了晃脑袋：

“我根本不想让他碰这双鞋子。”

她好像无法控制自己的过激行为，她的嘴唇颤抖着，这是从来没有过的事情。

我轻声劝她回家，说她不能一直藏在那里。我陪她回家，因为我的在场对她是一种保护，但她还是被家人吼叫、斥责了，还挨了几个耳光。费尔南多嚷嚷说，她的任性让他在一个重要客人面前丢了脸。里诺把鞋子从她手上抢了过去，说那双鞋子是他的，他辛辛苦苦亲手做的。她哭了起来，低声说："我也做了，当时没做这双鞋就好了，你现在变成了一个疯狂的畜生。"农齐亚结束了这场痛苦的哭诉，她变得很严肃，用一种和平时截然不同的声音命令两个孩子，甚至是她丈夫——她平时都很顺从——让他们别闹了，一句话都别说，让他们把鞋子给她，不然的话她就跳楼。里诺马上把鞋子给了母亲，事情就这样收场了。我从他们家溜了出去。

- 28 -

但里诺没有让步，接下来的几天里，他对妹妹非打即骂。每一次我和莉拉见面，都会看到她身上新的淤青。过了一段时间，我感觉她屈服了。有天早上，里诺让她陪他一起到修鞋铺去。他们走在路上，都想找到一种结束斗争的方法。里诺对她说，他很爱莉拉，但莉拉谁都不爱，既不爱父母，也不爱兄弟。莉拉低声问："你是怎么爱的？我们家人的爱是什么样的？说来听听。"他们谈了一阵子，最后他说出了自己的想法：

"如果马尔切洛喜欢那双鞋，爸爸会改变主意。"

"我不觉得。"

"我确信。如果马尔切洛把那双鞋买下来，爸爸会明白你的设计很好，可以挣到钱，他会让我们开始做的。”

“就我们三个人？”

“我和他，如果可能的话，还有你。爸爸四天可以做一双鞋，顶多五天。我努力的话，四五天也可以做一双。我们先做几双鞋子卖掉，拿到钱再买材料，再做几双鞋子卖掉，获得资金。”

“我们把鞋子卖给谁呢？还是卖给马尔切洛·索拉拉？”

“索拉拉兄弟贩卖很多东西，他们认识人，会给我们做广告。”

“他们免费给我们做广告吗？”

“假如他们要佣金的话，我们可以给他一点。”

“为什么他们只满足于一点点佣金呢？”

“我们现在关系牢靠。”

“你和索拉拉兄弟吗？”

“是的。”

莉拉叹了一口气，说：

“这样吧，我现在把这事情说给爸爸听，听听他的想法。”

“你敢！”

“那就算了。”

里诺不说话，他很烦躁。

“好吧。无论如何，还是你说吧，因为你比较会说话。”

那天吃晚饭时，面对着满脸通红的哥哥，莉拉对费尔南多说，马尔切洛不仅仅对做新鞋子的事情充满了兴趣，想买了自己穿，他还对这桩买卖感兴趣，会在自己的圈子里做宣传。很自然，作为交换，如果鞋子卖出去的话，他要一份佣金。

“这是我说的，”里诺低着头说，“不是马尔切洛说的。”

费尔南多看着妻子。莉拉明白，她父母之间已经谈过了，而且已经做了一个秘密决定。

“明天，”他说，“我会把你们做的鞋子放在铺子的橱窗里，如果有人想要看看、试试或者想要买，不管他妈的要做什么，都要和我说，这事由我做主。”

过了几天，我经过莉拉家的铺子。里诺在干活，费尔南多也在干活，两个人都低着头，弯着腰。在橱窗的一些彩色盒子和鞋带中间，有一双“赛鲁罗”牌的鞋子，非常高雅漂亮，有一个粘在玻璃上的牌子，显然是出自里诺之手，上面浮夸地写着：出售“赛鲁罗”牌鞋子。父子俩都在等着好运降临。

但是莉拉充满怀疑，她皱着眉头。一点儿也不相信哥哥天真的推测，而且很担心她父母暗地里达成的协议，她在等着糟糕的事情发生。一周过去了，没有任何人——包括马尔切洛在内，对橱窗里的鞋子表示出兴趣。在里诺的催促下，马尔切洛几乎是被强行拉到铺子里，他看了一眼那双鞋子，但他脑子里想着其他事。当然，他把那双鞋穿在脚上试了试，他说那双鞋子有些窄。他脱下鞋子，很快就消失了，一句恭维话也没有说，就好像肚子疼，他马上跑回家了。父子俩都很失望，但过了两分钟，马尔切洛又出现了。里诺忽然跳了起来，他欢呼雀跃，一下子握住了马尔切洛的手，好像是他们约好了见面一样。但马尔切洛假装没有看到他，径直走向费尔南多，一口气对他说：

“我有件严肃的事情要说，堂·费尔南，我想娶您女儿莉拉。”

- 29 -

面对事情的转变，里诺发了几天高烧，连续好几天都没上班。后来他忽然退烧了，但有一些让人惊异的表现：半夜从床上起来，闭着眼睛，还在继续睡觉，他不说话，非常激动，向门口走去，想把门打开，他闭着眼睛开门。农齐亚和莉拉很害怕，把他又拉回到床上。

费尔南多呢，他和妻子从一开始就领会到了马尔切洛的真正意图，他很平静地跟女儿说了这件事。他解释说，她和马尔切洛·索拉拉的婚事不仅对她的未来很重要，而且对整个家庭都很重要。他说她还是一个孩子，作为父亲，他建议她答应这件事情，可以先订婚，时间长了就习惯了。

莉拉用同样平静的语气回答说，她宁可淹死在池塘里，也不愿意和马尔切洛订婚和结婚。他们争吵得很厉害，但她心意已决。

听到那个消息后我非常震惊，我明白马尔切洛不顾一切想和莉拉在一起，但我从来没有想到：在我们这个年纪，已经有人向莉拉正式求婚。她还不到十五岁，从来都没有偷偷交过男朋友，从来都没有吻过任何人，就已经有人向她求婚。我马上支持她的决定。结婚吗？和马尔切洛·索拉拉？还要生孩子？不，绝对不可能！我鼓励她反抗父亲，发誓我会支持她。她父亲现在已经失去了耐性，开始威胁她。他说这都是为了她好，假如她不答应嫁给这么重要的一个人，他会打断她的腿。

但我没办法时时刻刻陪伴在她身边，七月中旬发生了一件事——一件本来我可以预测的事情，但这件事忽然真的发生了，让我有些措手不及。一天午后，我和莉拉在城区散步，谈论发生在她身上的事情，商量怎么摆脱那个局面。后来我回到家，是我妹妹埃莉莎开的门，她非常激动地说，她老师——也就是奥利维耶罗老师正在餐厅里和我们的母亲交谈。

我很羞怯地进到餐厅里，我母亲满脸怨气地说了一句："奥利维耶罗老师说，你应该休息休息，最近你学习太累了。"

我看着奥利维耶罗老师，不明白是怎么回事，好像她更需要休息，她脸色很苍白，而且有些浮肿。她对我说："我表姐昨天回信了。你可以去伊斯基亚岛，去她那儿住一段时间，一直待到八月底。她很乐意接待你，只是你要帮她干些家务。"

她对我说这些时，就好像她是我母亲，而我的亲生母亲——那个腿脚有毛病、斜眼的女人是一个次品，并不需要获得她的认可，我就可以去岛上。她说完这些话之后，并没有马上走，她在我家又待了一个小时，给我展示她借我的书。她说应该先看哪本，后看哪本。她让我在看这些书之前，一定要包上封面，还要我在暑假结束时还给她，一定要保存得完好无损，一个折角也没有。我母亲很耐心地忍受着，她坐在旁边很仔细地听我们说话，她的斜眼让她看起来有些痴呆。终于，老师告别了，她连一下都没有抚摸我妹妹，对我母亲也只是轻描淡写地打了个招呼。最后老师说，她很在意这件事情，如果我能去的话，她会很高兴。奥利维耶罗老师走了之后，我母亲终于爆发了，她觉得是因为我的缘故，她才承受了那些屈辱。她非常愤怒，说道：

"我们的大小姐的确应该去伊斯基亚休息一下，大小姐太辛苦了。你去做饭吧，赶紧去！小心我给你一个耳光。"

但两天后，母亲量了我的尺寸，有些气急败坏地给我缝了一件泳衣，我不知道她是从哪里搞到的图样。最后，她亲自陪我去坐船。

我们走向港口，她给我买了票。等着上船的间隙，她给我交代了很多事情。她最担心的是横渡的那段海路。"真希望浪不要太大。"她几乎是在自言自语。她非常肯定地说，在我小时候，大约三四岁的样子，她每天带我去克罗伊奥海滩，让我的粘膜炎痊愈，那里的海很美，我学会了游泳。但我说我一点儿不记得克罗伊奥海滩，也不记得大海，还有我会游泳的事了。她用一种怨恨的语气说，我的确会游泳。就好像假如我被水淹死了，那不应该归因于她，她已经做了应该做的事情，如果我被水淹死了，那只能怪我太健忘。

她让我游泳时不要离海岸太远，即使海水很平静，而且浪大或者海滩上插着红旗时，我要待在家里。“尤其是，”她对我说，“刚吃完饭或者月经来了，你连脚都不能放在水里。”离开之前，她让一个老水手关照我。当船离开码头，我觉得既惊喜又幸福。我第一次离家出行，在海上旅行。我母亲肥胖的身体、我们居住的城区，还有莉拉的事情越来越远，最后消失了。

- 30 -

我感到一次重生。老师的表姐名叫内拉·因卡尔多，她住在巴拉诺。我坐汽车到了那个村子，很容易就找到了她家。我发现她是一个非常热情的女人，很胖，也很开朗，爱聊天。她一直没有结婚，她把房间租给那些来度假的人，给自己留了一个小房间还有厨房。我要睡在厨房里，晚上睡觉时，我要搭床铺，早上再把床铺拆开（桌子、架子，还有床垫）。我发现自己有一些不可推卸的任务：需要在早上六点半起床，给她和那些客人准备早餐——我抵达时，她家住着一对英国夫妇，还有两个孩子——我还要收拾碟子、杯子，摆好吃晚饭的餐桌，在睡前把碗洗了。其他时间我都是自由的，可以面朝大海待在天台上读书，或者走一段很陡的下坡，走到一段又长又宽、深色的沙滩——当地人叫它玛隆蒂海滩。

刚开始，因为我母亲给我灌输了那么多恐惧，加上我对自己身体的排斥，大部分时间里我都穿着衣服待在天台上。我每天给莉拉写一封信，信里充满了问题、风趣话，还有对这个岛屿的描述，充满了激动的感叹。有一天早上，内拉和我开玩笑说："你干什么呀？你要穿上泳衣啊。"当我穿上泳衣，她又笑了起来，觉得那个样式太老旧了。她给我缝了一件她觉得很时髦的泳衣：胸口低一些，屁股那里紧一些，蓝色的。我试穿了一下，她非常激动，说我该下海了，不应该老待在天台上。

第二天，我放下所有恐惧和怀疑，拿了一条毛巾和一本书，向玛隆蒂海滩走去。我觉得那段路很长，我没有遇到任何上下坡的人。海滩好像无边无际，空荡荡的，沙粒很大，每走一步都吱吱作响。大海散发出一种强烈的气息，还有干巴巴、单调的响声。

眼前是宽阔的水域，我站着看了很久，后来有些不知所措地坐在毛巾上。最后我站了起来，把脚打湿了。我居住在像那不勒斯那样的城市，怎么可能从来都没想过下海游一次泳呢？但事实的确如此。

我很小心地向前走，让水漫过我的脚踝，还有大腿，最后我一脚没有踩稳，跌倒在水里。我满怀恐惧地挣扎了一下，喝了几口海水，又回到了海面，呼吸到空气。我发现，我很自然地摆动手脚，浮了起来，因此我是会游泳的。我母亲真的在我还小时就把我带到了海边，在她做沙浴时，我学会了游泳。我好像忽然间看到了她，她那时候年轻一些，没那么难看，她坐在沙滩上，在正午的阳光下，晒得黝黑，她身上穿着一条带花的白色小裙子，那条好腿被裙子盖着，一直到膝盖，那条有毛病的腿被埋在滚烫的沙子下面。

海水和阳光很快消除了我脸上青春痘的痕迹。我晒得浑身通红，也变黑了。我等着莉拉给我回信，我们已经说好了通信，但她一直没有回信。我和住在内拉家的英国人练习英语，他们发现我想学英语就和我聊了起来，他们非常友好，我进步很快。内拉一直都很愉快，她鼓励我，我开始给她当翻译。她对我说了很多好话，给我做分量很足的饭菜，她做饭棒极了。她说，我来的时候是个柴火妞，多亏了她的照顾，我现在漂亮极了。

总之，在七月的那十几天里，我的感觉从来没那么好过。我体会到后来在我的生命里多次出现的感觉：新事物带来的欣喜。一切都让我很欢喜：早上很早起床，准备早餐，摆好桌子，在巴拉诺镇上散步，上坡下坡，去玛隆蒂海滩，回来躺在太阳底下看书，在水里游泳，又回来读书。我丝毫不想我父亲、弟弟妹妹，还有母亲，以及那个城区的街道和小公园。我只想念莉拉，但她不回我的信。我很担心我不在时有些事会发生在她身上，无论好坏。这是一种比较久远的担忧，一种从来没有过的恐怖：我担心错过她生命的一些片段，失去她的关注，以及我在她生命中的位置。所以，她没写回信给我，这让我非常担忧。

在信中，我很努力地说了伊斯基亚的美妙，我的滔滔不绝和她的沉默，让我觉得我的生活虽然精彩，但什么事也没发生，让我有那么多时间来给她写信，她的生活很黑暗，但充满了各种事件。

七月底的时候，内拉对我说，那些英国人会离开，八月一号有一家那不勒斯人要来。那是他们第二年来这里，非常好的一家人，非常客气，讨人喜欢，特别是男主人，是一个真正的绅士，说话总是彬彬有礼。他们的大儿子人长得很帅，个子很高很瘦，但很结实，那年十七岁。“你不用老一个人待着了。”她对我说。我觉得很尴尬，但马上焦急地等着那个年轻人的出现，很担心自己说不出有意思的话，担心他不喜欢我。

那些英国人刚走——他们给我留下了两本英文书，还有他们的地址，他们说假如我有机会去英国的话，可以去找他们——内拉就让我帮她打扫房间，更换床单，把床铺好。我很乐意干这些活儿，我清洗地板的时候，她在厨房里对我喊道：

“你真的太棒了！还能看英语书。你带来的书还不够看吗？”

她大声地表扬起我来，说我很懂事，很守规矩，说我一天到晚就爱看书。我到厨房里的时候，见她手上拿着一本书。她说那本书是第二天要到的那位先生送给她的，是他自己写的书。内拉把那本书放在床头柜上，每天晚上读一首，先是默念，然后大声读，她已经能背诵下来了。

“你看，他给我写了什么。”她把书递给我说。

那本书是《平和的尝试》，是多纳托·萨拉托雷写的，上面的赠言是：“送给甜蜜的内拉，感谢她的果酱。”

- 31 -

我马上给莉拉写了一封信：每一页都充满了挂念、焦虑、快乐和忐忑，还有见到尼诺·萨拉托雷时可能会出现的激动人心的场面。我可能会和他一起走到玛隆蒂海滩，我们可能会一起游泳，一起看月亮和星星，在同一个屋檐下睡觉。我一直想着那个紧张的时刻：他一只手拉着弟弟向我告白时的情景。啊！那是什么时候的事了？好像过去了一个世纪。我们那时候还是孩子，现在我觉得自己长大了，几乎有些老了。

第二天，我去公共汽车站接他们，帮几个客人拿行李。我非常激动，整个晚上都没睡着。汽车在车站停了下来，几个游客下来了。我认出了多纳托·萨拉托雷，认出了多纳托的妻子莉迪亚，认出了玛丽莎——尽管她变化很大，我也认出了克莱利亚——她总是喜欢躲在一边，我还认出了皮诺——现在他是一个很严肃的小男孩。我回想着那个淘气的小婴儿，总是缠着母亲，那应该是我最后一次看到萨拉托雷一家人的情景，皮诺当时还躺在小推车里，而梅丽娜从楼上向下扔着东西。但我没有看到尼诺。

这时候，玛丽莎一下子扑到了我的怀里，她非常激动，这完全出乎我的预料。在过去的那些年里，我从来都没有想起过她，绝对没有过，我脑子里从来都没有浮现过她的影子。但她说她经常想起我，而且非常怀念我。她说起了在那不勒斯那个破败城区的生活，她告诉她父母我是市政府门房格雷科的女儿，她母亲做了一个很厌烦的表情，马上跑去捉住她的小儿子，不知出于什么原因责备了他。这时候多纳托·萨拉托雷忙着拎行李，都没问我一句：你爸爸还好吗？

我觉得很沮丧，把萨拉托雷一家人安顿到他们的房间里之后，我就和玛丽莎一起去海边散步。她对玛隆蒂海滩，还有整个伊斯基亚岛都非常熟悉，所有地方她都已经走过了。她想去码头，那里比较热闹，还有弗里奥镇、卡萨米乔拉镇，除了巴拉诺，任何地方都行，她觉得巴拉诺是一个死气沉沉的地方。她告诉我，她正在学文秘，还交了一个男朋友，到时候他会悄悄来这里看望她。最后，她说了一件让我心跳的事情，她知道我所有的事情，知道我在上高中，在学校学习很好，说我和药剂师的儿子吉诺在恋爱。

“是谁告诉你的？”

“我哥哥。”

因此，尼诺之前是认出我的，因此他知道我是谁，他并不是对我漠不关心，而是因为羞怯，也许是尴尬，或者是因为他小时候向我表白过，这让他很难为情。

“我和吉诺分手已经很长时间了，”我说，“你哥哥的消息不太确切。”

“他只想着学习，我那个哥哥啊！他说这件事已经很长时间了，通常他都云里雾里的。”

“他不来吗？”

“爸爸走了他才来。”

她说起尼诺时，用的是批评的语气，说他非常无情，对任何人、任何事都没有热情。他从来都不发火，但也不友好。他是一个很封闭的人，唯一感兴趣的就是学习。他什么都不在乎，是个冷血动物，唯一能震慑住他的人是父亲，他们也不吵架，他是一个比较听话、尊敬家长的儿子。但玛丽莎不明白为什么尼诺受不了他们的父亲，她非常爱自己的父亲，觉得他是这个世界上最好心、最聪明的男人。

“你父亲要待很久吗？他什么时候走？”我问她，也许我的意图太明显了。

“他只待三天，因为他要工作。”

“尼诺三天后来吗？”

“他借口说他要帮一个朋友搬家。”

“这不是真的吗？”

“他没有朋友。无论如何，即使是我妈妈让他搬块小石头他都不会干，我妈妈是他唯一爱的人，让他去帮一个朋友搬家，想都别想。”

我们下水游泳，游完泳擦干身体在海岸上散步。她笑着，让我看了一个我之前没注意到的东西，在发黑的沙滩尽头，有一些白色的一动不动的东西。她拉我过去看，我们走在滚烫的沙子上，忽然间，我看到那些白色物体其实是人，他们身上覆盖着泥浆——他们通过这种方式进行治疗，不知道治的是什么疾病。我们也躺在沙滩上打滚，你推我，我推你，和那些人一样假扮木乃伊。我们玩得很开心，时不时下水去游一圈。

那天晚上，萨拉托雷全家在厨房吃晚饭，他们也邀请内拉和我一起进餐。那是一个非常愉快的夜晚。莉迪亚从来不提我们城区的事情，但打破最初的僵局之后，她开始向我打听小区的事情。玛丽莎告诉她，我学习非常刻苦，和尼诺上的是同一所学校，莉迪亚对我的态度变得很客气。对我最热情的人应该是多纳托·萨拉托雷了，他对内拉说了很多我的好话，表扬了我在学校的成绩。他对他妻子尤其关注，他逗最小的孩子西罗玩儿，还照顾一桌子人，不让我盛饭。

我非常仔细地看了看他，我觉得他和我记忆中的样子有些差别：他比之前胖了一些，开始留胡子，但除了外表，他的行为举止也发生了变化，他身上有一些我无法理解的东西，也许他要比我父亲更像一个父亲，要比一般人更绅士些。

这种感觉在接下来的两天更加明显了。

我们去海边时，萨拉托雷从来都不让莉迪亚和我们两个女孩拿任何东西。他一个人扛着太阳伞，背着放着毛巾和午饭的大包，去的时候他一个人扛着，回来也一样，回来时一路都是上坡。只有在西罗哼哼唧唧想要人抱的时候，他才会让我们拿一些东西。他身上没有什么赘肉，又干又瘦，也没什么汗毛。他穿着一件说不上来颜色的泳裤，不是布料做成的，好像是细羊毛编的。他游泳的时间很长，但他一般不会游远，他想给我和玛丽莎展示自由泳。他女儿游泳和他很像，每个动作都好像经过深思熟虑，非常慢，我马上就学着他们的样子游了起来。他说意大利语的时候要比方言多，有一种故意炫耀的感觉，尤其是和我说话时，他会说一些曲里拐弯的话，有很多不常用的委婉语。他很愉快地邀请我、莉迪亚、玛丽莎和他在海滩上跑来跑去，锻炼肌肉，同时他也会做出很搞笑的鬼脸和声音，很滑稽、很夸张地走路。

他和妻子一起游泳时会紧紧挨着，漂在水上小声地交谈，他们经常笑。他出发的那天，我像玛丽莎一样觉得很遗憾，莉迪亚和内拉也觉得很遗憾。在家里，尽管我们也在聊天，但感觉很寂静，就像坟墓一样，唯一让人觉得安慰的事情是：尼诺终于要来了。

- 32 -

我对玛丽莎提议，我也想去港口等尼诺，但她拒绝了，说她哥哥不配这样的待遇。尼诺是那天晚上到的，他又高又瘦，穿了天蓝色的衬衣、黑裤和拖鞋，肩膀上背着一只包。他在伊斯基亚岛的那个家里看到我，没有表现出一丝一毫的激动。我想他们在那不勒斯有电话，玛丽莎可能已经告诉他我在这里。在饭桌上，他说话很少，基本上是单音节的词语。大家吃早餐时，他也不出现，他睡到很晚。我们去海边时，他拿的东西很少，或者基本不拿。他会毫不犹豫地跳到水里，游到很远的地方，他理直气壮，根本不管他父亲好心的交代，整个人最后消失了，我很害怕他淹死，但玛丽莎和莉迪亚一点儿也不担心。他几乎是两个小时之后才出现，开始看书，一根接一根地抽烟。他整天都在看书，从来都不和我们说话，他把烟屁股掐灭在沙子里，两个一排。我也看起书来，没有接受玛丽莎的邀请，没有和她沿着沙滩散步。

晚上，他匆匆吃完饭就出去了。我收拾餐具，洗着盘子，心里想着他。我在厨房里把床铺好，开始读书，等着他回来。我一直读到一点钟，后来睡着了，灯也没有关，书还在胸前。早上起来时，我看到灯关了，书也合起来了。我想可能是他帮我关的，我感觉到一种爱的热潮，那是我从来没有体验过的。

几天之后，事情好些了，我发现他时不时会看我，然后把目光转向一边。我问他在看什么书，也告诉他我在看什么，我们聊起各自看的书，玛丽莎觉得很无聊。刚开始的时候，他好像在仔细听我说话，但最后他就像莉拉一样说了起来，他一直在说自己的想法。我渴望他也能意识到我是一个有思想的人，想打断他，说出我的看法，但是很难。他很高兴我的存在，只是希望我能保持沉默、听他说话，很快我就做出了让步，只听他说。我不再说话还有一个原因，因为他说的事情我还没有想过，或者说我没办法像他一样，用一种充满说服力的、强势的意大利语说出来。

有时候玛丽莎会向我们抛过来一两个沙球，打断我们，喊道："你们有完没完啊！谁在乎陀思妥耶夫斯基，还有什么卡拉马佐夫，烦死了！”这时候，尼诺会忽然中断谈话，低头沿着沙滩走向远处，直到成为一个小小的黑点儿。我和玛丽莎待在一起，谈论她的男朋友，他不能偷偷来看她，这让她非常难过。这时候，我的感觉却越来越好，我简直不能相信生活原来可以这样。我想，也许那些在千人军街上的姑娘，比如说那个穿着绿裙的姑娘，她们的生活原来是这样的。

多纳托·萨拉托雷每隔三四天就会回来，但每次他顶多待二十四小时，就又离开了。他说他迫不及待地等着八月十三日的到来，那时他就能在巴拉诺待整整两个星期。父亲出现的时候，尼诺就成了一个影子，吃完饭马上消失，到深夜才出现。他一句话也不说，脸上带着一丝顺从的微笑听父亲说话，父亲无论说什么，即使他不赞同，也不会反对。唯一一次，他清晰明确地说了几句话，那是多纳托提到自己期望已久的八月十三日时。过了两分钟，他提醒母亲——是母亲，而不是父亲——八月十五日之后他要回那不勒斯，因为他已经和几个同学约好了，几个人见面学习。他们会在郊外一所房子里一起做假期作业。玛丽莎低声说："这分明是在扯谎，他没有任何作业。"但母亲表扬了他，父亲也一样。后来多纳托说起了他最喜欢的话题：尼诺在学业上很幸运，他自己只上到初二就不得不去工作了。假如他能像儿子一样上学，不知道会取得什么样的成就呢。最后他总结说："好好学习吧，尼诺！加油！好好学习，完成爸爸没能完成的心愿。"

他说这些话的语气让尼诺很心烦，为了摆脱这种局面，尼诺有时候甚至会让我、玛丽莎和他一起出去。就好像我们一直在纠缠他一样，他带着一副不耐烦的表情对父母说："她们想去吃冰激凌。散散步，我陪她们去。"

在这种情况下，玛丽莎会非常振奋，跑开去打扮。这时候我都很难过，我还是那几件破衣服，但我觉得他好像根本就不在乎我的美与丑。我们一出门，他就开始聊了起来，聊的内容让玛丽莎很不耐烦，她说真不如待在家里，而我总是仔细倾听尼诺说话。让我觉得惊异的是：在乱哄哄的港口，那些老老少少的男人都充满兴趣地看着我和玛丽莎，他们嘻嘻哈哈地想和我们套近乎，尼诺根本没表现出一丝要捍卫我们的意思。我们和帕斯卡莱、里诺、安东尼奥、恩佐出门时，假如有人多看我们一眼，他们随时都可能会动手打人，他们捍卫着我们并不尊贵的身体。也许尼诺脑子里想着别的事情，那种表达的迫切，让他忽视了周围发生的事情。

就这样，玛丽莎和弗里奥镇上的男孩们成了朋友，后来那些男孩来巴拉诺看她，她把他们带到玛隆蒂沙滩上，总之她每天晚上都和这帮人一起出去。

我们三个人一起去港口，一到那里，玛丽莎就会和她的新朋友去玩（帕斯卡莱什么时候能对卡梅拉那么开放？还有安东尼奥对他妹妹艾达），我们俩沿着海滩散步，约好了大约晚上十点一起回家。

有一天晚上，我们单独在一起，尼诺忽然对我说，他小时候非常嫉妒我和莉拉之间的关系。他从远处看着我们，看我们在聊天，他想和我们成为朋友，但他一直都没有勇气。最后，他微笑着说："你记不记得，那次我对你表白？"

"记得。"

"我特别喜欢你。"

我的脸烫得像火，马上低声说：

"谢谢。"

"我当时想，我成为你的男朋友，那我们三个人会一直在一起：我、你还有你的朋友。”

“在一起？”

他微笑了一下，嘲笑自己小时候的幼稚。

“我那时候根本不懂男女之间的事情。”

然后，他问起了莉拉。

“她后来还上学了吗？”

“没有。”

“她现在在做什么？”

“帮她父母干活。”

“她学习太好了。我根本就赶不上她，她让我脑子很迷糊。”

他的确是这么说的——“她让我脑子很迷糊”。刚开始时，我觉得有点难过，因为他说他对我的表白，只是为了介入我和莉拉之间的关系，现在我感觉到痛苦，我真的感觉到胸口那里很疼。

“她现在不再是以前的样子了，她变了。”我说。

我感到一种冲动，补充了一句：“你有没有听到，学校的老师都怎么评价我？”我当时能控制自己的情绪，真不错。

从那场对话以后，我不再给莉拉写信，我没办法向她讲述正在发生的事情，无论如何，她也不回复我的信。我现在全身心地照顾着尼诺，我知道他起床很晚，就找各种借口不和其他人一起吃早餐，我等着他一起吃早餐，然后和他一起去海边。我准备好他要用的东西，我们一起游泳。当我们游到深海时，我感到自己跟不上他，就马上回到浅海区，焦虑地看着他身后留下的痕迹，他露出水面的头只剩一个小黑点。我觉得非常焦虑，害怕失去他，他回来时，我感觉到无比幸福。总之我爱他，我清楚这一点，我很高兴自己爱着他。

八月十五日的假期很快就要到了。有一天晚上，我对他说我不想去港口，我更想在玛隆蒂海滩上散步。那是一个月圆之夜，我希望他能跟我去，不陪他妹妹去港口。玛丽莎一直要去港口，她已经和某个男人谈起了恋爱，她说她背叛了那不勒斯的男朋友，已经和新男友拥抱接吻了，但尼诺还是陪玛丽莎去了港口。我坚持自己的原则，开始向着通往沙滩的乱石林立的路上走去，沙子很冰冷，在月光下变成灰黑色，海风很柔和。海滩上一个人也没有，我孤单地哭了起来。我是什么？我是谁？我感觉自己又变漂亮了，脸上没青春痘了，阳光和海水让我变苗条了，但我喜欢的人、我想讨好的人，并没对我表示出一点点兴趣。这到底是命运跟我开的什么玩笑？我想着我居住的城区像旋涡一样，想从那里出来，简直就是妄想。

这时候，我听到了沙子窸窸窣窣的声音，我转过身去，看到了尼诺的影子。他坐到我的旁边，他会在一个小时后去接他妹妹。我感到他很焦虑，用左脚后跟踢着沙子，他没有谈论书籍，忽然间他提到了自己的父亲。

“我会用我一辈子，用我的全部生命，努力成为和他不一样的人。”他说这些话时，就好像在说自己的一项使命。

“他是一个可爱的男人。”

“所有人都那么说。”

“那又为什么？”

他做了一个讽刺的表情，有几秒钟，他的面孔变得很难看。

“梅丽娜现在怎么样了？”

我很惊异地看着他。我一直都很小心，在这几天聊天时一直没提到梅丽娜，但他忽然却提出来了。

“不怎么样。”

“他是梅丽娜的情人。他明明知道她是一个很脆弱的女人，但他还是占有了她，因为他很虚荣。出于虚荣，他会做伤害任何人的事情，从来都不觉得自己要承担责任。他确信他能让所有人幸福，相信自己会被原谅。他每个礼拜天都会去做弥撒，他非常关心几个孩子，也很在意我母亲，但他不断背叛她。他是一个伪君子，这让我觉得很恶心。”

我不知道应该对他说什么，在我们的城区会发生各种各样恐怖的事情，父子可能会动手打架，比如说里诺和费尔南多，但是他短短几句话表达的那种暴力，让我觉得很难过。尼诺全身心地痛恨他的父亲，这就是为什么他一直在谈论卡拉马佐夫，这就是问题的根本所在。最让我感到不安的是多纳托·萨拉托雷，还有那些我亲眼看到听到的事情，我没有发现什么让人反感的事情。他是每个女孩和男孩都期望拥有的那种父亲，玛丽莎的确非常爱他。还有，他的罪过就是他爱的能力，我不相信这有什么恶意，甚至我母亲也经常说，她不知道我父亲在外面都做了什么。尼诺那种辛辣讽刺的话、那种刻薄的语气，让我觉得太可怕了。我嘀咕了一句：

“他和梅丽娜都被激情冲昏了头脑，就像狄多女王和埃涅阿斯，爱情很伤人，但也非常感人。”

“他在我母亲面前对着上帝发誓，说他是清白的，”他忽然大声说，“他既不尊重母亲，也不尊重上帝！”他激动得站了起来，他的眼睛很美，亮晶晶的，“连你也不理解我。”他说完迈开大步，向远处走去。

我从后面跟上他，心跳得非常厉害。

“我懂你。”我低声说，小心地拉住了他的一条胳膊。

我们从来都没有过身体接触，我感觉到了一阵战栗，马上就松开了手。他低下头，吻了我的嘴唇，一个非常轻盈的吻。

“明天，我要走了。”他说。

“但后天才是十三号。”

他不回答。我们又走到了巴拉诺，谈论着书籍，我们一起去港口接玛丽莎。我的嘴唇一直在回味那个吻。

- 33 -

我在厨房默默哭了一个晚上，在凌晨时睡着了。内拉叫醒了我，她责备我，说尼诺是在天台上吃的早餐，因为他不想打扰我，他已经走了。

我急忙穿好衣服，她发现我很难过，就心软了，说：“你去吧，也许还能赶上。”我跑到港口，希望在船出发之前赶到，但我到的时候，船已经开走了。

有几天我都过得很糟糕。在收拾房间时我发现了一张天蓝色的卡片，那是尼诺的书签，我把书签藏了起来。晚上在厨房里，我躺在床上，嗅着书签发出的气息，吻着它，用舌尖轻轻舔着它，默默地哭泣。那种绝望的爱情，让我自己都很感动，我被自己感动哭了。

最后，多纳托·萨拉托雷来了，开始了他十五天的假期。他儿子已经离开了，这让他觉得有些懊恼，但他同时很高兴尼诺和他同学见面、一起学习。“他是一个认真的孩子，”多纳托对我说，“像你一样。我为他感到自豪，我觉得你父亲也会为你感到自豪。”

那个让人有安全感的男人出现之后，我觉得平静一些了。他想认识玛丽莎的新朋友，有一天晚上，他邀请这些朋友在沙滩上搞了一场篝火晚会。他亲自把捡来的木柴堆放在一起，跟那些年轻人一直玩到很晚。那个和玛丽莎关系暧昧的男孩在弹吉他，多纳托唱歌，他的声音美极了。夜已经深了，多纳托自己弹起了吉他，他弹得不错，又弹了几支舞曲，有人开始跳舞，玛丽莎最先跳了起来。

我看着那个男人，心想：他和他儿子在长相上也没有任何共同之处。尼诺很高，面孔很秀气，头发乌黑，盖住了额头，他的嘴唇总是紧紧闭着，嘴唇很诱人；而多纳托中等身材，脸上的线条很粗砺，鬓角秃得很厉害，嘴巴很小，嘴唇非常薄。尼诺总是板着面孔，好像充满惊恐地看着眼前人和事；多纳托的目光总是很热情，他喜欢出现在他眼前的每样东西、每个人，他一直满脸堆笑。尼诺的内心有某种东西在折磨、吞噬着他，就像莉拉一样，这是一种天赋，也是一种让人痛苦的事：他们都不高兴，都不放松，总在担心发生在周围的事情。但多纳托全然不同，他好像热爱生命的任何表现，他生活的每一秒都是绝对晴朗的。

从那晚开始，尼诺的父亲成了一个非常坚实的替代品，不仅仅可以驱赶尼诺在我内心留下的黑暗——那是在一个几乎感觉不到的吻别之后，他留给我的；还有莉拉从不回信给我造成的内心空洞。我想，莉拉和尼诺不是很熟，他们从来都没有交往过，但我觉得他们很像。意识到这一点时，我也觉得很惊异。他们不需要任何事情、任何人，他们总是知道怎么行、怎么不行。但假如他们错了呢？马尔切洛·索拉拉到底有什么让人害怕的地方呢？多纳托·萨拉托雷有什么特别让人讨厌的地方呢？我不明白。我爱着莉拉和尼诺，用不同的方式想念他们。我感激那个被尼诺仇恨的父亲，他对我和其他孩子都很关注，在玛隆蒂海滩的夜里，他能给我们带来平静和快乐。忽然间，我很高兴我爱的那两个人都不在岛上。

我继续开始看书，给莉拉写了最后一封信，在信中我对她说，因为没收到她的回信，我不会再给她写信了。我和萨拉托雷家人的关系变得更加密切，我感觉自己像玛丽莎的姐妹，像皮诺和小西罗的姐姐，现在西罗很喜欢我，只有和我一起玩的时候，他才不淘气。他很安静，我们一起找贝壳。莉迪亚一改之前对我的敌意，变得对我很友好，她很喜欢我，还经常表扬我，说我做任何事情都很认真：布置桌子，收拾房间，洗盘子，照顾孩子，读书和学习。有天早上，她让我试穿她的日光浴衣，那件浴衣她穿着太紧了。我穿上后，她马上叫内拉和萨拉托雷来看，他们都很激动，都说我穿上非常合身，最后莉迪亚把那件日光浴衣送给我了。有时候，我甚至觉得她喜欢我超过玛丽莎。她说："玛丽莎很懒，爱慕虚荣，我没教育好，她不爱学习。你很懂事，你真的很像尼诺。"有一次她补充说："只是你很开朗，无忧无虑，他总是很忧愁。"听到妻子的这句批评，多纳托马上就开始赞美他的长子。"他是个好孩子，没得说。"他一边说，一边用目光寻求我的认可，我非常肯定地点了点头。

游了很久的泳之后，多纳托会躺在我旁边，在太阳底下晾干自己。他会读报纸——《罗马报》是他唯一的读物。一个写诗的人、一个出版过一本诗集的人从来都不看书，这让我很惊异。他自己没带书，也从来没对我读的那些书产生过兴趣。有时候，他会大声念出一些文章段落，那些句子和词汇可能会使帕斯卡莱非常愤怒，当然，加利亚尼老师听了也一定会很生气，但我一句话也不说，我觉得自己不该和一个这么文雅的人争论，如果发生争论的话，可能会打破我在他心目中的美好形象。有一次，他给我读了一整篇文章，每读两句，他都会微笑着看看莉迪亚，莉迪亚也微笑着看着他。最后他问我：

“你喜欢吗？”

那是一篇关于火车的文章，赞美火车的便捷快速，不像之前的旅行——在乡间车道上乘坐双轮马车或者步行。文中有很多激昂的句子，他用一种感人的语气读了一遍。

“是的，很喜欢。”我回答道。

“你看这是谁写的。你看到这里了吗？”

他把那张报纸伸了过来，放在我眼皮底下。我非常激动地读道：

“多纳托·萨拉托雷。”

莉迪亚笑了起来，他也笑了起来。他们让我待在沙滩上照看西罗，他们下水游泳去了，还是往常的方式，两个人紧紧贴着，在窃窃私语。我看着他们，心里想：可怜的梅丽娜。但我并没觉得萨拉托雷有什么不对。

即使尼诺说的对，他们俩真发生过什么，即使萨拉托雷真的背叛了莉迪亚，比之前还变本加厉，在和萨拉托雷相处后——我对他有了一定的了解——我觉得自己没办法怪罪于他。我觉得他妻子也没有怪罪他，尽管当时是她强迫丈夫离开那个城区的。至于梅丽娜呢，我也理解她，她感觉到爱的幸福，因为这个男人比一般男人要好很多——一个火车上的检票员，同时也是一个诗人和记者。她脆弱的神经无法再适应没有他的生活，那种荒芜平庸的生活。这些想法让我很高兴，那几天所有事情都让我觉得满意：我对尼诺的爱情、我的忧伤、围绕着我的温情，还有我独自读书、思考和反思的能力。

- 34 -

八月末，那些神奇的日子快结束时，忽然有两件重要的事在同一天相继发生。那是八月二十五日，我记得非常清楚，因为那天是我的生日。我起床给所有人准备早餐，在餐桌上，我说："今天我年满十五岁了。"说这些话时，我想到了莉拉在八月十一日已经过了生日，那几天我太激动了，以至于都没想起来。按照习俗，我们一般都会庆祝命名日，那时候生日不是非常重要，但萨拉托雷一家人和内拉坚持要在晚上搞一场聚会，庆祝一下。我非常高兴，他们回房间准备去海边的东西，我在收拾餐桌。这时候，邮递员来了。

他从窗子探进头来，说有一封给格雷科的信。我马上跑了下楼去，心怦怦乱跳。我排除了父母给我写信的可能。是莉拉写给我的，还是尼诺？最后我看到是莉拉的信，我把信封撕开了，里面有五页信纸，写得密密麻麻的。我匆匆看了一遍，但一点儿也没看明白——现在看来，这似乎非常不正常，但当时就是如此。在明白信的内容之前，首先打动我的是莉拉的文字里包含着她的声音。不仅如此，开始的几行就让我想起了《蓝色仙女》里的文字，那是继小学的那篇小作文之后，我唯一读过的她写的东西。我现在明白了，为什么当时我那么喜欢她写的那篇小说，《蓝色仙女》里有一种品质，到现在还打动着我：莉拉能通过文字说话，她的文字和我的文字，以及萨拉托雷的那些文章和诗歌也不一样；她和我读过的以及正在读的很多小说家都不一样。尽管她没有继续上学，但表达非常精确考究，没有一个错误。还有一点，她的句子里没有任何矫揉造作、不自然的东西，也没有一般书面语的矫饰。在读她的信时，我感觉自己能看到、听到她，她的文字传递着她的声音，这让我感觉很震撼。这比我们面对面交谈更吸引我，因为写出来的东西要比交谈时更加纯净，去掉了口语中那些混乱的东西，文字栩栩如生。我想象这样的文字应该产生于天帝宙斯的头脑，而不是格雷科和赛鲁罗之间的交流。

我写的那些幼稚的东西，那些夸大其词、轻浮虚假的欢快，还有做作的语调真让我脸红，不知道莉拉是怎么评论我的。我对杰拉切老师也产生了鄙视和愤怒，因为她给我的语文打了九分，这让我产生了幻觉。在我十五岁生日那天，那封信产生的第一个结果就是让我感觉自己是一个骗子。对于我来说，学校失去了光环，证据就在那里——在莉拉的信里。

最后，我慢慢看到了信的内容。莉拉首先祝我生日快乐，她说从来都没有回信给我，是因为我在度假、晒太阳。我和萨拉托雷一家人处得很好，我爱尼诺，我喜欢这个岛屿还有玛隆蒂海滩，她为我感到高兴，不想破坏我的假期，因为发生在她身上的事都很糟糕。她现在很迫切地需要打破沉默。在我出发后，马尔切洛·索拉拉得到了费尔南多的许可，几乎每天晚上都会来家里吃饭。他会在八点半准时到达，十点半离开。每次他都会带点东西来：面条、巧克力、糖或者咖啡。晚饭时，她一口饭都不吃，也不和他交谈，他一声不吭地看着她。经过第一个星期的折磨之后，马尔切洛看到她假装自己不存在，就决定震撼她一下。一天早上，他和一位身材非常高大的伙计一起出现，那人浑身是汗，他们在餐厅里放了一只巨大的纸箱子，从里面取出一个大家都认识，但小区里很少有人拥有的东西：一台电视机。这个设备让人们可以从它的屏幕上看到图像，就像在电影院里，但图像不是通过一台放映机放映的，而是靠设备里一个神秘的叫“阴极管”的管子，因为这个管子的缘故——那个大汗淋淋的壮汉一直在说——这个设备有几天不能用。他们试了又试，最后电视机开始能看了，小区里的一半人，包括我父母还有几个弟弟，都去赛鲁罗家里看这个神奇的设备。但里诺不看，他现在好一些了，高烧彻底退了，他不再和马尔切洛说话。当马尔切洛出现时，他就开始说电视的各种坏话，或者过一会儿连饭都不吃就去睡觉，要么就和帕斯卡莱、安东尼奥在街上晃悠，一直到深夜才回来。莉拉说她很爱看电视，尤其是喜欢和梅丽娜一起看，她每天晚上都来，一个人静悄悄地看，非常专注。

那是家里唯一太平的时刻。其他时候，所有的愤怒都发泄到她身上：她哥哥愤怒，因为她不再管他，任凭他成为父亲的奴隶，而她会通过这门婚事成为一个阔太太；费尔南多和农齐亚生气是因为她对索拉拉态度很不好，很粗鲁；最后，马尔切洛也很恼火，因为莉拉从来都没有接受过他，但他越来越觉得自己是莉拉的男朋友，事实上是她的主人。他想通过默默的付出得到一些回报，比如说接吻。他会询问她整天都去了哪里、和谁见面，问她有没有别的男朋友，有没有人碰过她等等。她从来都不回答他的问题，更糟糕的是，她还捉弄他，跟他讲她和那些不存在的男朋友之间的热吻和拥抱。有天晚上，马尔切洛很严肃地在她耳边说：“你玩我？你记不记得你用刀子威胁我的事？好吧，假如我发现你喜欢别的男人，你要想清楚了，我不会只是威胁你，我会直接杀了你。”就这样，她不知道怎么逃脱那个困境，她一直随身带着武器以防万一，她很害怕。她在信的最后几页写道：她感觉到整个小区的罪恶都围绕着她，在黑暗中混作一团，好坏掺合在一起，善恶相互助长。想一想，马尔切洛是一个不错的对象，那些好人会作恶，恶人也会行善，这种混杂让她喘不过气来。几天前发生了一件事情，让她受到了惊吓。马尔切洛走了，电视也关了，家里空荡荡的，里诺在外面晃荡，父母都上床了。她一个人在厨房里收拾盘子，她很累，一点力气也没有。忽然间，她听到了什么东西碎了，她转过身，发现一口大铜锅无缘无故自己就裂了。那口锅挂在钉子上，还在平时的位置，但锅中间有一道很长的裂缝，一个非常明显的口子，整口锅都变形了，就好像没法保持锅的模样。她母亲穿着睡衣跑了过来，说是她把锅摔坏了，但一口铜锅即使是掉在地上，也不会变形成那个样子。“那种事，”莉拉最后总结说，“让我很害怕，要比马尔切洛，要比任何人都让我感到害怕。我感觉只要找到一个解决的办法，如果没找到解决方案的话，那种事会一件接一件地发生，毁掉一切，所有的一切。”最后，她对我说再见，写了很多祝福我的话，虽然她渴望的是相反的东西：她迫不及待地想见到我，迫切需要我的帮助。但她最后还是希望我待在岛上，和热情的内拉太太待在一起，希望我再也不用回到我们的小区。

- 35 -

那封信让我非常不安，就像往常一样，莉拉的世界迅速地超越了我的世界。我在七八月间写的那些信让我觉得自己很平庸，我现在要找到一种弥补的办法。我没有去海边，想马上写一封严肃的信回复她，言简意赅，清楚明了，用她那种陈述的语气。但是，之前那些信我写得非常轻易——我在短短几分钟就可以写满一页，一气呵成，不用修改。现在写的那封信，改了又改，重写了好几次。当我谈到尼诺对他父亲的仇恨、梅丽娜事件在这种仇恨的孳生过程中扮演的角色，还有我和萨拉托雷全家人的关系，甚至我对正在发生的事情感到的不安，我都没办法写好。多纳托在现实中是一个不同凡响的男人，但落在纸上，就成了一个平庸的父亲。关于马尔切洛，我也只能提出一些非常肤浅的建议。最后，我觉得唯一真实的感情是：我不痛快，因为她家有电视，我家没有。

总之，我没法给她写回信，尽管我没去晒太阳，没和西罗玩耍，没和皮诺、克莱利亚、莉迪亚、玛丽莎、萨拉托雷一起去海边，我也写不出来。幸亏后来内拉来天台上陪我，给我端了一杯大麦茶。幸运的是，萨拉托雷全家人从海边回来，他们都说很遗憾，我待在家里，没和他们一起去海滩，他们又提起了为我庆祝生日的事情。莉迪亚要亲手给我做一个蛋糕，上面有厚厚一层奶油；内拉开了一瓶苦艾酒；多纳托开始播放那不勒斯民歌；玛丽莎送给我一个海马布偶，那是她前天晚上在港口给自己买的。

我心情好一些了，但还是一直想着莉拉和她遇到的麻烦，我过得那么好，那么多人为我庆祝生日。我用略带夸张的语气对他们说，我收到了好朋友的一封信，那个朋友需要我的帮助，因此我要提前回去。“最晚后天。”我说，但我自己心里也没底。实际上，我这么说只是为了听到内拉挽留我，说她觉得很遗憾；莉迪亚说西罗一定会特别想我；玛丽莎也很失望；萨拉托雷用悲伤的声音大声说：“你走了，我们怎么办啊？”所有这些话都让我很感动，让我的生日更加美好。

最后，皮诺和西罗开始打瞌睡，莉迪亚和多纳托带他们去睡觉。玛丽莎帮我洗碟子。内拉对我说，如果我第二天早上要多睡一会儿的话，她可以早起准备早餐，我没答应，说那是我的工作。所有人一个个都去睡觉了，就剩下我一个人。我在厨房角落里搭好小床，仔细看了看周围，看有没有蟑螂和蚊子，最后，我的目光落在了一把铜锅上。

莉拉的信是那么迷人，我看着那些铜锅，心里觉得越来越不安。我记得莉拉很喜欢那些锃亮的铜锅，清洗铜锅时她总是擦得很仔细。四年前，莉拉讲述堂·阿奇勒被人用匕首抹了脖子、血喷到了一张铜锅上的情景，那不是一件偶然的事情。现在，她赋予铜锅一种咄咄逼人的感觉，就像她所面临的难以抉择的处境，她让一把铜锅炸开了，像一种暗示，就好像那口锅忽然决定自己裂开。假如没有她，我一个人能想象出那些事情吗？我能不能赋予每样东西生命，让这些东西顺应我的心思？我关上了灯，脱了衣服躺在了床上，手上拿着莉拉给我写的信，还有尼诺的书签——我那时候拥有的最珍贵的两样东西。

皎洁的月光从窗口洒进来。我像往常一样吻着那个书签，想在微弱的月光下重读莉拉写给我的信。那些铜锅在月光下熠熠生辉，桌子有些吱吱嘎嘎，天花板好像重重地压下来了，夜风带来大海的气息。莉拉的写作水平又一次让我觉得很屈辱：她能塑造那些形象，但我却不能。我的眼睛模糊了。她没有去上学，不再在图书馆借书，就已经那么厉害。当然，我很幸福，但那种幸福感同时让我觉得罪恶和悲伤。

我听到脚步声，看到萨拉托雷的影子进了厨房，他没穿鞋子，身上穿着天蓝色的睡衣，我把床单拉起来。他走到水龙头前，拿水杯喝了一杯水。他站在洗碗池前待了几秒钟，然后把杯子放了下来。他向我床边走来，他在我的身边弯下腰，胳膊肘放在床单边上。

“我知道你醒着。”他说。

“是的。”

“别管你那个朋友，你留下来吧。”

“她现在遇到麻烦，她需要我。”

“需要你的人是我。”他抗议说，然后吻了我的嘴唇，不像他儿子那么轻盈，他的舌头撬开了我的嘴唇。

我一动不动。

他轻轻扯开床单，充满激情地吻着我，他用手探索着我的胸，在睡衣下抚摸我的胸。他松开我的胸，把手伸向我的双腿之间，用两根手指按压着我的内裤。我不说话，一动不动，我被他的动作吓坏了，我一边感到极其恐惧，同时又感觉到享受。他的胡子扎着我的上嘴唇，他的舌头很粗糙。最后，他轻轻地离开了我的嘴唇，手也拿开了。

“明天晚上，我们在沙滩上好好散个步，”他的声音有些沙哑，“我很喜欢你，我知道你也非常喜欢我，是不是？”

我什么都没有说。他又用嘴唇掠过我的嘴唇，低声说了句晚安，站起身走出厨房。我还是一动不动地躺着，不知道过去了多长时间。我很想摆脱他的舌头留给我的感觉，还有他的抚摸、他的手放在我身上的感觉，但那种感觉挥之不去。尼诺本来想事先告诉我的，他就知道会发生这样的事情吗？我对多纳托·萨拉托雷产生了一种难以抑制的仇恨，对我自己也产生了一种鄙视，因为我的身体体味到了快感。

现在说起来好像不是很真实：但自打记事起，一直到那个夜晚，我从来没有过那种感觉，我不熟悉那种快感，所以觉得很意外。我保持那个动作，不知道过了多少个小时。最后天刚亮，我起身收拾好自己全部的东西，把床拆了，然后写了两句感谢内拉的话，就离开了那里。

岛上静悄悄的，海水很平静，大海的气息迎面扑来。我用母亲一个月前留给我的钱买了票，坐上了第一趟船。船离开码头，我看到淡淡的曙光笼罩着岛屿，岛屿距离我越来越远。我想，我终于有故事可以对莉拉讲了，她一定没经历过比这更值得记忆的事情。但我马上想到我对萨拉托雷的憎恶，还有我对自己的厌恶，这让我没办法开口。实际上，这是我第一次讲述那个假期的意外收场。

- 36 -

我发现那不勒斯臭气熏天，非常炎热。对于我的变化——没有青春痘了、晒得黝黑，我母亲没说一句话，只是谴责我提前回去了。

“你做什么了？”她问，“你是不是表现得不好，你老师的亲戚把你赶走了？”

我父亲的态度不一样，他眼睛亮晶晶的，说了很多好话，其中有一句他重复了上百遍，就是：“天呐！我有一个这么漂亮的女儿。”我的几个弟弟用很鄙视的语气说：

“真像个黑鬼。”

照镜子时，我自己也觉得很惊异：太阳让我的头发变得金灿灿的，但我的脸、手臂和腿像是被深色的金油刷过一样。在伊斯基亚岛上时，那里的人都晒得黝黑，我淹没在那儿的颜色中，我的变化让自己非常适应那个环境；但现在我回到了这个城区，在这里，每张脸、每条街道都展现出那种病态的惨淡，我觉得自己和环境有些格格不入。人们、居民区，还有车来车往、尘土飞扬的大路，都让我感觉像报纸上印的照片一样黯淡模糊。

我一有机会就跑去找莉拉。我在院子里叫她，她先从窗子探出头来，然后从大门里出来了。她拥抱了我，吻了我的脸，说了很多恭维我的话，都是她之前从来没说过的，那种公然表现出来的亲密让我很不适应。她还是之前的她，但在一个多月的时间里，还是有了一些变化，她不再像一个女孩，而更像一个女人——一个至少十八岁的女人，那时候我觉得十八岁已经很大了。那些旧衣服穿在她身上，看起来又短又窄，就好像她在很短的时间内长大了，身体在衣服里呼之欲出。她比之前更高了，肩膀很端正，亭亭玉立，她的脸色很苍白，脖子很细，看起来很娇嫩，她的那种秀美是很罕见的。

我感到她很不安，在路上走着的时候，有好几次她的眼睛看着四周和身后，但她没给我解释原因。她只是说："你跟我来。"她让我陪她去斯特凡诺家的肉食店。她挽着我的胳膊，我们到了店里。她说："这件事情我只能和你一起做，幸亏你回来了，我以为我要等到九月底呢。"

我们从来都没有那么亲密地挽着手走路，我们气喘吁吁地向小公园走去，非常幸福地相聚在一起。她跟我说，事情一天比一天糟糕。前一天晚上，马尔切洛带着点心和香槟到了家里，还送给她一颗镶钻戒指。为了避免当着父母的面发生冲突，她当时接受了，把戒指戴在了手指上，但在他离开之前，她毫不客气地在门口把戒指还给了他。马尔切洛抗议了一下，再次威胁了她，却忽然失声痛哭起来。费尔南多和农齐亚马上发现出了状况。她母亲对马尔切洛有好感：她喜欢马尔切洛每天晚上带来的好吃的，也很自豪家里拥有一台电视机；费尔南多觉得自己的苦日子到头了，如果和索拉拉家攀上亲，他的未来就有保障了。就这样，马尔切洛刚走，莉拉的父母就开始审讯她，问她发生了什么，比往常逼迫得更紧。最后的结果是：经过那么长时间后，里诺第一次袒护了她。他叫喊着说，假如妹妹不愿意嫁给马尔切洛那个混蛋，那她有充分的理由拒绝他。如果他们再逼下去的话，他会把一切都烧掉，房子、铺子，还有自己和全家。父子俩又打起来了，农齐亚在中间劝架，邻居都被吵醒了。不仅如此，里诺临睡前非常激动，他忽然就睡过去了，但过了一个小时，他又开始梦游。他们在厨房发现了他，他正在一根接一根地点燃火柴，放在燃气灶上，就好像看是不是漏气。

农齐亚惊恐万分，叫起了莉拉。她对莉拉说："里诺真的想把我们都烧死。"莉拉跑去看了，她让母亲放心，说："里诺还在做梦，和他醒着时不一样，他只是担心有没有漏气。"她把哥哥带到了床上，让他接着睡。

"我实在受不了了，"她最后说，"你不知道，我正在经历什么，我必须打破这个局面。"

她紧紧地拥抱了我，就好像我能给她能量。

"你现在很好，"她说，"你一切都很顺，你应该帮我。"

我回答说，她有什么事情尽管跟我说，我会全力以赴帮助她。她好像松了一口气，拉着我的胳膊，低声说：

"你看。"

我远远看到太阳底下一个红色的、亮闪闪东西。

"那是什么？"

"你看不见吗。"

"我看不清楚。"

"那是斯特凡诺买的新汽车。"

那辆汽车停在肉食店门口，肉食店扩张了，现在有两个入口，里面挤满了人。那些顾客在排队等候的间隙，会用很羡慕的目光看着那辆车，那是财富和地位的象征。我们的小区从来都没出现过这种车：敞篷车，用玻璃和金属做成，那是阔人才有的车，索拉拉兄弟的“菲亚特 1100”简直没法比。

我走近那辆汽车看，这时候莉拉在阴凉处，很警惕地看着街道，就好像时刻防备着自己被强奸。在门槛那里，斯特凡诺探出头来，身上的衬衣油乎乎的，他头很大，额头很高，让人感觉有些比例失调，但并不难看。他穿过马路，很热情地跟我打了个招呼，说：

“你看起来真棒，像个电影明星。”

他看起来也很棒，像我一样，他也被晒黑了，也许整个城区，只有我们俩看起来很健康。我对他说：

“你晒得真黑啊。”

“我放了一个星期的假。”

“你去哪里了？”

“伊斯基亚岛。”

“我也在伊斯基亚。”

“我知道。莉拉跟我说了：我在伊斯基亚找了你，但一直没找到。”

我用手指着汽车。

“真漂亮。”

斯特凡诺的脸上泛起了一丝很有节制的得意，他指着莉拉，用充满兴趣的目光打量着她，对我说：

“这是我给你朋友买的，但她一直不相信。”

我看着莉拉，她在阴凉处，非常严肃，表情有些僵。斯特凡诺用有些讽刺的语气对她说：“现在莱农奇娅回来了，你打算怎么办？”

莉拉用一种几乎有些遭罪的语气说："我们走吧！但你要记住，你邀请的是她，而不是我，我只是给你们做伴的。"

他笑了一下，回到商店里。

"发生了什么事？"我有些迷茫地问。

"我不知道。"她回答说。她想说她不知道自己具体在搞什么。她看起来像在算一道很难的数学题，但表情并不像往常那样放肆，她看起来显然很担心，就好像正在做一个实验，但对结果并不是很确信。"一切都开始于斯特凡诺买了这辆汽车。"她对我说，他开始就像开玩笑，但后来越来越严肃，他说买这辆车子是为了她，是为了能打开车门请她坐上去，至少一次。"这车只适合你坐。"他是这么对莉拉说的。从七月底他们把车子交付给他开始，他就一直请求她上去，但他的方式很客气，并不烦人。他请求她先和阿方索坐上他开的车兜一圈，然后是和皮诺奇娅，最后和他母亲，但她一直都回绝了。最后她终于答应他了，她说："等莱农奇娅从伊斯基亚回来时，我再和你兜风。"现在，我们在那里，该发生的事情总会发生。

"他知道马尔切洛的事情吗？"

"他当然知道。"

"然后呢？"

"他还是坚持要那么做。"

"我很害怕，莉拉。"

"你记不记得，我们做了多少让人害怕的事情？我特意等你回来。"

斯特凡诺回来时脱掉了白褂子，他头发很黑，脸色也很黝黑，眼睛又黑又亮，他穿着白衬衣、黑裤子。他打开汽车门，坐到方向盘后，打开了车篷。他这么做是为了让我坐到后排的位子上，但莉拉拦住了我，她自己坐在了后面。我很不自在地坐在了斯特凡诺旁边。他马上开动车子，向新修建的小区方向开去。

风很凉爽，我觉得很舒服，我陶醉于汽车的速度，同时也陶醉于斯特凡诺·卡拉奇的身上散发出来的那种自信和平静。我觉得，虽然莉拉没说什么，但她已经向我解释了一切。事情就是这样：那辆鲜红色的跑车买来就是为了载着她兜风的，这只是开始。事实上，尽管那个开车的年轻人知道马尔切洛·索拉拉的事，他正在打破男人间的规矩，但并没有明显的不安。是的，我当时在车上，忽然被卷进了那件事，我的出现可以掩盖他们之间的一些私密谈话，甚至他们的关系。但这到底是怎样的一种关系呢？当然，这一圈兜下来，会发生一些比较重要的事。莉拉自己不知道，也不想告诉我那些具体的事情让我理解。她是怎么想的呢？她不可能不知道，正在发生的事要比她从墨水瓶里向外甩纸片更糟糕。然而，极有可能，她也不知道自己具体要干什么。她就是这样，会打破平衡，就是为了看到有没有另一种方式可以重新恢复平衡。因此，我们坐在跑车上，头发在风中散开，斯特凡诺驾驶技术非常熟练，他心满意足，我坐在他旁边，就像是他的女朋友。我想着他说我像一个电影明星时的目光，想着是不是有一种可能性，就是他喜欢我超过喜欢我的朋友。我想着马尔切洛·索拉拉可能会向他开枪，就觉得不寒而栗。他潇洒自信的动作，会像莉拉描述铜锅一样，不再那么牢不可破。

我们朝那些新建的楼房开去，就是为了避免经过索拉拉酒吧前面。

“我不在乎马尔切洛是不是能看到我们，”斯特凡诺平静地说，“但如果你在乎的话，那我们绕过去。”

我们钻进了隧道，向海边方向开去。很多年之前我和莉拉一起走过那条路，就是后来下雨的那次。我提到了那次经历，她笑了，斯特凡诺想让我们讲讲。我们讲了那次出行的所有经过，大家很开心，最后我们到了格拉尼里。

“你们觉得怎么样？速度挺快的，是不是？”

“非常快。”我热情地说。

莉拉没有做任何评论。她看着四周，时不时会拍着我的肩膀，给我指那些房子，还有路上衣衫褴褛的人，就好像她得到了一个结论，一件我应该马上明白的事情。最后，没有任何前言，她很严肃地问斯特凡诺：

“你真的和别人不一样吗？”

他在后视镜里寻找她的眼睛。

“和谁不一样？”

“你知道的。”

他没有马上回答。过了一会儿，他用方言说：

“你想让我说实话吗？”

“是的。”

“我的出发点是那样的，但我不知道事情会有什么结果。”

我那时候才发现，莉拉一定是有很多事没告诉我。那种充满暗示的语气证明了他们的关系很密切，他们已经在其他时候交谈过了，不是开玩笑，而是很严肃地谈过了。我在伊斯基亚的那段时间到底错过了什么？我转过身去看她，她没有回答。我想是斯特凡诺的回答太模糊了，让她有些烦躁。我看到她在阳光下眯着眼睛，衬衣鼓鼓的，胸口在起伏，风灌进了她的衣服。

“这地方要比我们那里还穷，”说完这些，她又笑着说，“你不要以为我忘了你想扎我舌头的事。”

斯特凡诺点了点头。

“那是另一个时代的事了。”他说。

“你那时候个子是我的两倍高，真是欺软怕硬。”

他有些尴尬地微笑了一下，没接她的话茬，加速向港口方向开去。这次兜风不超过半个小时，我们向雷蒂费洛区和加里波第广场方向开去。

“你哥哥状态不好。”我们快到小区跟前时，斯特凡诺说。他还是从后视镜里看她，然后问：“橱窗里展示的那双鞋子，就是你们做的吗？”

“做鞋的事情，你又不懂！”

“里诺一直在说那双鞋。”

“还有呢？”

“那双鞋很漂亮。”

她眯起了眼睛，好像眼睛快要闭上一样。

“那你就买了吧。”她用通常那种挑衅的语气说。

“你们要卖多少钱？”

“你要和我父亲谈。”

斯特凡诺很果断地掉头了，我一下子撞在车门上，我们向修鞋的铺子方向开去。

“你要做什么？”莉拉问，她满脸惊恐。

“你说让我买了，我现在就去买。”

- 37 -

斯特凡诺把车子停在了鞋匠铺门口，下车给我开车门，他伸出一只手，扶我下来。他完全不管莉拉，她自己从后面下来了。他和我停在橱窗前，里诺和费尔南多在铺子里，向我们投来好奇的目光，他们的表情有一丝恼怒。

莉拉赶上我们，斯特凡诺打开了铺子门，让我先进去，然后自己进去了，并没让莉拉先进去。他对费尔南多父子非常客气，他问能不能看看那双鞋子，里诺急急忙忙跑去拿，他仔细看了看，赞美说：

"这双鞋子既轻便又结实，设计很漂亮，"他问我，"你觉得呢？莱农。"

我非常尴尬地说：

"是非常漂亮。"

他对费尔南多说：

"您女儿说，你们三个人做了很久才做出来，你们还想继续做其他款式，而且还有女式的。"

"是的。"里诺很惊异地看着妹妹说。

"是的，"费尔南多也很不安地说，"但不是马上做。"

"你们有没有一些图纸，让我先看看？"

里诺对妹妹说："你去把图纸拿过来。"他稍微改变了一下自己的语气，因为担心被拒绝。

让他惊异的是，莉拉毫无反抗地去了铺子后面，回来时把一些图纸交给了哥哥。里诺把图纸递给了斯特凡诺，那是莉拉两年前画的所有设计图纸。

斯特凡诺向我展示了一双女鞋，鞋跟很高。他问：

"你会买这种款式的鞋子吗？"

"会。"

他又看了看图纸，他坐在一张凳子上，脱掉了右脚上的鞋子。

“这双鞋多大啊？”

“四十三，但差不多是双四十四码的。”里诺扯了一句谎。

令我们再度惊讶的是，莉拉跪在斯特凡诺前面，用鞋拔子帮他穿上新鞋，然后她脱掉了他的另一只鞋子，把另一只鞋也套到他脚上。

到那时候为止，斯特凡诺一直表现得很利落老练，但那一刻他明显很不安。他等着莉拉站起来，又继续坐了几秒钟，缓一口气，最后他站了起来，走了几步。

“这双鞋子很紧。”他说。

里诺的脸一下子灰了，他很失望。

“我们可以用鞋楦弄宽一些。”费尔南多插了一句，但语气不是很肯定。

斯特凡诺看着我，问：

“我穿上怎么样？”

“很好。”我说。

“那我就买了。”

费尔南多面无表情，里诺脸上的表情由阴转晴。

“你看，斯特凡诺，这是特制的‘赛鲁罗’鞋，很贵的。”

斯特凡诺微笑着，用一种很温和的语气说：

“假如不是‘赛鲁罗’特制的鞋子，你觉得我会买吗？你们什么时候能弄好？”

里诺看着父亲，满脸放光。

“我们把鞋子放到机子上，至少三天。”费尔南多说，但很明显，他本可以说十天二十天，甚至一个月，他需要时间来适应这个意外的新情况。

“非常好，你们开个友情价，我过三天来拿鞋子。”

他把那些设计图纸折了起来放进口袋，我们都很忐忑地看着他。最后他握了握费尔南多和里诺的手，朝门口走去。

“图纸。”莉拉冷冰冰地说。

“我可以三天后还给你吗？”斯特凡诺用一种很客气的语气问，但不等莉拉回答，他就打开了门，让我先出去，自己跟在我后面出来了。

我已经坐在了汽车里了，坐在他旁边。这时候莉拉跟了上来，她很愤怒地说：“你以为我父亲是傻子，我哥哥是傻子？”

“你想说什么？”

“假如你以为你能骗过我家人，还有我，那你就错了。”

“我生气了！我不是马尔切洛·索拉拉。”

“那你是谁？”

“一个生意人。你设计的鞋子我从来没见过，我不是说我看到的这双，我说的是所有鞋子。”

“也就是说？”

“也就是说，我要想想。我们三天后见。”

莉拉盯着他，好像要看清他脑子里在想什么，她没离开车子。最后，她说了一句我永远都没勇气说的话：

“你看，马尔切洛已经试了所有方式想收买我，但没人可以收买我。”

斯特凡诺看着她的眼睛，那是很漫长的一秒。

“假如不能让我赚到一百里拉，我是不会花一里拉的。”

他发动了马达，我们出发了。现在我很确信：兜这趟风，是在多次见面交谈之后达成的协议。我用意大利语低声说：

“斯特凡诺，拜托了，能在街角停一下吗？如果我母亲看到我和你坐在汽车里，一定会撕破我的脸皮。”

- 38 -

莉拉的生活在九月发生了变化，过程并不是那么简单，但的确发生了根本变化。至于我，我从伊斯基亚回来，还爱上了尼诺，我的身体被他父亲的嘴唇和双手玷污，在我内心深处交织的兴奋和恐惧本应该让我日夜哭泣，但在短短几小时之内，我的情绪就得到了调整。我把尼诺的声音、他父亲的胡子都放在了一边，伊斯基亚岛开始褪色，消失在我脑海里的一个秘密角落里，我脑子里全是发生在莉拉身上的事情。

我们坐着那辆耀眼的敞篷车兜风之后的三天里，莉拉借口买东西，经常去斯特凡诺的肉食店，每次都让我陪她去。我每次都忐忑不安，担心马尔切洛被惹恼，但又为自己的角色感到高兴，我可以全身心地倾听她的想法，给她建议。我是这场戏里的一个同谋，是斯特凡诺表面上关注的对象。我们都是小姑娘，觉得自己毫无城府，都是从事实出发——马尔切洛、斯特凡诺、鞋子，我们带着往常的激情，觉得自己能掌控一切。“我这样跟他说。”她假定说。我会建议她做一个小小的更改，我说：“不，你这样对他说。”然后，她和斯特凡诺在柜台后的一个角落里，密切地交谈起来。这时候，阿方索会和我聊几句，皮诺奇娅很不耐烦地接待顾客，玛丽亚在收银台那里，有些不安地窥视自己的长子，在这段时间里，他对工作不上心，倒是让街坊邻居说闲话。

当然，我们都是临时起意。那几天的来回反复中，我总是试图了解莉拉在想什么，这样我才能配合她实现她的目标。刚开始，我感觉她只是简单地想让她父亲和哥哥赚些钱，把“赛鲁罗”铺子做出来的唯一一双鞋高价卖给斯特凡诺，但很快我发现她的目标在于利用这个年轻的肉食店老板甩开马尔切洛。在这件事情上，我得到了肯定的回答，有一次我问她：

“这两个人，你更喜欢哪个？”

她耸了耸肩膀。

“我从来都没喜欢过马尔切洛，他让我觉得恶心。”

“你和斯特凡诺订婚，就是为了把马尔切洛从你家赶出去？”

她想了一下，点了点头。

从那时候开始，我们感觉我们最终目标是：通过各种手段，把马尔切洛从她的生活中清除出去。其他事都是偶然的，我们只是左右事态发展的方向，有时候是真正的操纵——至少我们是这么认为的，但实际上，采取行动的一直是斯特凡诺。

三天之后，斯特凡诺非常准时地到铺子里去买那双鞋子，尽管那双鞋子他穿上很紧。赛鲁罗父子非常忐忑地开价两万五千里拉，但他们已经准备好了把价格降到一万里拉。他眼睛都不眨一下，又加了两万里拉，要买莉拉的那些图纸。他说他很喜欢那些图纸，要用画框框起来。

“装上画框吗？”里诺问。

“是的。

“就像画家的作品那样？”

“是的。”

“你有没有跟我妹妹说，你也要买她的图纸？”

“说了。”

斯特凡诺并没有就此打住。随后的几天里，他又出现在鞋匠的铺子里。他对那对父子说，他已经把他们铺子旁边的那家店也租了下来。“到目前为止，就先这样，”他说，“如果有一天，你们的店铺要扩大的话，可以跟我打招呼。”

在赛鲁罗家里，他们低声讨论了很久，他们在分析那句“扩大”的意思。最后，莉拉看到他们都没有头绪，就说：

“他在建议你们，把修鞋铺变成生产‘赛鲁罗’牌鞋子的作坊。”

“钱从哪儿来啊？”里诺很小心地问。

“他拿钱。”

“他对你说的？”费尔南多警惕地问，他觉得难以置信，农齐亚马上也问了一遍。

“他是对你俩说的。”莉拉用手指着父亲和哥哥说。

“他知不知道，手工制作的鞋子很贵的？”

“你们已经高价卖给他了，他已经知道了。”

“假如卖不出去呢？”

“你们浪费了力气，他赔了钱。”

“就这些吗？”

“就这些。”

那几天全家人都很激动。马尔切洛成了次要的事情——晚上八点半他来吃饭的时候，晚饭还没有准备好。他经常和梅丽娜还有艾达一起坐在电视机前，而赛鲁罗全家人在另一个房间里说话。

很自然，最狂热的人是里诺，他又重新获得了能量，脸上充满光彩，整个人非常愉快，就像他开始成为索拉拉兄弟的密友的那段时间。就这样，他开始成为斯特凡诺、阿方索、皮诺奇娅，甚至是玛丽亚太太的朋友。斯特凡诺又去了鞋铺，费尔南多终于开诚布公，在经过短暂的讨论之后，他们最后口头达成协议，基本原则是：斯特凡诺负责承担所有费用，赛鲁罗父子先做莉拉和里诺已经做出来的那款鞋子，再做其他款式，得到的利润平分。

他从口袋里拿出那些纸片，一张一张给他们看。

“你们做这个款式，做这个，还有这个，”他说，“但是，希望你们不要像上次那样，做一双鞋用两年时间。”

“我女儿是个姑娘家，”费尔南多有些尴尬地解释说，“里诺还没有完全掌握这门手艺。”

斯特凡诺很客气地摇了摇头。

“这次就别让莉娜插手了，你们应该找工人。”

“谁给工人付钱啊？”费尔南多问。

“还是我付钱。你们选两三个工人，你们可以自己决定选人的事情。”

一谈到雇人这件事，费尔南多脸就红了，激动得有些语无伦次。里诺在旁边，有些鄙夷地看着父亲。费尔南多说，他从父亲那里学到了这门手艺，他父亲可真是个好人。他说当时在卡索里亚工厂的机器上，真是很辛苦。他说这辈子最失算的事情就是娶了农齐亚，她爱花钱，好吃懒做，假如他和他年轻时喜欢的女人伊内斯——那可是个特别能干的女人——结婚，那他现在可能已经有自己的生意，要比坎帕尼莱鞋厂还要好，可能都有一系列的产品在海外展出。最后他说，他已经构思好了一双非常漂亮的鞋子，很完美，假如斯特凡诺没那么着迷于莉娜胡乱画出来的图纸，那现在他们就可以开始做他设计的鞋子，不知道会卖出去多少双。斯特凡诺很耐心地倾听着，他重申，他现在只想看到莉拉设计的那些款式。里诺拿过他妹妹的图纸，仔细地看了看，略带嘲讽地问斯特凡诺：

“你要把这些图纸装上镜框，挂在哪里呢？”

“挂在这里。”

里诺看着他父亲脸色忽然间又阴沉下来，没再说什么。

“我妹妹同意了吗？”他问。

斯特凡诺微笑了一下。

“假如你妹妹不同意，谁敢这么做呢？”

他站了起来，紧紧握了握费尔南多的手，然后向门口走去。里诺陪着斯特凡诺出去，忽然他产生了一种担忧，肉食店老板正在向他的红色跑车走去，里诺在门口大声喊了一句：

“做出来的鞋子，牌子还是‘赛鲁罗’！”

斯特凡诺没有回头，做了一个手势说：

“赛鲁罗家姑娘设计的鞋子，肯定是‘赛鲁罗’牌。”

- 39 -

那天晚上，在和帕斯卡莱、安东尼奥出去玩之前，里诺说：

“马尔切洛，你有没有看到斯特凡诺买的车？”

这时候电视开着，马尔切洛依然沉浸在他的悲伤里，没有回应。

里诺从口袋里拿出了一把梳子，梳了梳头，放下梳子，他很愉快地说：

“你知道吗，他花了四万五千里拉买了我们做的鞋子。”

“这说明他有钱没处花。”马尔切洛回答说。梅丽娜忽然笑了起来，不知道是因为电视节目，还是因为马尔切洛说的那句话。

从那时起，每天晚上，里诺总是通过各种方式刺激马尔切洛，家里的气氛变得越来越紧张。每次索拉拉来，农齐亚总是很热情地接待他，莉拉会消失，说她很累然后就去睡觉了。有一天晚上，马尔切洛非常沮丧，对农齐亚说：

“我一来，您女儿就去睡觉了，那我来干什么？”

他希望农齐亚能安慰他几句，说几句鼓励他的话，让他鼓起勇气，争取莉拉的爱，但是农齐亚不知道怎么回答他。他低声问：

“她是不是喜欢别人了？”

“没有。”

“我知道她经常去斯特凡诺的店里买东西。”

“我的孩子，那她应该去哪里买吃的呢？”

马尔切洛不说话了，眼睛垂了下来。

“有人看到她坐上了肉食店老板的车。”

“莱农奇娅也在车上，斯特凡诺在追门房的女儿。”

“我觉得，莱农奇娅不是您女儿的好同伴，告诉莉娜不要再见她了。”

我不是一个好同伴？莉拉不应该再和我见面？当我的朋友告诉我马尔切洛的这个要求时，我彻底站在了斯特凡诺那边。我开始说他的好话，都是些很具体的事情，说他非常有决心，很有钱。最后我跟她说，当我说这句话时，我意识到我们小时候梦想的财富正在进一步发生变化。小时候的我们幻想着：发表一本像《小妇人》一样的书，我们会获得财富和声誉，还有装满金币的保险箱，我们的城堡里有一群群穿着制服的仆人供我们使唤。这些想象完全褪色了，也许现在对我们来说：金钱就像水泥，可以加固我们的生命，可以防止我们的生命和我们最亲爱的人一起溃散，这种感觉越来越强了。但财富最根本的特征已经开始慢慢具体化了，成为每天的生活，成为生意和洽谈。青春期的财富，充满天真幻想的景象，那些别人从来没有见过的鞋子，到后来具体表现为里诺的不满和暴躁，他希望像阔佬一样花钱。财富体现为电视、马尔切洛的面条和戒指，他想用这些收买一份情感。最后一步一步地，财富体现在那个年轻、彬彬有礼的斯特凡诺身上，他靠卖香肠赚钱，有一辆红色的敞篷车。他花掉四万五千里拉时眼睛都不眨一下。他给那些图纸装上镜框，除了卖奶酪，他还想做鞋子的买卖。他投资买皮子、雇人，好像非常确信自己能开启一个和平富裕的新时代。总之，这就是财富在日常生活中的体现，一点光辉、一点荣耀都没有了。

“他很有钱。”我听见莉拉在重复这句话，她笑了起来，最后补充说：“他还很可爱，很好心。”我马上说，我也这么觉得，那是马尔切洛没有的品质，这是另一个需要站在斯特凡诺这边的理由。然而，莉拉使用的那两个形容词让我很混乱，我感觉这意味着我们童年那些充满光辉的想象已经收场：城堡、保险箱。我已经明白了，这些想象再也不会和莉拉以及我的生活相关，我们不会一起趴在那里写一个像《小妇人》的故事。财富已经化身为斯特凡诺，化身成一个年轻的男人，穿着油乎乎的衬衣；财富正在显现它的形状、气味和声音，展现自身的友好和可爱，那是一个我们一直都很熟悉的男性——堂·阿奇勒的大儿子。

我觉得很激动。

“无论如何，他曾经还想扎你的舌头。”我说。

“那时他还是个孩子。”她动情地回答，语气非常甜美，那是我从来都没听到过的。只有在这时候，我才意识到，事情的进展超过了她告诉我的那些。

接下来的几天里，一切都变得更加明了。我听到莉拉提到斯特凡诺时的语气，就好像他被莉拉的声音美化过了。我一直在适应他们正在形成的联盟，避免自己被排挤出去。我们好几个小时都在一起密谋——我们俩，或者我们仨，为了让人们、情感还有事情能够顺应我们的想法。

修鞋铺旁边的那个店铺里来了一个工人，他把两个铺子中间的墙拆了。整个作坊被重新布置了，有了三个从梅利托来的乡下学徒。他们基本上不说话，窝在一个角落里继续给顾客换鞋底，其他的空间被费尔南多用来摆放小工作台、架子、工具，还有各个型号的木模具。让人惊异的是，这个奇瘦无比的男人之前总是对现实非常不满，现在却忽然活力四射，开始盘算着开创一番事业。

就在他们的新工作正要开始的那天，斯特凡诺露脸了。他拿了一包用包装纸包好的东西。所有人包括费尔南多都站了起来，就好像有人来视察一样。斯特凡诺打开了包裹，里面有几个尺寸一样的小画，画框是褐色的，那是莉拉笔记本里的纸页，现在镶在玻璃下面，就好像珍贵文物一样。他请求费尔南多把那些设计图纸挂在墙上，费尔南多嘟囔了一句，斯特凡诺让里诺和几个学徒帮着在墙上钉钉子。那些图纸挂在墙上之后，斯特凡诺给了那三个学徒一点钱，让他们去喝咖啡。铺子里就剩下斯特凡诺和鞋匠父子俩，他低声说，他想娶莉拉。

铺子里陷入一阵让人难以忍受的沉默。里诺微笑了一下，就好像他已经事先知道这个结局，费尔南多用很微弱的声音说：

"斯特凡诺，莉娜是马尔切洛·索拉拉的未婚妻。"

"但您女儿不知道这件事。"

"爸爸，你说什么？"里诺这时候插了一句，他非常愉快地说，"你要说实话。你和妈妈让那个混蛋每天来家里，莉娜从来都没接受过他，莉娜根本就不喜欢他。"

费尔南多恶狠狠地看了一眼儿子。斯特凡诺看了一眼四周，非常客气地说：

“现在我们的工作已经开始了，不要破坏好心情。我只要求您一件事情，堂·费尔南多，让您女儿自己决定。如果她选马尔切洛·索拉拉，那我让步。我非常爱她，假如她和别人在一起能幸福，那我退出，我们之间还是保持之前的关系。假如她选择我，接受我，我也不客气，那您就得让她嫁给我。”

“你是在威胁我吗？”费尔南多说，但语气很柔和，有些无可奈何。

“不是威胁，我只是恳求您，为您女儿做件好事。”

“我知道怎么对她好。”

“是的，但她要比您更加清楚。”

这时候，斯特凡诺站了起来，打开门叫我。我和莉拉在外面一起等着呢。

“莱农奇娅！”

我们进去了，感觉自己是这件事的核心人物，我喜欢这种感觉，我们一起看到事情已经有了眉目。我记得那时候自己极端兴奋、紧张。斯特凡诺对莉拉说：

“当着你父亲的面，我告诉你：我很爱你，要超过爱我的生命。你愿意嫁给我吗？”

莉拉非常严肃地回答说：

“愿意。”

费尔南多张口结舌，就像之前面对堂·阿奇勒时一样卑微，他低声说了一句：

“这样，我们不仅仅得罪了马尔切洛，而且得罪了索拉拉全家。现在，谁去告诉那个可怜的小伙子呢？”

莉拉说：“我去说。”

- 40 -

事实上，第三天晚上，里诺在外面逛，其他人都在家。电视还没打开，大家就座吃饭之前，莉拉问马尔切洛：“你能不能带我去吃冰激凌？”

马尔切洛简直不敢相信自己的耳朵。

“冰激凌？在吃饭之前？我和你？”他马上问农齐亚，“太太，您要不要和我们一起去？”

农齐亚打开了电视机，说：“不了，谢谢，马尔切洛。你们不要去太长时间，还有十分钟饭就好了，你们赶快回来。”

“没问题，谢谢……”他非常幸福地回答说。

他至少重复了四次谢谢，觉得自己期待已久的事情就要实现了，莉拉终于要接受他了。但他们一出那栋楼，莉拉就转身对着他，用早年就非常擅长的那种冰冷邪恶的语气，一字一句地说：“我从来都没有对你说过，我会接受你。”

“我知道，但现在你接受我了吗？”

“不接受。”

马尔切洛身为一个高大健壮、充满血性的二十三岁小伙子，因为心碎，一下子靠在旁边一根路灯杆上。

“真的不行吗？”

“不行。我喜欢另一个男人。”

“谁？”

“斯特凡诺。”

“我就知道，但我没办法相信。”

“你必须相信，事情就是这样。”

“我会把你和他都杀了。”

“对我，你可以马上动手。”

马尔切洛气急败坏，他身子离开路灯柱，一气之下把握成拳头的右手咬出血来。

“我太爱你了，我下不了手。”

“那你可以让你弟弟、你父亲，或者你的朋友来，可能他们下得了手。但你要跟所有人说清楚，他们要先杀我。如果我活着，你们要是碰了其他人，我会把你们都杀了。你知道我说到做到，我会从你开始。”

马尔切洛继续使劲咬着自己的手指头，好像很压抑地抽泣了一下，他的胸口在起伏，最后他转身走了。

她在他身后喊道：“你让人把电视机取走，我们不需要！”

- 41 -

所有这些事都发生在一个多月的时间里，最后，我觉得莉拉看起来很幸福。她为鞋子的事情找到了一个突破口，给了她哥哥和全家人一个机会，她甩开了马尔切洛·索拉拉，她成了整个城区最富裕、最让人羡慕的年轻男人的未婚妻。她还想要什么？没有什么可向往的了，她拥有了一切。开学之后，我觉得自己的日子比之前更加暗淡了，我彻底投身于学习，很担心自己回答不上来老师的提问，我晚上学习到十一点，早上五点半起床。我和莉拉见面的机会越来越少了。

作为补偿，我和斯特凡诺的弟弟阿方索建立了很好的关系。

尽管整个夏天他都在肉食店里帮忙，但开学后，他顺利通过了每门课的补考：拉丁语、希腊语和英语都得了七分。吉诺希望阿方索通不过考试，这样他们就能一起留级、重读高一，但阿方索通过了考试，这让他很难过。当他发现，我和阿方索已经上高二了，我们每天总是一起上学、一起放学时，他内心更加不平衡，最后变得很小气，他不再和我——他的前女友，以及阿方索——他之前的同桌说话。尽管他的教室就在隔壁，我们经常在走廊里相遇，而且在我们的城区里，大家也是抬头不见低头见。但还不止这些，吉诺还会说我和阿方索的坏话，这些话很快传到我耳朵里。他说我爱上了阿方索，在上课时我也会摸他，但阿方索不爱我，因为他和阿方索做了一年同桌，非常了解情况，他说阿方索不喜欢女生，只喜欢男生。我把这些话说给阿方索听，期望他能去揍吉诺一顿，就像一般人在这种情况下的反应，但他只是用方言非常鄙夷地说：

“所有人都知道，他才是个娘娘腔。”

对于我来说，阿方索出现得很及时，简直是一个惊喜。他散发着一种干净、有教养的气息。尽管他的长相和斯特凡诺很像：一样的眼睛，一样的鼻子，甚至是一样的嘴巴。尽管在成长过程中，他的发育趋势也和斯特凡诺一样——头很大，上身长下身短；尽管他的目光和动作散发出一样的柔和气息，但在阿方索身上，我丝毫感觉不到斯特凡诺身上的每个细胞都散发出的那种决断。我觉得，是这种决断让斯特凡诺的客气变成了一种掩饰，让人感觉到他随时都可能会变脸。阿方索是个整个城区都少见的、让人感觉很舒服的男生，你觉得他不会做伤害你的事情。我们一起走路时会交谈几句，但不会觉得尴尬。他总是有我需要的东西，假如他没有，他也会搞到手。他喜欢我，让我没有任何压力，我也默默对他产生了情感。在开学第一天，我们就成为了同桌，在那个年代，这是一件很大胆的做法。尽管其他男生都开他的玩笑，但他一直陪在我身边，其他女生也不断问我，我们是不是在谈恋爱，但我们俩都没换位子。他是一个可信的人，假如他看到我需要时间独处，他会在旁边等着，或者跟我打下招呼自己先走。假如他发现我希望他待在我身边，即使是有事情，他也会留下。

我通过他来躲避尼诺·萨拉托雷。从伊斯基亚岛回来之后，我们在学校里第一次远远碰见，尼诺马上非常热情地跑了过来，和我打招呼，但我冷冰冰的，几句话就把他打发了。尽管我非常喜欢他，只要远远看见他瘦高的身影，我都会脸红心跳。但现在莉拉订婚了，正式订婚，她的未婚夫是一个二十二岁的男人，而不是一个小男生。他的未婚夫温柔、坚定而且勇敢。我的当务之急是找一个让人羡慕的男朋友，重新平衡我们之间的关系。那样我们就可以四个人一起出去：莉拉和她的未婚夫，我和我的男朋友。当然，尼诺没有红色的敞篷车，他只是一个高二学生，口袋里没有一毛钱，但他要比我高二十公分，而斯特凡诺比莉拉还矮几公分。尼诺的意大利语像书上一样标准——他读书，思考，讨论问题，对人类处境的所有重要问题都很关注，而斯特凡诺每天待在肉食店里，几乎只会说方言，他上完小学后就没有继续读书；在店里，他母亲算账都要比他好，他性格不错，对赚钱的事情尤其敏感。然而，尽管我内心对尼诺充满了灼热的激情；尽管我清楚地看到，假如我和尼诺在一起，在莉拉的眼里，那会是一种荣耀；尽管再次见到他时，我又一次爱上了他，但我觉得自己没办法和他建立关系。我经历的童年和青春期，让我觉得理由很充分，因为一看到他我马上会想到多纳托·萨拉托雷，尽管他们一点儿也不像。我想起了他父亲对我做的事情，而我没有力气推开他，这种回忆勾起我的愤怒和憎恶，并延伸到他身上。当然，我爱他，渴望和他交谈、和他一起散步。有时候我费尽心思地想：我为什么要这么做？父亲是父亲，儿子是儿子，我可以像斯特凡诺对待佩卢索家人那样对他，但我做不到。只要一想到要吻他，我就感觉到多纳托的嘴，父亲和儿子混为一体，激起的快感和厌恶感像浪潮一样袭击着我。

还发生了一件让我惊恐的插曲，让情况更加复杂。现在，我和阿方索已经养成习惯，一起走路回家，一直走到国家广场，走过南方大道，那是持续时间很长的散步，我们会谈论作业、老师、各自的同学，我感觉非常舒服。有一次我们经过池塘，走上大路时，我转过身，在火车站平台上看到一个穿着制服的检票员，好像是多纳托·萨拉托雷，我马上转过了目光，感觉到一阵愤怒和恐惧。当我再一次回头看时，他已经不在那里了。

无论我看到的人是不是他，但我当时心跳得很厉害，就像一阵枪响。不知道为什么，我想到了莉拉给我写的信，她在信里描述那把铜锅裂开的情景。那声音在第二天又一次出现了，那是我隐约看见尼诺的时候。我很害怕，我藏身于对阿方索的情感之中，出入学校时我都紧紧地跟着他。我爱的那个男生一出现在我的视野里，我就马上跑到堂·阿奇勒的小儿子阿方索身边，就好像有非常重要的事情要告诉他，我们一边走一边聊，尽量远离尼诺。

总之，那是一个混乱的阶段，我特别渴望靠近尼诺，但实际上我粘住了阿方索。而且，我很担心阿方索会厌烦我，担心他会离开我去寻找别人的陪伴，我对他总是非常热情，有时候，我甚至用很撒娇的语气和他说话，但当我意识到，我可能会引起他的误会，可能会让他喜欢上我，我马上就改变语调。“假如他误会我，向我表白，那怎么办呢？”我很担心。

假如他向我告白的话，尽管会很尴尬，我不得不拒绝他。我的同龄人莉拉，她已经和一个成熟男人斯特凡诺订婚了，我如果找一个小男生——她未婚夫的弟弟做我的男朋友，那是件很没面子的事。我胡思乱想，脑袋里充满了想象。有一次，我和阿方索沿着南方大道往回走，他走在我身边，像一个忠实的随从保护着我，让我躲过这个城市的各种危险。我觉得，卡拉奇家的两兄弟——斯特凡诺和他，能用不同的方式保护我和莉拉，让我们躲过这个世界上最黑暗的罪恶，这是一件很美好的事情。这些罪恶，包括我和莉拉第一次走上通向他们家的楼梯、要回被他们的父亲偷走的布娃娃时，我们感受到的那种恐惧。

- 42 -

我把不同时期的不同事件联系起来，然后找出这些事情之间相似和差异。我喜欢找出事件之间的联系，尤其是关于我和莉拉的事。那段时间里，这成了我每天都考虑的事情：我在伊斯基亚过得很好，而同一段时间，莉拉在这个破败的城区过得很糟糕；离开伊斯基亚岛让我很痛苦，她现在却越来越幸福。这些幸福和痛苦的程度都一样，就好像因为某种邪恶的魔法，一个人的痛苦会转化成另一个人的欢乐，或者正好相反。我觉得，从外表来看，我和莉拉也发生了跷跷板一样的转变。在伊斯基亚，我觉得自己很美，回那不勒斯后，我的美没有褪色。相反，在陪伴莉拉、帮助她摆脱马尔切洛的纠缠的过程中，有些时候我甚至觉得自己比她更美，我感觉到斯特凡诺的目光，好像他更喜欢我。但现在莉拉又占了上风，她对现在的生活很满意，这让她的美貌成倍增长；而我呢，学校的功课让我很费力，对尼诺充满压抑的激情一直折磨着我，我又变丑了。我健康的肤色慢慢褪色，脸上又长满了青春痘。有一天早上，我还忽然发现了一个可怕的事实：我近视了，需要戴眼镜。

杰拉切老师提问我，问了一个写在黑板上的问题，他发现我基本上看不见黑板上写着什么。他对我说，我应该马上去看眼科。他在一张纸上写明了这件事情，希望第二天我父母中有一个能签字，确认他们知晓此事。我回到家里，把老师写了字的笔记本给他们看，我心里充满了愧疚，因为买眼镜要花钱。我父亲的脸色变得阴沉，母亲斥责我说："你一直在看书，把眼睛看坏了。"我很难过，我受到了惩罚是因为我傲慢、渴望学习吗？但莉拉呢？她读的书不是要比我还多吗？那为什么她眼睛好好的，而我的视力越来越弱？为什么我一辈子都要戴眼镜，而她却不用戴？

需要戴眼镜这件事情，无论好坏，让我更加狂热地想象我和我的朋友命运相连的情景：我是瞎子，她眼睛好得像鹰隼；我目光黯淡，她一直眯着眼睛聚光。为了看得更加清楚，我挽着她的胳膊，在暗处，她会很用心地引导我。

最后，我父亲通过在市政府里倒腾东西弄到了钱。我去了眼科医生那里，最后的诊断是我是高度近视，戴眼镜成为现实。那些想象慢慢散去了。戴上眼镜之后，我看着镜中自己清晰的影像，这对我是一个非常残酷的打击：皮肤很粗糙，脸很宽，嘴很大，鼻子也很大，眼睛框在镜框里，眉毛太浓密，那副镜框也好像是设计师在盛怒之下草草画成的。我觉得非常不安，决定只在家里或者在黑板上抄东西时才戴眼镜。

有天放学后，我才想起来自己把眼镜忘在桌子上了。我马上跑回教室，我最担心的事情发生了：下课铃声响起的时候，大家都匆忙收拾东西，我的眼镜掉在了地上了，有一条眼镜腿断了，一片镜片碎了，我哭了起来。

我没勇气回家，而是去找莉拉寻求帮助。我跟她讲了发生的事，她让我把眼镜给她，她看了看。她让我把眼镜留在她那里。她说这句话时，和平时那种坚定的语气不一样，更平静一些了，就好像现在已经不需要为每件小事费尽力气。我想象，里诺会用他做鞋的工具奇迹般地修好我的眼镜。我回到家里，希望我父母不会注意到我没戴眼镜。

几天后的一个下午，我听见有人在院子里叫我。莉拉在下面，鼻子上戴着我的眼镜，当时我觉得非常震动，首先是因为那副眼镜像是新的一样，其次是因为她戴上那副眼镜真的很好看。我跑了下去，心想：为什么她不需要眼镜，但她戴上眼镜那么好看，我离不开眼镜，但我戴上很难看？我一从大门里出去，她就把眼镜摘了下来，眨着眼睛说："戴得我眼睛疼。"她亲手把眼镜戴在我的鼻子上，感叹说："你戴上很好看，你应该一直戴着。"她把眼镜给了斯特凡诺，斯特凡诺去市中心的一家眼镜店把眼镜修好了。我有些尴尬地说自己没办法报答她。她带着有些嘲讽，还有一丝狡黠的语气回答说：

"报答是什么意思？"

"给你钱。"

她微笑了一下，很自豪地说：

"不需要，现在我可以随便花钱。"

- 43 -

我缺少的东西，她有；或者她缺少的东西，我有。在金钱方面，我的感觉很强烈。在那种持续改变角色的过程中，有时是愉快的，有时是痛苦的，这让我们谁也离不开谁。

在眼镜事件之后，我在想：她拥有斯特凡诺。她一弹指头，我的眼镜就修好了，我拥有什么呢？

我回答自己说，我拥有学校，那是她永远失去的一个特权，那就是我的财富，我尽量说服自己。实际上，在学校里，所有老师又开始表扬起我来，我的成绩越来越好，甚至我的函授神学课程也一帆风顺，我得到了奖励，是一本黑色封面的《圣经》。

尽管我不知道学习好会有什么用，我炫耀自己在学校的成绩，就像那是我母亲的银手镯。在班上，我不能和任何人讨论我读的那些书，讨论我脑子里的想法。阿方索是一个很勤奋的男生，在第一年考试不及格之后，他开始端正态度、埋头苦学，现在每门课成绩都挺好的。但当我试着和他讨论《约婚夫妇》[①]，或者我从费拉罗老师的图书馆借来的其他精彩小说，甚至是“圣灵”的问题，他只是听着，可能是因为害羞，也可能是因为无知，他说不出任何一句可以促进我进一步思考的话。还有，在课堂上他的意大利语说得很好，但我们面对面时，他总是在说方言，我们很难用方言讨论这个世界上的不公正和腐败，比如说讨论《约婚夫妇》中，几个人在堂·罗德里戈家里吃饭的情景，或

① 《约婚夫妇》是意大利作家曼佐尼（1785—1873）的代表作，以农村织工伦佐和露琪亚这对恋人的曲折故事为主线，反映了 17 世纪意大利社会的动荡。

者是上帝、圣灵和耶稣的关系——尽管我觉得这三位其实本质是一样的，他们一分为三之后，就应该有一个等级，那谁排在前面，谁排在后面？

很快，我想到有一次帕斯卡莱对我说，尽管我上的中学是一所古老的文科高中，但应该不是一所好学校。我后来发现他说得有道理，我很少看到我的女同学穿得像千人军街上的那些女孩。在学校门口，从来都没有穿着很优雅的男人，开着比马尔切洛或者斯特凡诺的车子更好的汽车来接她们。从学习角度来说也不怎么样，我周围唯一一个和我学习成绩差不多的人是尼诺，但他看到我一直冷冰冰的，总是低着头走路，连看都不看我一眼。现在我该怎么办呢？

我需要表达自己，我脑子里全是乱糟糟的想法。我去找莉拉，尤其是学校放假的时候，我们会见面交谈。我很仔细地跟她讲学校里上的课，还有老师说的话。她很仔细地听我讲，我希望她能好奇，回到之前的那个阶段，暗地里或者公开地跑去找那些书来看，跟上我的脚步。但这种情况一直都没有发生，就好像她个性的一部分死死地控制了另一部分。不仅如此，我讲那些的时候，她会忽然插话，通常都是嘲弄的方式。比如，有一次我跟她说了我的神学课程的内容，想用自己苦思冥想的问题打动她，说我不知道“圣灵”具体是什么，我觉得他的功能不是很清晰。我大声说：“圣灵到底是什么呢？是一种附属的存在，不仅仅服务于上帝，也服务于耶稣，就像一个使者？或者是上帝和耶稣散发出来的东西，是那种神奇的感染力？假如是第一种情况，作为一个使者，他怎么可能最后又和上帝，以及上帝的儿子合为一体？那就好像说，我父亲做市政府的门房，他和市长是一体的，和指挥官是一体的？好吧，假如是第二种情况，那就像是一种散发出来的东西：液体、汗水、声音，就像人散发出来的东西，是人的一部分，因此认为圣灵、上帝和耶稣是分开的，那有什么意义呢？或者圣灵是最重要的，其他两个只是他的化身。我不明白他的功能。”我记得，当时莉拉正在打扮自己，正准备和斯特凡诺出去，他们要和皮诺奇娅、里诺还有阿方索一起去市中心的电影院。我看着她，她正在穿一件新裙子、一件新上衣，她现在已经彻底变成了另一个人，甚至她的脚踝也不再是干巴巴的。这时候，我看到她的眼睛眯了起来，就好像要捕捉一些转瞬即逝的事情，她用方言对我说：“你还在这些事情上浪费时间啊？莱农，我们正在一个火球上面飞行，冷却的那部分浮在火山岩浆上，我们在火山边上修建了楼房、桥梁还有街道，维苏威火山时不时会喷点儿岩浆，引发地震，把一切都毁掉。还有一些微生物会让我们生病，要了我们的命。战争。悲惨的日子。我们所有人都变得很快，每秒钟都可能会发生让你痛苦的事情，你没有那么多眼泪可以流。你在干吗？通过一个神学课程来了解圣灵是什么？别扯这些了，这个世界是魔鬼创造的，不是圣父、圣子和圣灵！你要看看斯特凡诺送给我的珍珠项链吗？”她就是这么说话的，总让我不知所措。她的这种态度流露得越来越频繁，不仅仅在当时的情况下，后来那种语气成为一种她常用的语气，成为她说服我的方式。假如我说几句关于“三位一体”的话，她总是三言两语岔开话题，抹杀了任何深入交谈的可能性。她转而会给我展示斯特凡诺送给她的礼物：订婚戒指、项链、新衣服、新帽子；那些我感兴趣的东西——那些可以让我在老师面前表现一番、让他们认为我很优秀的东西，被搁置在角落里，没有任何意义。我不再谈论理想和书籍，转而开始欣赏那些礼物，那些礼物和鞋匠费尔南多的破房子产生了极大的反差。有时候，我也会试一试那些值钱的衣服和首饰，我马上就发现，那些衣服穿在我身上，永远没有穿在她身上好看，后来我就找借口走了。

- 44 -

作为斯特凡诺的女朋友，莉拉备受嫉妒，也引起了很多人的不满。当她还是一个骨瘦如柴的小姑娘时，她的行为举止已经很招人烦了，更别说她现在是一位幸运的姑娘。她亲口跟我说，斯特凡诺的母亲对她越来越不满了，他妹妹皮诺奇娅表现得更明显。那两个女人的鄙视都清楚地写在脸上：鞋匠的女儿，都忘记自己是谁了？她给斯特凡诺喝了什么迷魂汤？凭什么她一张口，斯特凡诺马上就拿出钱包？她想在我们家当主子吗？

玛丽亚只是默默拉下脸来，皮诺奇娅会爆发出来，她会跟哥哥说："为什么你给她什么都买，你非但不给我买东西，而且我一买点好东西，你总是批评我，说我尽买些没用的东西？"

斯特凡诺总是会露出一个温和的微笑，他不接茬。为了息事宁人，他开始给妹妹也买礼物。就这样，两个女孩间的竞争开始了，她们一起去发廊、买同样的衣服。皮诺奇娅不是一个难看的姑娘，她比我们大几岁，发育成熟一些，但结果是，任何衣服或者首饰在她身上的效果，和在莉拉身上根本没法比。皮诺奇娅的母亲首先意识到了这一点，当玛丽亚看到莉拉和皮诺奇娅打扮好准备出门：类似的发型、类似的衣服，她总是用一种佯装的和善来岔开话题，责备未来的儿媳妇几天前做得不对的地方，比如说没关厨房的灯，或在接了一瓶水之后没关好水龙头，诸如此类。

最后，她转过身去，装出很忙碌的样子，用郁郁不乐的声音说：

“你们早点儿回来。”

我们这些和她一起长大的姑娘，也很快发现了类似的问题。周末的时候，卡梅拉——现在她坚持让大家叫她“卡门”、艾达还有吉耀拉都没有明说，但是她们的穿衣打扮都在和莉拉较劲。尤其是吉耀拉，她在甜食店里工作，现在和米凯莱·索拉拉在一起，虽然还没有正式订婚，但她会自己买一些漂亮的衣服，或者让米凯莱买一些饰品，专门用于出门，或者坐汽车出去炫耀。但她们都没办法和莉拉相比，莉拉太耀眼了，她们都望尘莫及。

刚开始，我们试着陪她玩，让她回到之前的习惯之中。我们把斯特凡诺也拉到了我们的圈子里，我们宠爱他、围着他转，他看起来很高兴。以至于有一个星期六，可能是为了对安东尼奥和艾达示好，他对莉拉说：“你问问莱农奇娅，还有梅丽娜的几个孩子，明天晚上愿不愿意和我们一起吃饭。”对于他来说，“我们”指的是他和莉拉，还有皮诺奇娅和里诺，里诺现在很注重和他未来的妹夫一起度过空闲时间。我们都接受了，但那天晚上情况很复杂，艾达很担心丢脸，就从吉耀拉那里借了一条裙子。斯特凡诺和里诺没有选一家披萨店，他们选了桑塔露琪娅区的一家餐馆。我、安东尼奥和艾达从来都没去过餐馆，那是阔人去的地方。我们陷入了焦虑：我们应该穿什么衣服？这一餐会花多少钱？他们四个人是开着菲亚特的红色跑车去的，我们几个坐公共汽车到公决广场，剩下的路靠步行。我们一到目的地，他们就很潇洒地点了好多菜，我们基本上什么都没要，因为担心自己付不起钱。我们基本上都没说话，因为里诺和斯特凡诺一直都在谈论钱，他们从来都没想着谈点儿别的，还让安东尼奥也加入他们的谈话。艾达不愿意被忽视，整个晚上都想引起斯特凡诺的注意，一直对他卖弄风骚，这让她哥哥很心烦。最后要付钱的时候，我们发现肉食店老板斯特凡诺已经付过了，这件事情里诺觉得受之无愧，但安东尼奥一肚子气回到家里，因为他和斯特凡诺还有莉拉的哥哥是同龄人，也已经开始工作了，他觉得自己受到了叫花子的待遇。但对于我和艾达来说，这件事更意味深长，我们俩的感觉不同，但我们发现，在私人关系之外、在公共场合，我们不知道该对莉拉说什么，该怎样对待她。她化了那么精美的妆，衣服也非常漂亮，她和那辆红色的敞篷车非常配，和桑塔露琪娅的饭馆也很配。她现在的穿着打扮已经不适合和我们一起坐地铁，乘公车、走路、在加里波第大街上吃披萨、去教堂、电影院了，或者在吉耀拉的家里跳舞，她都会显得格格不入。

那天晚上最明显的一件事是：莉拉正在改变她的社会地位。在那些日子、那几个月里，她变成了一位富家小姐。她模仿时尚杂志上的模特，模仿电视上的姑娘，或是在基亚亚街上散步时看到的姑娘。她光彩夺目的样子就像一记耳光，狠狠打在这个破败城区的脸上，反差太大了。我们俩一起策划、促成她和斯特凡诺订婚的那个时期，她身上小姑娘的生涩痕迹这时候已经销声匿迹了。在太阳底下，她看起来俨然是一个年轻女人，周末她挽着男朋友的胳膊出去，好像在例行他们作为男女朋友的公事。斯特凡诺好像要用他的礼物向全小区的人展示，如果莉拉很漂亮，她会越来越漂亮。她好像发现自己的美貌是一个无穷无尽的资源，这让她很快乐。她觉得自己的美貌可以不拘泥于一种表现形式：一个新发型、一件新衣服、新眼影或者口红，每一次都能让她突破之前的界限。斯特凡诺好像要在她身上寻找一种他追求的未来——有钱有势；她好像要通过他，让自己、哥哥和父母，还有其他亲戚都被保护起来，使他们免于她从小都要面对的那些威胁，使他们都处于安全地带。

我那时候还不了解，在新年放烟花的糟糕经历之后，她暗地里称为“界限消失”的那种感觉，但我知道那口铜锅炸开的故事，这件事一直潜伏在我的脑海里，我一次次地想起来。我记得有一天晚上在家里，我重读莉拉寄到伊斯基亚岛的信，她讲述故事的方式真吸引人，但那好像已经是很久之前的事情了。我不得不承认，写那封信的莉拉已经消失了。那封信里还有写《蓝色仙女》的那个莉拉的痕迹，她那时是一个刚刚自学了拉丁语和希腊语的小姑娘，看了费拉罗老师的图书馆里的大部分图书，还设计了挂在铺子里的那些鞋子图样。但现在在日常生活中，我已经看不到、感觉不到那个莉拉了。赛鲁罗家那个容易激动、非常霸道的姑娘好像已经消失了。尽管我和她居住在同一个城区，尽管我们拥有相同的童年，我们都经历着自己的十五岁，但忽然间，我们成了两个世界的人。我也在发生变化，时间一月月地过去，我变成了一个邋遢、不修边幅、戴着眼镜的女孩，钻研那些散发着难闻气味的破旧书本——那些是我们全家人勒紧裤带，从二手市场上买来的书，或者是奥利维耶罗老师弄来的书。而她挽着斯特凡诺的胳膊，头发整整齐齐，像个女神，她身上穿的衣服，让她看起来像个演员，或者公主。

我从窗子看着她，感觉到她之前的样子已经破碎，我回想着她在信中写的那段优美的文字，铜锅的破裂和变形——那是我经常运用的一个意象。每一次当我感觉到她或者我自己的心里产生裂缝时，我都会想到那口锅。我知道，或者说我希望，莉拉不会一成不变，她迟早会又一次把这一切都打破。

- 45 -

经历了桑塔露琪娅餐厅那个糟糕的夜晚，我们再也没有一起吃饭，并不是因为莉拉和她男朋友没有再邀请我们，而是我们总是找各种借口躲过这样的聚会。在功课之余，我还是会去参加一些家庭舞会，和几个朋友出去吃披萨。我喜欢出去玩，但要事先确保安东尼奥也出去，他那段时间对我发动了全面攻势，非常关注我。虽然他脸上的皮肤不怎么样，全是雀斑，牙齿有点儿黄，手很粗糙，手指很结实——有一次帕斯卡莱搞来一辆跑车，那辆车的轮胎扎了，他毫不费力就用手指把车轮上的螺丝拧了下来。但他有满头鬈曲的黑发，让你想伸手去抚摸。尽管他非常内向，但有时候也能开口说些风趣话，除此之外，他是唯一一个关注我的人。恩佐很少露面，他有自己的生活，我们知之甚少，但他在用自己从不夸张的方式，投入、温柔而缓慢地靠近卡梅拉。至于帕斯卡莱呢，在莉拉拒绝他之后，他好像对所有姑娘都失去了兴趣，他对艾达也不是很关注，艾达经常对他卖弄风骚，尽管她一直说，总是看到我们这些丑陋的面孔，她再也受不了了。

自然，在我们一起出去的那些夜晚，经常会难以避免地谈到莉拉，虽然好像没人愿意提到她：几个小伙子都有些失望，他们中有几个想取代斯特凡诺的位子，最不高兴的人是帕斯卡莱。假如不是和索拉拉家之前有一些旧恩怨，那他可能会公开和马尔切洛联盟、反对赛鲁罗一家。爱的痛苦从内部焚烧着他，只是远远看到斯特凡诺和莉拉在一起，他就会失去生活的快乐。然而，他本性还是一个善良、懂得是非的小伙子，因此他一直在控制着自己的情绪，没有和索拉拉兄弟拉帮结派。当他知道有天晚上马尔切洛和米凯莱拦住了里诺，虽然没有碰里诺一根指头，只是臭骂了他一通，帕斯卡莱毫不犹豫地站在了里诺这一边。当他知道米凯莱和马尔切洛的父亲西尔维奥·索拉拉，亲自跑到费尔南多改造过的铺子里公然骂了他一通，说他没有教育好自己的女儿，西尔维奥看了看周围说，鞋匠怎么做什么都可以，但最后他要把鞋子卖出去，不会有商店要他的鞋子，更别说铺子里有胶水、橡胶、线，还有木质的鞋模、鞋底子和底板，这些都很容易着火。帕斯卡莱放出话来，说赛鲁罗家的铺子如果着火的话，他会和几个自己信得过的人把索拉拉家的酒吧兼糕点店烧了。但对莉拉，他持批评的态度，他说她应该离家出走，而不是容忍马尔切洛每天晚上去她家。他说，她应该用一把榔头敲碎那台电视机，而不是和其他人一起看，所有人都知道，马尔切洛买那台电视机是为了得到她。最后他说，她是一个非常聪明的姑娘，不可能爱上斯特凡诺·卡拉奇那个虚伪的市侩。

这种情况下，我是唯一没办法保持沉默的人，我公开反对帕斯卡莱的批评。我会用类似这样的话进行反驳：离家出走也没那么容易，违背家人的意志也没那么容易，什么事都不容易。你现在批评她，而不是批评你的朋友里诺，马尔切洛的这场麻烦可都是他招惹的。假如莉拉没找到摆脱那个困境的办法，她就得和马尔切洛结婚。最后，我会说斯特凡诺几句好话，那么多从小都认识莉拉的男性、那些爱她的人中，他是唯一一个有勇气支持她、帮助她的人。我说话的时候，大家陷入一阵尴尬的沉默。我觉得很自豪，因为我驳倒了那些人对我朋友的批评，我的语气和语言让他们都无法反驳。

但有天晚上的结局很糟糕，大家吵了起来。我们所有人都在，包括恩佐。我们在雷蒂费洛区吃披萨，那地方一块玛格丽特披萨加一瓶啤酒一共五十里拉。我们几个姑娘聊起了莉拉，我记得好像是艾达开始说的。她说她觉得莉拉现在很可笑，出门的时候头发总是整整齐齐，像刚从发廊出来，即使是去门口撒蟑螂药也穿得像索瑞亚王妃一样。我们大家都笑了起来。最后，聊着聊着，卡梅拉很明确地说，她觉得莉拉和斯特凡诺在一起是图他的钱，好安置她的哥哥还有全家人。我正要说往常那些冠冕堂皇捍卫莉拉的话，这时候，帕斯卡莱插了一句：

“问题在于，莉娜知道那些钱是从哪儿来的。”

“你又要提到堂·阿奇勒、黑市交易、高利贷，还有战前那些肮脏的事吗？”我说。

“是的，假如你朋友现在在这里，她会同意我的说法。”

“斯特凡诺只是一个生意人，很懂经营。”

“他投到赛鲁罗鞋铺子的钱，是从肉食店来的吗？”

“为什么这样说，你觉得呢？”

“那是堂·阿奇勒藏到床垫里的金子，那些金子之前属于这个城区很多人的母亲。莉娜现在做了阔太太，她用的钱是这个城区可怜人的血汗钱。她还没结婚就让人养着，不仅仅是养着她，还养着她的家人。”

我正要反驳他，但这时候恩佐插话了，还是通常那种很散漫的语气：

“对不起，帕斯卡，‘让人养着’是什么意思？”

我听到这个问题，就知道后面没好话。帕斯卡莱的脸变红了，他很尴尬地说：

“养着就是养着。对不起，莉娜去发廊、买衣服和包的时候，是谁在付钱？是谁投了钱，让鞋匠修鞋的铺子成了一个制鞋的作坊？”

“也就是说，你说莉娜并没有爱上斯特凡诺，也没有订婚，她不会很快和斯特凡诺结婚，而是把自己卖了？”

所有人都不说话了。安东尼奥嘀咕了一句：

“不是这样，恩佐！帕斯卡莱说的不是这个。你知道他和我们一样，都很爱莉娜。”

恩佐做了一个手势，让他不要说了。

“安东，别说了，你让帕斯卡莱回答我。”

帕斯卡莱阴沉着脸说：

“是的，她是把自己卖了。她根本不在意自己每天花的都是脏钱。”

我试着说出我的想法，但恩佐碰了一下我的手臂说：

“对不起，莱农！我想知道，帕斯卡莱怎么称呼那些出卖自己的女性。”

这时候，帕斯卡莱忽然变得暴戾，从他的眼睛里能看出来。他说出了这几个月里一直憋在心里的话，他对着整个城区大声喊道：“婊子！我们把这种女人称为婊子！莉娜现在的做法，完全是一个婊子的做法！”

恩佐站了起来，低声地说：“你出来一下。”

安东尼奥一下子站起来，拉住了正要起身的帕斯卡莱的一条胳膊，说：

“我们别夸大了，恩佐！帕斯卡莱只是说了一个事实，那不是一个指责，我们所有人都可以提出批评。”

恩佐回答说，这次是大声说：“我不会。”他向门口走去，很清楚地说：“我在外面等你们俩。”

我们拦着帕斯卡莱和安东尼奥，不让他们出去。后来什么也没发生，他们只是有几天拉着脸，之后一切都恢复如初。

- 46 -

我讲述了他们的这次争吵，只是想说明那年是怎么过去的。我想说明，我们四周围绕着莉拉的选择产生的气氛，尤其是那些曾经暗恋过她，或者向她表白过的男性的态度——他们爱过她、渴望过她，极有可能依然在爱着她、渴望着她。至于我呢，很难说清楚我心里的各种滋味。无论在什么情况下，我都会捍卫莉拉，我喜欢这么做，我喜欢用那种学究的权威语气谈论这件事情。但我知道自己也很乐意讲述之前发生的事，甚至会夸大其词，讲述莉拉怎么在幕后操纵着斯特凡诺的行动，讲述我和她一起怎么一步步解开那道难题，就像解开一道数学题，一直到出现这个结果：安顿好自己，安置好哥哥，开始实现制鞋厂的计划，甚至是在我的眼镜摔碎后弄到给我修眼镜的钱。

经过费尔南多的铺子时，我感到一种胜利的幸福，因为我也参与促成此事。很明显，莉拉成功了。之前，这个铺子从来都没有牌子，现在那道破旧的门上有一个金属牌，上面写着："赛鲁罗"。费尔南多、里诺还有其他三个学徒从早到晚在桌子前埋头苦干，缝边，用钉锤敲打，抛光。大家都知道，赛鲁罗父子经常争吵。大家都知道，费尔南多认为那些鞋子，尤其是女鞋，按照莉拉的图纸根本做不出来，那只是一个小姑娘的胡思乱想。大家都知道，里诺不同意父亲的看法，他去找莉拉，要求她的介入，莉拉说她根本不想管铺子的事情，里诺然后跑去找斯特凡诺，把他拉到铺子里，让他跟父亲说清楚。大家都知道，斯特凡诺去了铺子，长时间地看着那些挂在墙上的图纸，脸上泛起笑容。他平静地说，他要做出来的鞋子和图纸上的一样，他把那些图纸挂起来就是这个目的。大家都知道，最后整个工作节奏慢了下来，那些干活的伙计开始是听费尔南多吩咐，后来听里诺的，方案改了，一切都得重来。费尔南多意识到了变化，又改回来。斯特凡诺来了，一切从头开始。最后难免争吵，发火砸东西。

经过铺子的时候，我只是向里面看一眼就很快走开了。那些挂在墙上的图纸深深刻在了我的脑海里。我想：对于莉拉来说，那些图是她幻想出来的，当时和金钱没有关系，和出卖自己没有关系，所有正在进行的工作都是她的那个狂想的最后结果，体现了斯特凡诺对她的爱。她能这样被爱着真是幸运，她这样爱着也是幸运。她很幸运，因为她备受宠爱，她能做自己，她有创意。现在她还给了哥哥他想要的东西，自己也躲过了危险，她一定会创造出其他东西，所以我要盯紧她，一定会发生些什么事情的。

但是，什么事也没发生，莉拉一直稳稳当当地做着斯特凡诺的女朋友。当我们抽空见面时，我觉得她对自己的变化感到满意，她谈论自己的生活，就好像她除了结婚、房子还有孩子之外，已经看不到别的东西了，也不想看到别的。

我觉得很难过。她好像变得甜美了，之前的刻薄都没有了。后来，我在吉耀拉·斯帕纽洛那里听到了很多关于她的流言蜚语。

吉耀拉用方言充满鄙夷地对我说："现在，你的朋友成了公主。当时马尔切洛去她家里，她每天晚上都为他吹箫，这事儿斯特凡诺知道吗？"

我假装忽视吹箫的意思，其实我很小的时候，就知道这个词，这个词非常难听，有一种凌辱人的感觉。

"这不是真的。"

"马尔切洛是这么说的。"

“他说谎。”

“是吗？那他弟弟也说谎吗？”

“是米凯莱告诉你的吗？”

“是的。”

我希望那些闲话不要传到斯特凡诺的耳朵里。每次从学校回来，我都想：也许，在发生什么糟糕的事情之前，我应该告诉莉拉。但我害怕她会发火，因为鉴于她的成长过程，按她的个性，她一定会带着刀子去找马尔切洛·索拉拉。最后我决定要把自己听到的闲话告诉她，这样她就可以做好准备，面对可能出现的情况，但我发现她已经知道这件事情了。不仅如此，她比我更加了解什么是吹箫。我发现，她用一种非常明确的方式说，她不会为任何男人做那件事，她觉得很恶心，更别说马尔切洛·索拉拉了。最后她跟我说，这些话都传到了斯特凡诺的耳朵里了。他问莉拉，在马尔切洛去赛鲁罗家的那段时间，她和马尔切洛之间到底是什么关系。她非常愤怒地回答：“没有任何关系！你疯了吗？”斯特凡诺马上说他相信莉拉，从来都不怀疑她，他问那个问题只是想让她知道马尔切洛在传播她的谣言。这时候，他带着一副饶有兴趣的表情，就好像他也不由自主地想到了残杀的情景。莉拉发现了这一点，他们讨论了很久。她对斯特凡诺说，她感觉自己特别渴望报仇雪恨，但有什么用呢？他们交谈了一阵子，最后达成协议，按照城区的逻辑，他们决定给索拉拉一个台阶下。

“一个台阶？”我非常惊异地问她。

“是的，无视他们：马尔切洛、他弟弟、父亲、祖父，他们家所有人，就好像他们不存在一样。”就这样，斯特凡诺继续工作，没有捍卫他未婚妻的荣誉，莉拉继续她作为斯特凡诺未婚妻的生活，没有动刀子或者其他。索拉拉兄弟继续在传播她的谣言。和莉拉分开时，我觉得非常惊异，发生了什么？我不明白。我觉得索拉拉兄弟的目的很明确，他们的行为符合我们从小都熟悉的这个世界的做法。她和斯特凡诺脑子里到底在想什么？他们到底生活在什么地方？他们的做法，即使是学校里读的史诗，包括在我阅读的小说里也找不到类似的，我很不安。他们对那些冒犯全然不作回应，包括索拉拉兄弟对他们做的那些让人难以忍受的事。他们对所有人都一如既往的客气，他们彬彬有礼，就像约翰·肯尼迪和杰奎琳在访问贫民区。他们一起出来散步时，斯特凡诺的一条手臂搭在莉拉的肩膀上，就好像之前的所有习俗都和他们无关：他们笑着，开玩笑，相互拥抱，吻落在唇上。我看到他们开着敞篷车飞驰而去，即使是晚上他们也单独在一起，总是穿得像电影明星一样。我在想：谁知道他们会到哪里去？他们去那些没人监视他们的地方，他们可不是偷偷摸摸，而是获得了父母的许可，还有里诺的许可。他们我行我素，根本不管人们说什么。是不是莉拉请求斯特凡诺那么做的？让他们成为整个城区最招人羡慕、最受人议论的一对。这就是她最近想出来的新招？她想留在这个城区，同时又离它而去？她想把我们从我们的世界拉出来，把我们破旧的生活撕裂，赋予我们新的生活，适应她创造的生活方式？

- 47 -

关于莉拉的闲言碎语传到了帕斯卡莱的耳朵里，忽然间，一切又回到了之前的模式。一个星期天，卡梅拉、恩佐、帕斯卡莱、安东尼奥和我沿着大路散步。安东尼奥说："我听说，马尔切洛·索拉拉对所有人说，莉娜和他在一起过。"

恩佐眨了一下眼睛，帕斯卡莱马上变得很激动："在一起是什么意思？"

因为我和卡梅拉在场，安东尼奥有些尴尬，他说："你懂的。"

几个小伙子走开了，他们几个交谈起来。我眼见着帕斯卡莱越来越愤怒，恩佐的身体好像变得越来越坚实，好像他没有四肢和脖子，就像一块硬物。为什么呢？我想，为什么他们会那么生气？莉拉不是他们的姐妹，连堂妹都不是。他们都义愤填膺，三个人都很愤怒，他们比斯特凡诺愤怒、愤怒得多，就好像他们才是莉拉的男朋友。帕斯卡莱尤其让我觉得可笑，因为他才说了莉拉的坏话。他后来大声嚷嚷了一句，我们都听得很清楚，话是这么说的："我要揍死那个混蛋，他让人以为莉拉是个婊子。斯特凡诺不介意，但老子介意！"最后是一阵沉默，他们向我们走了过来，我们一起很懒散地闲逛了一会儿，我和安东尼奥走在一起，卡梅拉走在她哥哥帕斯卡莱和恩佐中间。过了一会儿，他们就把我们送回家了。我看到他们向远处走去，恩佐个子最低，他走在安东尼奥和帕斯卡莱中间。

接下来的几天，大家都在谈论索拉拉兄弟的"菲亚特1100"，那辆车被砸成了碎片。不仅如此，兄弟俩也被人狠狠地揍了一顿，但大家都不知道是谁干的。他们都说是在一条黑漆漆的胡同里被打的，至少有十个人，都是外地人。但我和卡梅拉很清楚地知道：只有三个人动手，我们非常担心。我们等着索拉拉兄弟反击：一天、两天、三天，但很明显，他们干得天衣无缝。帕斯卡莱继续做泥瓦匠，安东尼奥做技工，恩佐驾着马拉车卖水果蔬菜。索拉拉兄弟有一段时间只能步行，他们鼻青脸肿，狼狈不堪，总有三四个朋友陪着他们。我必须承认，看到他们现在的样子我觉得很高兴，为我的朋友们感到自豪。我、卡门还有艾达一起批评斯特凡诺和里诺，因为他们假装什么事儿也没有。过了一段时间，马尔切洛和米凯莱买了一辆绿色的“朱丽叶塔”，他们又表现得像这个城区的主人，张牙舞爪的，比之前更加嚣张。这也许验证了莉拉的话：要战胜那类货色，只能过上更好的生活，一种他们没办法想象的生活。我在准备高二的期末考试，莉拉向我宣布：到春天，在她十六岁半的时候，她会结婚。

- 48 -

这个消息让我非常不安。莉拉告诉我她结婚的事是在六月，正是我口试的那天。当然，他们的婚礼是可以预测的事情，但现在他们定下了日期——三月十二日，这让我觉得好像忽然一头撞在了门上。我产生了一些猥琐的想法，计算着剩下的月份：九个月。也许这九个月足以使皮诺奇娅的排斥、玛丽亚的敌意，还有马尔切洛·索拉拉的闲言碎语口口相传，就像埃涅阿斯的丰功伟绩，闹得整个城区里人人皆知，能使斯特凡诺承受不了，最后悔婚。我为自己感到脸红，我们的命运分道扬镳，我再也没办法勾勒出一张使之相连的图纸。那个日子非常具体，会让我们的生活差异越来越大，鸿沟越来越深，最糟糕的是，她的命运要比我的好得多。

我更加觉得学习这条路变得毫无意义，几年前我走上了这条路，只是为了让莉拉羡慕我。但她呢？现在她不再关注读书的事。听到这个消息之后，我不再准备考试，晚上睡不着，想着我那少得可怜的爱情经历：我和药剂师的儿子吉诺接过一次吻；尼诺的嘴唇掠过我的嘴唇；还有我和他父亲那次仓促、肮脏的身体接触，就这些了。莉拉却要在来年三月——在她十六岁的时候，拥有一个丈夫，然后一年之内，在她十七岁时，会有一个儿子，可能还会有其他孩子。我觉得自己的生活很没有意义，我绝望得哭了起来。

第二天，我很不情愿地去参加考试，但发生了一件事，让我觉得好些了。杰拉切老师和加利亚尼老师是主考老师，他们表扬了我的语文。尤其是杰拉切老师，他说我的作文写得越来越好了，他要给其他老师读一段我写的作文。我听到他念的那段，马上就意识到那是几个月前我开始尝试的写作训练：我不再使用那种矫揉造作的语气，不再采用过于僵死的句子，尽量使用一种流畅、吸引人的文笔，就像我在伊斯基亚岛时，莉拉写给我的那封信的风格。我听到老师在朗读我的作文，加利亚尼老师一边倾听，一边默默点头。我意识到：我做到了。当然，那不是莉拉的写作风格，那是我的风格，好像在老师的眼里，那是一种特别值得赞赏的风格。

我升到了高三，每门课程都得了十分，但在家里，没人觉得意外，没人为我庆祝。我看到他们都很满意，这是真的，我为此感到高兴，但他们并没觉得这是非常了不起的事情。我母亲觉得我在学校的成绩是理所当然的事情。我父亲说，我应该马上去奥利维耶罗老师家里，让她给我搞到下一学年的课本。我出去时，母亲在我身后大喊："假如她再让你去伊斯基亚岛，你就对她说我身体不好，你要在家里帮我干活！"

老师表扬了我，但不是全心全意，一方面因为她也习惯于我成绩优异，另一方面是因为她身体不是很好，嘴里的溃疡让她很痛苦。她没有提到我需要休息，以及让我去伊斯基亚她表姐内拉那里的事，却忽然间提到了莉拉。老师在路上远远地看到过她，莉拉正在和她男朋友在一起。她说，就是那个肉食店老板。最后，老师说了一句让我至今还记得很清楚的话："赛鲁罗小时候头脑的聪慧没有找到出口，格雷科，最后她的美都展现在脸蛋和胸上，还有大腿和屁股上——那些美在这些地方都会昙花一现，就像从来没拥有过一样。"

自从认识奥利维耶罗老师以来，我从来都没有听到她说过一句脏话。那次她说了"屁股"，但最后她又嘀咕了一句："对不起。"但让我印象很深的不是那个词，而是她的懊悔，就好像她意识到：莉拉的天分都白白浪费了，这是一件让她觉得非常可惜的事情，作为老师，她没能好好保护她、引导她。我觉得自己是一个更有出息的学生，离开时觉得轻松多了。

唯一一个公开对我表示庆祝的人是阿方索，他也升到了高三，每门成绩都是七分。我感觉他对我是一种纯粹的欣赏。在我们的同学以及家长面前，他做了一件本不该做的事情，他好像忘记了我是个女生——他不应该碰我的，但他把我紧紧抱在怀里，在我的脸颊上吻了一下，非常响亮的一记吻。但他马上察觉到这样做不好，就放开了我，向我说对不起。最后，他还是忍不住大声喊道："每门成绩都是十分！真是太不可能了！都是十分啊！"我们一起走回家，在路上谈论了他哥哥的婚礼，还有莉拉。我觉得非常自在、愉快，我第一次问他对未来的嫂子有什么看法。在回答我之前，他迟疑了一阵子。最后他说：

"你记不记得，小时候我们参加过的竞赛？"

“谁能忘得了呢？”

“我当时确信我能赢，因为所有人都害怕我父亲。”

“莉娜也害怕，所以刚开始，她尽量不赢你。”

“是的，但后来她决定超过我的时候，让我很丢脸，我是哭着回家的。”

“是呀，输了是很难过。”

“不是因为这个原因。我觉得所有人都害怕我父亲，这是一件让人难以忍受的事情，包括我也很害怕，但那个小女孩却不害怕。”

“你会爱上她吗？”

“你开什么玩笑？我看见她都会觉得浑身不自在。”

“说来听听？”

“意思是我哥哥要娶她，真是太有勇气了。”

“你说什么啊？”

“我是说，你要好得多。假如要我选的话，我会选择娶你的。”

他的话让我觉得很舒服，我们都笑了起来，告别时，我们还在笑。整个夏天，他不得不待在肉食店里帮忙。我呢，因为母亲、而非父亲的决定，我要在夏天找份工作。我和阿方索说好了要见面，至少一起去一次海边。

但是，我们却一直没去成。

接下来的几天里，我很不情愿地在城区里转悠。我向食品杂货店的老板堂·保罗询问他们需要不需要一个售货员，结果没戏。我问了报亭老板，但他也不需要人手。我来到了文具店老板娘那里，她笑了起来，说她是需要一个售货员，但现在不需要，我要在秋天开学时去找她。我正要离开，她叫住了我，对我说：

“你是一个好姑娘，莱农！我信任你。你能不能带我的几个孩子去海边游泳？”

从商店里出来时，我真的感觉很幸福。文具店老板娘会付钱给我，而且报酬不低，如果我整个七月，还有八月的头十天，可以带着她的三个女儿去海边。大海、阳光和金钱！我要每天带着几个孩子去一个地方——梅格丽娜和波西利波之间的一个海滩，有个英语名字，一个叫“海滨花园”的地方。我异常兴奋地走在回家的路上，就好像我的生活有了一个决定性的转折。我会为我的父母赚到钱，会去海边游泳，在太阳底下，我会变得光滑黝黑，就像在伊斯基亚的夏天，这一切都那么甜美。我想，天气好的时候，好像所有美好的事情都在等着你一样。

我走了几步，那种幸运感就成了现实。安东尼奥从后面赶上了我，他穿着工作服，身上全是机油。我非常高兴，那时候无论遇到谁我都会兴高采烈。他看到我经过，就赶了过来。我马上跟他讲了文具店老板娘的事情，他应该在我的脸上看到我的幸福。好几个月以来，我都在埋头学习，觉得自己很孤单、丑陋。尽管我很确信自己爱的人是尼诺·萨拉托雷，但我一直在回避他，我都没去看他的考试成绩，不知道他有没有通过考试。莉拉现在要向前跨一大步、要超越我的生活，我再也赶不上她了，但现在我感觉很好，我要感觉更好。安东尼奥看到当时我心情很好，觉得是个好时机，就问我愿不愿意做他的女朋友。我马上说我愿意，尽管我爱的是另一个人，我对他只有一丝好感而已。他做我的男朋友年龄是很大，他是斯特凡诺的同龄人，而且已经工作了。我觉得，这无异于每门考试都得十分，无异于付钱给我、让我带文具店老板娘的几个女儿去“海滨花园”。

- 49 -

我开始了自己的工作，也开始交往男朋友。文具店老板娘给我办了一张类似月票的车票。每天早上我坐着拥挤的公共汽车，带着三个小姑娘穿过城市，来到那个色彩缤纷的海滩：太阳伞、蔚蓝的大海、水泥平台、学生、闲暇时间很多的贵妇，还有一些穿着暴露、目光贪婪的女人。我尽量对那些跟我搭讪的救生员很客气。我照顾几个小姑娘，和她们一起游泳，在水里玩很长时间，我穿着一年前内拉给我缝的游泳衣。我让几个小姑娘吃东西，和她们一起嬉戏，让她们在一个石雕喷泉那里喝水，我很小心，不让她们滑倒或在水池边上磕到牙齿。

午后我们回到城区，我把几个孩子送到文具店老板娘手里，经过一天的暴晒、海水的浸泡，我跑去和安东尼奥私会。我们会沿着那些僻静小路一直走到池塘边上，我很担心母亲看见我，更害怕的是奥利维耶罗老师看见我。我真正意义上的接吻是和他。我很快就允许他抚摸我的胸脯和两腿之间。在同一天晚上，我握住他的裤裆，那里很大，绷得很紧，他掏出来，我们接吻时，我用一只手握着。我很爽快地接受了安东尼奥的要求，因为我脑子里有两个非常清晰的问题：第一个问题是，莉拉和斯特凡诺在一起时，他们也会做这些事情吗？第二个问题是，我和安东尼奥在一起时的快感，和那天晚上多纳托·萨拉托雷摸我时的感觉，是不是一样？在这两种情况下，安东尼奥都不过是一个替代品——一方面，让我可以想象莉拉和斯特凡诺之间的爱情；另一种感情比较强烈，让我很难理清头绪，是尼诺的父亲带给我的感觉。但我从来都不觉得自己有什么错，安东尼奥非常沉迷于我们之间的游戏，在池塘边短暂的身体接触，对他来说，成了一件必不可少、上瘾的事情。很快我觉得他欠我的，我给予他的快乐要比他给我的更多、更长久。

有些星期天他也会陪着我和几个小女孩去“海滨花园”。尽管他挣的钱非常少，他会假装若无其事地花好多钱，尽管他不喜欢在太阳底下暴晒，他也会待在海边，他这么做是为了我，只是为了待在我身边，不期望任何马上的回报，因为整天我们都没有机会接吻或相互抚摸。另外，他还要扮小丑搞怪，像运动员一样跳水，取悦几个小姑娘。当他陪几个小姑娘一起玩耍的时候，我躺在太阳底下看书，趴在沙滩上，像水母一样融于文字间。

在读书间隙，我会抬起头来看看四周，忽然间我看到了一个挺拔、苗条又优雅的姑娘，身上穿着一套红色的三点式泳衣。那是莉拉！她已经习惯于男人关注的目光落在她身上，在这个拥挤的地方，她旁若无人地行走着，就连那个走在她前面、陪她走向太阳伞的年轻服务员也好像不存在一样。她没有看到我，我不知道应不应该叫她。她戴着一副太阳镜，拿着一个色彩绚丽的布包，很耀眼。

我还没告诉过她我的工作，还有安东尼奥的事情。很有可能，无论是工作还是男朋友，我都担心她对我的评价。我等着她叫我，我想把视线转到书上，但我发现我看不进去了。我很快又朝她那个方向看了一眼，服务员给她打开了一张躺椅，她坐在躺椅上晒太阳。这时候斯特凡诺正向她走去，他穿了一件蓝色泳裤，身上很白，他手上拿着钱包、打火机和香烟。他吻了一下莉拉的嘴唇，就像王子吻了睡美人，然后坐到了旁边的躺椅上。

我又试着继续看书，我习惯于自律，但这次有几分钟，我都无法捕获那些词汇的意思，我记得那是本俄国小说《奥勃洛莫夫》。我又一次抬起了目光，斯特凡诺坐在那里看着大海，莉拉不见了。我用目光搜寻着她，我看到她正在和安东尼奥说话，安东尼奥正用手指着我。我向她非常热烈地打了个招呼，她也同样热烈地回应了我，然后马上转过身去叫斯特凡诺。

我们三个人一起游泳，安东尼奥在照顾文具店老板娘的几个女儿，表面看来，这是非常愉快的一天。后来，斯特凡诺把我们所有人都拉到了餐吧里，点了很多美食：三明治、饮料和冰激凌，几个小姑娘马上丢开了安东尼奥，都缠着斯特凡诺。两个年轻男人谈起了敞篷车的某个问题，安东尼奥非常有面子，关于这个问题他知道的很多。我把几个小姑娘带走了，不让她们打扰到他们俩的谈话，莉拉也跟了上来。

"文具店老板娘给你多少钱?"她问我。

我跟她说了我的报酬。

"太少了。"

"我妈妈觉得还太多了呢。"

"你应该抬高你的身价，莱农!"

"到时候，我帮你看孩子时，我会抬高自己的身价。"

"我会给你一箱子金币，因为我知道跟你在一起值多少钱。"

我看着她，想搞清楚她是不是在开玩笑，她没在开玩笑。但提到安东尼奥时，她马上开了一个玩笑：

"他知道不知道你的价值?"

"我们在一起才二十天。"

"你爱他吗?"

"不爱。"

"那为什么?"

我用挑衅的目光看了她一眼。

"你爱斯特凡诺吗?"

她很严肃地说：

“非常爱。”

“要比爱你的父母，爱里诺更多吗？”

“我爱他超过所有人，但我更爱你。”

“你在开玩笑吗？”

这时候，我想：即使她是在开玩笑，但我们这样在太阳底下交谈，坐在热乎乎的水泥台子上，脚放在海水里，真是一件美好的事。即使她不问我在读什么书，即使她没打听我高中的考试怎么样，也许我们之间并没有完全结束。尽管她结婚了，但我们之间的友谊还会继续下去。我对她说：

“我会每天来这里，你为什么不来啊？”

她对我的提议充满了热情，就和斯特凡诺说了，斯特凡诺也同意了。对所有人来说，那都是很愉快的一天，我们奇迹般地感觉到自在、融洽。最后，太阳渐渐西沉，我要把几个女孩送回家。斯特凡诺去前台付账时，发现安东尼奥已经付过了，他觉得很懊恼，非常热烈地对安东尼奥表示感谢。斯特凡诺和莉拉开敞篷车刚离开，在路上我就开始数落安东尼奥，他妈妈梅丽娜和妹妹艾达在打扫楼梯，他在汽车修理店也挣不了几个钱。

“你为什么会付钱？”我非常生气地用方言喊道。

“因为我和你更漂亮，更阔绰！”他回答说。

- 50 -

我不知不觉对安东尼奥产生了感情。我们之间的性游戏越来越大胆，越来越享受。我想着下次莉拉来“海滨花园”时，我要问她，当她和斯特凡诺单独开车远去时会发生什么事情。他们会不会做我和安东尼奥做的事情？或者要更加大胆，做索拉拉兄弟提到的那些事情？这种事情我不能和别人说，只能和她交流，但我没机会问她那些问题，因为她没有再来“海滨花园”。

八月十五日圣母升天节之后，我的工作结束了，享受大海和阳光的欢乐也结束了。文具店老板娘对我非常满意，我把她的三个女儿都照顾得很好。尽管我再三交代，让她们不要把安东尼奥的事情说出去，但她们还是告诉母亲，有时候会有一个小伙子和她们一起跳水。文具店老板娘非但没奚落我，还拥抱了我，对我说：“真不错，你也应该放开一点，对于你这个年纪，你也太保守了，太懂事了。”最后，她有点鄙夷地说：“你想想莉娜·赛鲁罗每天都在干什么。”

晚上，在池塘边上，我对安东尼奥说：

“事情一直都是这样，从我们很小的时候起，所有人都觉得：她是一个坏女孩，我是个好女孩。”

他吻了我，有点讽刺地说：

“你为什么这么说，难道这不是真的吗？”

他的回答让我心软了，我没有办法张口说我们不得不分手的事情。这个决定，对于我来说非常紧迫，我们有感情，但不是爱情，我爱尼诺，我知道自己会一直爱着尼诺。我已经准备好了要对安东尼奥说的一番话，我要心平气和地对他说：“跟他在一起的那段时间非常美好，他帮助我度过了一段我非常低落的时光，但现在开学了，今年我增添了很多新课程，是非常艰难的一年，我要非常努力地学习，我觉得非常遗憾，但我们必须分开。”每天下午我去池塘的时候，都感觉这番话都要脱口而出，但他对我那么深情款款，那么充满激情，我缺乏勇气，所以一直迟迟没说出口。八月十五我没有开口，过了八月十五，快到月底了。我心想：对一个人只是有一些感情，不是爱情，在这种情况下，不能接吻、抚摸人家，或者任其抚摸。莉拉很爱斯特凡诺，我并不爱安东尼奥。

过了一段时间，我一直没有找到合适的时机和他交谈。他很担忧，因为天热时，梅丽娜的病情一般会恶化，在八月下旬，这种恶化会很明显。她又想起萨拉托雷——她称之为多纳托——她说她看到多纳托了，说他回来接她了，几个孩子都没办法让她平静下来。这件事让我也很忧愁，假如萨拉托雷真的出现在城区的街道上，那他也是来找我的，而不是找梅丽娜。夜里，我有时候会忽然惊醒，感觉他好像从窗子爬了进来，待在我的房间里。最后，我平静下来，心想他可能正在巴拉诺、在玛隆蒂海滩度假呢，而不是在这里，这里天气那么热，到处都是苍蝇和灰尘。

但有天早上，我出去买东西的时候，听到有人在叫我，我转过身去。当时我一下子没认出他来，后来我定睛一看，看到了他黑色的胡子，被太阳晒得黝黑、线条俊朗的脸庞，还有薄薄的嘴唇。我后退了一步，他跟了上来。他说那个夏天在巴拉诺、在内拉的家里没有找到我，他很难过。他说他一直想着我，没有我他不知道怎么活下去。他说为了我们的爱情，他会写很多诗歌，他会给我读那些诗歌。他说他想见我，想无所顾忌地和我交谈，假如我拒绝他的话，他会自杀。我停了下来，一字一句地对他说：请不要再骚扰我，我已经有男朋友了，我不想再看到他。他很抓狂，低声说他会一直等我，每天正午他都会在大路隧道入口那里等我。我非常坚定地摇了摇头说："我永远都不会去那里。"他过来想吻我，我向后跳了一步，满脸憎恶。他很无奈地微笑了一下，低声说："你很出色，很敏感，我会带给你一些我最喜欢的诗。"然后转身走了。

我非常害怕，不知道该怎么办。我决定求助于安东尼奥。当天晚上，在池塘边我对他说，她母亲说得没错，多纳托·萨拉托雷是在这个城区转悠，他在路上拦住了我，让我告诉梅丽娜，他会一直等着她，每天中午他都会在隧道入口那里等她。安东尼奥的脸色变得阴沉，他低声说："我该怎么办呢？"我对他说，我会陪着他去赴约，我们一起跟萨拉托雷把话说清楚，讲一讲他母亲目前的健康状况。

整个晚上，我都担心得睡不着觉。第二天我们去了隧道。安东尼奥一声不吭，他不紧不慢地走着，我感觉到他心情沉重，他的脚步越来越慢。一方面，他非常愤怒；另一方面，他觉得非常不自在。我很生气地想：他可以为了他妹妹、为了莉拉挑战索拉拉兄弟，但现在他却变得羞怯，多纳托·萨拉托雷在他的眼里是个非常重要、充满威望的人物。我感觉到了他的羞怯，这让我更加充满决心，我真想摇撼着他，大声对他说：你没有写过书，但你要比那个男人好得多！但我只是挽着他的胳膊。

萨拉托雷远远看到我们，想马上消失在黑暗的隧道之中。我叫住了他：

"萨拉托雷先生。"

他很不情愿地转过身来。

我用尊称对他说话，在我们当时的环境中，这不是非常普遍：

"我不知道，您记不记得安东尼奥，他是梅丽娜太太的大儿子。"

萨拉托雷用一种佯装的声音，充满感情地说：

"我当然记得了。你好，安东尼奥。"

“他是我的男朋友。”

“啊！很好。”

“我们已经谈论了很久，现在让他跟您说。”

安东尼奥明白，轮到他说话了，他的脸色非常苍白，神情很紧张。他用标准意大利语很艰难地说：

“很高兴见到您，萨拉托雷先生。我无法忘记在我父亲死后，您为我家人所做的一切。我尤其感谢您，把我安排到格莱西奥先生的修车铺里，让我学会了一门手艺。”

“告诉他你母亲的事。”我很不耐烦地提醒他。

他也很心烦，示意让我闭嘴。他接着说：“但您现在不住在这个小区，您不明白现在的情况。我母亲单是听到您的名字，就会发狂。假如她再看到您，即使是只有一次，就会进疯人院的。”

萨拉托雷有些不知所措：

“安东尼奥，我的孩子，我从来都没有想过要伤害你的母亲。你也提到了，我多么关心你们。实际上，我只是想帮助她，还有你们全家。”

“那么，假如您要继续帮助她的话，就不要再找她了，不要给她寄书，不要让她在这个城区看到你。”

“这一点，你不能要求我。你不能阻止我见到我眷恋的地方。”萨拉托雷用一种灼热的声音说，还带有一丝假惺惺的感动。

那种语气让我很愤怒，我熟悉那种语气——在巴拉诺的时候，在玛隆蒂海滩的沙滩上，他经常运用那种语气，那是一种柔和、黏糊糊的语气。他觉得自己是一个有深度的男人，已经写了一本诗歌，在报纸上发表文章，他觉得自己该用那种语气。我正要插嘴，但让我惊异的是，安东尼奥抢先说了。他耸着肩膀，缩着脑袋，伸出一只手，用他有力的手指推了一下多纳托·萨拉托雷的胸口，用方言说：

“我不会阻止您。但我向您保证，假如您让我母亲失去她仅存的理性，我会让您永远也不想再看到这个狗屎地方！”

萨拉托雷变得非常苍白。

“好的，”他很匆忙地说，“我明白了，谢谢。”

他转身朝火车站方向快步走去。

我挽住了安东尼奥的胳膊，为他做出的努力感到骄傲，但我发现他在颤抖。我想——也许是我第一次想到，从小到大，先是他父亲的死，接着是工作，还有他母亲的崩溃之后落到他肩膀上的责任。我满怀爱意地把他拉走了，我给自己定了另一个期限——在莉拉结婚之后，我要和他分手，我对自己说。

- 51 -

那场婚礼让整个小区的人都记忆犹新。婚礼的筹备和“赛鲁罗”鞋漫长、细致、充满争执的诞生交织在一起，好像因为不同的缘故，这两件事情一直都很难完成。除此之外，这场婚礼对于鞋铺影响很大，费尔南多和里诺为赶制那些新鞋一直在埋头苦干，到那时为止，他们还没有任何经济收益。另外，他们还要忙于其他无数零碎的工作，那些可以马上收益的工作，因为他们急需钱用。他们要筹到一笔数目可观的钱，给莉拉准备嫁妆，此外还需要承担婚宴的费用。他们想尽一切办法，不想在这时候表现得过于寒酸，结果是好几个月里赛鲁罗家的气氛都很紧张。农齐亚日日夜夜都在绣床单，费尔南多一直在抱怨，唉声叹气，充满懊悔，说自己之前的时光是多么幸福，在他的小铺子里，他就是国王，嘴上叼着别针，不慌不忙地上胶、缝线，用榔头敲打。

唯一幸福的是那对新人。他们之间只有两次小小的摩擦，第一次是关于他们未来的房子。斯特凡诺想在新小区买一套房子，莉拉更喜欢老楼里的房子。他们商量了一下，老城区的房子很大，但采光不好，视野也不好，这个城区的大部分房子都那样。新小区的房子小一点，但房子里有一个很大的浴缸，就像“棕榄”牌卫浴广告上面的一样，而且还有净身池，窗子对着维苏威火山。其实远远看去，在云雾缭绕的天空下，维苏威火山也只是一个黯淡的影子，距离房子两百米不到的地方，亮锃锃的铁轨上，火车来来往往。斯特凡诺着迷于新小区，房子里有光洁的地板，还有洁白的墙壁，莉拉很快做出了让步。不说其他了，她不到十七岁就会拥有一套自己的房子，水龙头会流出热水，房子不是租的，而是买的。第二次摩擦，缘起是关于蜜月旅行，斯特凡诺建议去威尼斯旅行，莉拉提出了一个她喜欢的路线，这对她后来的人生产生了重要影响，她从来不愿远离那不勒斯。她提出去伊斯基亚岛、卡普里岛逛逛，说阿玛尔菲海岸也可以，那都是她从来没去过的地方，她的未婚夫马上就答应了。

其他都是些很小的问题，都是因为两人的家庭出身不同造成的。比如说，斯特凡诺去赛鲁罗家的作坊之后，结果总是这样：当他再见到莉拉时，会数落费尔南多和里诺几句，有时候话有些重，她会觉得难受、会袒护他们。他会无奈地摇摇头，他开始觉得在鞋子上投的钱过于多，那时还看不到回报。夏天快过去时，他和赛鲁罗父子的矛盾激化了，他给赛鲁罗父子还有几个学徒设了一个最后期限，说在十一月之前他要看到最初的结果，至少要看到冬天的鞋款，男款和女款都要在圣诞节前摆在橱窗里。最后，他自己也很烦躁，在莉拉面前忍不住会说里诺只会要钱，却没想着干活。莉拉捍卫哥哥，结果斯特凡诺反驳了她，最后莉拉发火了，斯特凡诺又马上做出让步。他把最初做的那双鞋子拿出来，那双他买来后从未穿过的鞋子，那是他们的爱情故事中一个非常珍贵的信物。他抚摸着那双鞋子，用鼻子嗅着，非常感动地说，通过这双鞋子他能感觉到，能看到莉拉那双小姑娘的手和她哥哥一起劳作的情景。那时候，他们站在老房子的天台上，就是他们和索拉拉兄弟比赛放烟花的地方。他拉过她的手，一根手指一根手指地吻着，他说他再也不会允许这双手再干粗活。

把斯特凡诺示爱的一幕讲给我听时，莉拉很愉快，这些是她带我到他们新家参观时对我说的。那套房子真的很棒：瓷砖地板熠熠生辉，浴缸可以洗泡泡浴，餐厅和卧室都放着木雕家具，甚至还有冰箱和电话。我很激动地记下了她的电话号码。我们都出生和生长在很小的房子里，没有自己的房间，甚至没有学习的地方。我到现在还生活在自己出生的小房子里，而她却不是这样。我们来到了阳台上，阳台对着铁路和维苏威火山。我小心翼翼地问她：

“你会和斯特凡诺单独来这里吗？”

“有时候会。”

“会发生什么事儿？”

她看着我，就好像不明白我的话。

“你说的是什么意思？”

我觉得有些尴尬。

“你们接吻吗？”

“有时候会。”

“然后呢？”

“没有然后，我们还没结婚呢。”

我觉得有些混乱：他们享受了那么多自由，但其实什么也没有发生，这怎么可能？整个小区有很多关于她流言蜚语，还有索拉拉兄弟披露的猥亵事，但他们只是接过吻？

“他不要求你吗？”

“为什么呢，安东尼奥要求你了？”

“是的。”

“他不要求我。我们说好了，首先得结婚。”

我的提问让她觉得很意外，像她的回答让我觉得意外一样。因此她什么都没给斯特凡诺，尽管他们单独开车出去，尽管他们马上就要结婚、已经有一套装修好的房子了，他们床上的床垫还没有拆封。而我呢，结婚的事提都没提过，而我的体验早已经不只是接吻了。她问我——纯粹是出于好奇——我有没有给安东尼奥他要的东西，我不好意思告诉她事实，就说没有。对于这个回答，她看起来好像很高兴。

- 52 -

我在池塘边的约会变得不再那么频繁，因为快开学了。我要上课，做作业，我确信莉拉会把我排除在婚礼准备工作之外，她已经习惯开学后我会消失一段时间。但这次却不同，莉拉和皮诺奇娅之间的关系更加紧张了，不仅仅是衣服、帽子、丝巾或者首饰的问题了。有一次，皮诺奇娅当着莉拉的面，非常明确地对她哥哥说，他未来的妻子要在肉食店里工作，如果不能马上开始，那就在蜜月旅行之后开始，她应该和全家人一样干活，就像阿方索那样，每次学校一放假阿方索都会在店里帮忙。假如他未婚妻不工作，那她也不工作了。皮诺奇娅的母亲这次公然支持自己的女儿。

莉拉眼睛都没眨一下，说她马上开始工作都行，卡拉奇家人要她干什么，她第二天就可以开始干。这个回答就像莉拉之前的说话方式，尽管她努力采用温和平静的语气，但还是透露出一种不容侵犯和对挑衅者的鄙夷，这更加激怒了皮诺奇娅。很明显，在那对母女俩眼里，鞋匠的女儿是个妖精，来她们家里做主子，赚钱的事她不会动一根手指，但花钱却如流水，她让家里的男人鬼迷心窍，让他对自己血脉相连的家人——他的亲妹妹，甚至母亲做出不公正的事情。

斯特凡诺还是之前的态度，没有马上做出回答，他等着妹妹发泄完了，最后就好像莉拉的问题，还有她在这个小小的家庭企业中的角色问题从来没有出现过。他平静地说，与其让皮诺奇娅在肉食店工作，还不如帮他未婚妻筹备婚礼。

“这里不再需要我了吗？”妹妹马上问。

“不需要了。从明天开始，我让梅丽娜的女儿艾达来接替你的工作。”

“是她建议的吧？”皮诺奇娅指着莉拉大声问。

“那不关你的事。”

“你听到了吗？妈，你听到他说什么了吗？他觉得自己是这里的主人，唯一的主人！”

接下来是一阵让人无法忍受的沉默，最后玛丽亚从收银台后的凳子上站起来，对儿子说：“你也找人顶替我的位子吧，我累了，不想再辛苦工作了。”

这时候，斯特凡诺做出了让步，他慢慢说：

“我们静一静，我不是主人。事实上，这家肉食店不是我一个人的事儿，而是牵扯到我们所有人，我们需要做个决定。皮诺奇娅，你需要工作吗？不需要。妈妈，您需要每天都坐在收银台后面吗？不需要。那我们就让那些需要工作的人来干。在柜台那里，我让艾达来做，收银台那里，我要想想。要不然，谁来准备婚礼的事情呢？”

我不是很清楚，也不是很确信，把皮诺奇娅和她母亲从肉食店的日常工作中排挤出去，还有招聘艾达的背后，莉拉有没有插手（艾达对此非常确信，安东尼奥也很确信，他提到莉拉时就好像她是一个好心的仙女）。我可以肯定的是，莉拉的小姑子和婆婆现在有大量时间可以投身于她的婚礼，这并不是一件让她愉快的事情。这两个女人让她的生活更加复杂，每件细小的事情都会造成矛盾：邀请的宾客、教堂装修、摄影师、乐队、接待餐厅、菜单、蛋糕、喜糖、戒指，甚至是蜜月旅行——皮诺奇娅和玛丽亚认为去索伦托、波西塔诺、伊斯基亚和卡普里岛太近了。

就这样，我忽然就被扯进了这种复杂的关系中，表面上是给莉拉提一些建议，实际上是帮助她进行一场艰难的斗争。

我刚开学，有很多很难的新课程要学。我采用通常那种埋头苦学的方式，这让我精疲力竭，我一直都很顽强地坚持着。然而我一从学校回去，我的朋友就会提出一些让我很为难的要求：

“拜托了，莱农，明天你来给我当参谋好吗？”

我都不知道她说的是什么事。上化学课时，我被老师提问了，我回答得不怎么样，心里正难受着。

“当什么参谋？”

“选婚纱。求求你了，别拒绝我，因为你不来的话，我可能会杀了我的小姑子还有婆婆。”

我最后去了。我站在莉拉那边，这让皮诺奇娅和玛丽亚很不自在。婚纱店在雷蒂费洛区，我记得我还往包里塞了几本书，希望有机会看一眼，但根本就没可能。从下午四点到晚上七点，我们看了很多图样，抚摸那些布料，莉拉试穿了展示在橱窗里模特身上的婚纱，那些衣服加增了她的美貌。她穿透明硬纱很美，穿着软缎子，或者绢网婚纱也很美；身子是蕾丝的，袖子是皱泡的样式，她穿着很合身；无论是宽裙摆，还是窄裙摆在她身上都很好看；无论是长拖裾还是短拖裾她穿都很合身；波纹面纱，还有那种简洁的面纱，戴在她头上同样漂亮；头上的花冠，那种带珍珠的、橙子花的，或者是镶彩色玻璃的，她戴着同样好看。另外，她还很听话，她仔细地看着那些图样，试穿模特身上那些看起来很好看的婚纱。但有时候，她实在受不了两个未来的家人过分挑剔的态度。有一次，莉拉开始反抗，她盯着我的眼睛，用嘲讽的语气说：“我们试一试绿色缎子，或者红色硬纱，要么试试这件漂亮的黑色绢网，或者黄色的？”这让她的小姑子和婆婆很惊恐。我笑了一下，想告诉她们新娘是在开玩笑。最后她们又开始面带怨恨，仔细地研究起婚纱的面料和样式来。裁缝在一边一直兴高采烈地说：“拜托了，无论你们选什么，都要给我带来一张你们结婚的照片，我要展示在橱窗里，这样我就可以说：这个姑娘的婚纱是我做的。”

问题是要选出一件婚纱。莉拉每次倾向于一个式样、一种布料，皮诺奇娅和玛丽亚会联合起来，提议另一个样式、另一种布料更好。我一直默不作声，一方面是因为她们的讨论让我晕头转向；另一方面，那些新布料的味道也熏得我头晕。最后，莉拉皱着眉头问我：

“你怎么看？莱农。”

大家都不说话了。我马上惊异地感觉到，那两个女人在等着这个时刻，那是她们害怕的时刻。我把我从学校学到的修辞技艺运用到了这里，办法就是：每一次当你不知道怎么回答问题时，你要在前言部分长篇大论，要用一种非常确信的声音分析问题，就好像自己知道结论一样。我开始说——用意大利语——我非常喜欢皮诺奇娅和她母亲选中的款式，我没有直接赞美那些款式有多美，只是分析那些款式多么适合莉拉的身材。在我陈述这些时，就好像在课堂上对着老师说话，我感觉母女二人开始对我充满好感和认可。我随便选了一个款式，真的是很随便地拿了一件，但避免拿到莉拉看中的款式。然后，我很简单地向她们展示，我手上拿的这个款式，既有母女俩选中的那些款式的优点，也有我的朋友莉拉看中的款式的优点。这时候，裁缝和那对母女俩都赞同我的看法，莉拉只是眯着眼睛，看了我一眼，然后又恢复到之前的神情，说她也同意我的看法。

从婚纱店里出来，皮诺奇娅和玛丽亚心情都很好，她们言谈中几乎对莉拉充满感情。她们评论买到的婚纱，不断提到我说的话，比如说，“就像莱农奇娅说的”，或者是，“莱农奇娅也是这么说的”。莉拉磨蹭了一下，走在了她们后面，在雷蒂费洛区夜晚出来的人群里，她问我：

“你是在学校学的吧？”

“什么？”

“用语言捉弄人。”

我觉得很伤心，就低声说：

“你不喜欢我们选中的款式吗？”

“我非常喜欢。”

“然后呢？”

“你要帮我个忙，每次我叫你的时候，你要和我们一起出去。”

我很生气，就说：

“你想利用我捉弄别人吗？”

她明白我生气了，紧紧地握住了我的手说：

“我不该说刚才那句话。我只是想说，你很擅长招人喜爱，这就是我们俩从小的差别。人们都很害怕我，却不害怕你。”

“可能是因为你很坏。”我更加生气地说。

“有可能。”她回答说，我感到自己伤害了她，就像她伤害了我一样。我马上后悔了，说了一句挽救的话：

“为了你，安东尼奥都肯舍命，他说感谢你帮他妹妹谋到职位。”

“是斯特凡诺给艾达安排的工作，”她回答说，“我是个坏人。”

- 53 -

从那时起，我总是被叫去加入类似这样的棘手选择。我发现，叫我去的不是莉拉，而是皮诺奇娅和她母亲。实际上，是我选的喜糖，是我选的贺拉斯路上的餐厅和摄影师，我还说服她们在照相环节之外增加一段录像。无论在哪种情况下，我都意识到，对于其中任何一件事，我都充满激情，就好像我做的这些事都是为我以后结婚积累经验。在结婚这件事上，莉拉用的心思很少，这让我非常惊异，但事情的确如此。她最专注的事情是：一次性确立她未来的生活，她想作为一个妻子和母亲生活在自己家里，让小姑子和婆婆插不上嘴。但那不是通常的那种婆婆、媳妇和小姑的矛盾。我有一种感觉，她通过利用我、通过对斯特凡诺的操纵，试图在她所处的牢笼内寻找一条出路，但那时候还没有找到。

很自然，我用整个下午的时间来解决她们的问题。我学习的时间变得很少，有两次甚至没去学校，结果是我第一个学期的成绩不怎么样。我的拉丁语和希腊语老师是备受崇敬的加利亚尼老师，她对我珍爱有加。我的哲学、化学和数学成绩都勉强及格。有天早上，我还卷入了一场麻烦：我们的宗教老师一直猛烈地攻击意大利共产党，批评无神主义，我感觉有必要做出回应。我不知道，这是不是出于对帕斯卡莱的情感，因为他一直申明自己是共产党，或者是我感觉到神父说的那些关于共产党的罪恶都和我相关，他的箭头还对准了加利亚尼老师——一个典型的共产党。

这时候我举起了手，我说自己上过一期函授神学课，很明显人类还处于一种盲目和随遇而安的状态中，他们把自己托付给上帝、耶稣，或者圣灵——最后这个存在根本是多余的，只是为了构成三位一体，圣灵反倒要比圣父、圣子更高一等——就相当于整个城市被地狱之火燃烧时，我们还在收集和崇拜画像。阿方索马上意识到我说得太多了，他很羞怯地拉了一下我的罩衫，我没管他，要把话说完，一直说到最后的总结。就这样，我第一次被老师赶出了教室，在课堂表现的记录本上，我被记了一笔。

我来到走廊上，刚开始我觉得很迷惘：发生了什么？为什么我要表现得那么冒失？从哪里来的绝对信念，让我确信我说的都是对的，值得一说？最后，我想起来这番话我和莉拉说过，我意识到自己闯了这样的祸，是因为我觉得她的观点很权威，能给予我足够的力量来挑战宗教老师。莉拉不再看书、不再学习，她正要成为肉食店老板的妻子，可能很快就会替代斯特凡诺的母亲，坐在收银台后面。而我呢？我从她身上获取了能量，想出了这样一个意象：把宗教描述成一系列人物图像的收藏，而整个城市都被地狱之火焚烧？因此，学校是我一个人的事情，已经远离了她的影响，这不是真的！我在教室门口，想着这些，默默地流着眼泪。

事情忽然发生了变化，尼诺·萨拉托雷出现在走廊尽头。在城区遇到他父亲之后，我更加表现得好像他不存在一样，但在这紧急关头遇到他，我又振奋起来，急忙擦干眼泪。他应该发现了我的异样，就朝着我走来。他更高了，喉结很突兀，脸上棱角分明，已经开始长出细细的胡须，他的目光更加坚定。这次我没办法躲开他了，我不能进教室，也不能走向厕所，这两种做法都会使我的处境更加复杂——如果宗教老师探出头来检查的话。我只能待在那里，他在我面前停下，问我为什么会在外面、发生了什么。我告诉了他原委，他眉头皱了起来，对我说："我很快回来。"几分钟后，他就和加利亚尼老师一起出现了。

加利亚尼老师表扬了我。"但现在，"她这么说时，就好像在对我和尼诺上课，"在进攻之后，我们需要进行补救。"她敲了敲我上课的教室门，进去之后关上门，五分钟之后，她满脸笑容地出现了。我可以进教室了，条件是我要向老师道歉，因为我当时说话的语气太专横了。向老师道歉时，我心里有些悲喜交加：一方面很忐忑，因为宗教老师可能会再惩罚我；另一方面我觉得很骄傲，因为尼诺和加利亚尼老师在支持我。

我很小心，没有把发生的事情告诉我父母，但我把这件事一五一十地告诉了安东尼奥，他很骄傲地把这件事告诉了帕斯卡莱。有天早上，帕斯卡莱遇到了莉拉——他依然深爱着她，当时他无法抑制自己的激情，不知道该对她说些什么，就像救命的稻草一样抓住我的事情对莉拉讲了。就这样，一眨眼的工夫，我成了朋友中间的英雄，不仅仅是我周围少数几个朋友，还包括一群斗志昂扬的老师和学生，他们联合起来，反对宗教老师的说教。这时候我意识到，对神父道歉还不够，我要从他身上，以及其他和他看法一样的老师那里获得信任。我把自己说的话和我这个人毫不费力地分开了：我对那些对我充满敌意的老师表现出合作、尊敬、勤恳和乐于效劳的态度，他们很快就原谅了我那些奇怪的观点，认为我是一位可造之才。这样，我发现我能和加利亚尼老师一样坦然：我能坚定地表达自己的观点，同时通过无可非议的做法获取所有人的尊敬。在短短几天里，我觉得我和尼诺·萨拉托雷——他当时已经上高中五年级[①]了，那年要参加毕业考试——一起成为了这所破烂高中的两个最有前途的学生。

事情并没有就此结束。几个星期之后，尼诺见到我，他开门见山，用他特有的阴郁语气让我尽快写半页材料，简述一下我和神父之间的冲突。

“干什么用呢？”

他对我说，他正在编辑一本叫《那不勒斯：穷人的旅馆》的小杂志。他在编辑部里谈到了这件事，几个编辑对他说，如果能写一段简述，那他们可以试着编入下期的杂志。他给我看了一眼那本杂志，那是一本大约五十多页的小册子，封面是暗灰色的，目录里有他的名字，还有他的一篇文章，标题是《悲惨的数据》。这时候，我想到了他父亲在玛隆蒂海滩上带着那种心满意足、得意洋洋的神情，朗读那篇刊登在报纸上的文章时的情景。

---

① 意大利文科高中五年。

“你也写诗吗？”我问他。

他满脸鄙夷地否认了。我马上答应了他：

“好吧，我试试。”

我非常激动地回到家里，感觉脑海里全是要写的句子，在路上，我很详细地对阿方索说了我的想法。他为我感到不安，再三叮嘱我什么也别写。

“他们会写上你的名字吗？”

“是的。”

“莱农，神父会生气的，会让你考试不及格的，他会让化学老师和数学老师和他站在同一条战线上。”

他的焦虑传染到我身上，我失去了信心。但我们一分开，我一想到我的小文章很快就会出现在一份杂志上，印着我的名字，我可以向莉拉、我父母，还有奥利维耶罗老师和费拉罗老师展示，我还是决定把文章写出来，写完后我会进行弥补。对于我来说，能获得那些我欣赏的人（加利亚尼老师、尼诺）的掌声，这真让人振奋。我要和他们联合起来，反对那些落伍的人（神父、化学老师和数学老师），但在对手的眼里，我也要好好表现，来获取他们的欣赏和尊重。我要在文章发表之后，再一次进行弥补。

整个下午，我都在写那篇文章。我找到了一些非常简洁、充满内涵的句子，尽量表明自己的立场，说得有理有据、充满尊严，还用了很多很生僻的词汇。我写道：“假如上帝无所不在，那他为什么还需要通过圣灵来传播呢？”但半页纸很快就写满了，我只写完引言部分，其他内容怎么办呢？我又重新写，放慢节奏，从最基本的东西写起，埋头尝试了几遍，最后的结果基本令人满意。我就去预习第二天的课程了。

但不到半个小时，我又产生了一些怀疑，我感觉自己需要别人的肯定，谁能帮我看看我写的文章，并提出自己的看法呢？我母亲？我的几个弟弟？安东尼奥？他们当然不行，唯一的人选是莉拉。但是，我去找她就意味着承认她的权威，实际上，我现在才是那个有学问的人。

开始，我很不情愿去找她。我害怕她看到我写的那半页纸，短短几句就把我打发了。我更害怕的是，她的只言片语就会改变我的想法，使我的思想走极端，打破我写的那半页纸里的平衡。最后，我还是跑去找她，希望能找到她。她在她父母的家里，我跟她说了尼诺的事情，把笔记本递给了她。

她很不情愿地看着那页纸，就好像上面的文字会伤到她的眼睛。像阿方索一样，她问我：

“他们会写上你的名字吗？”

我点了点头。

“写上埃莱娜·格雷科？”

“是的。”

她把笔记本递给我。

“我没办法对你说是好，还是不好。”

“求求你了。”

“别这样，我没这能力。”

我不得不再三坚持。我对她说——尽管我心里清楚这不是实话——我说，假如她不喜欢，假如她拒绝读这篇文章，我不会把它交给尼诺付印的。

最后，她读了那篇文章，她读的时候全神贯注，就好像背了一个很沉重的包袱。我感觉她在做一个痛苦的努力，想把内心深处以前的那个莉拉解放出来——把那个读书、写东西、绘画、做设计、反应敏捷的莉拉解放出来。看完整篇文章，她好像放松下来了。

“我可以删节吗？”

“当然可以。”

她删去了很多词汇，还有整个一句话。

“我可以移动句子的位置吗？”

“可以。”

她把一个句子圈了起来，用一道曲线，移到了那页纸的最上方。

“我能把这篇文章重新抄在一张纸上吗？”

“我自己抄吧。”

“还是我来吧。”

她写了一会儿，最后把笔记本还给我说：

“你非常厉害，难怪他们都给你十分。”

我感觉到她的语气里没有讽刺，那是一句真诚的恭维。最后她的语气变得生硬，说：

“我再也不想看到你写的任何东西。”

“为什么？”

她想了想。

“因为会让我头疼。”她用手指敲了敲脑袋，笑了起来。

- 54 -

我高高兴兴回到家里，为了不打搅家里其他人，我把自己关在洗手间里，一直学习到凌晨三点才去睡觉。早上六点半，我硬撑着起来抄写那篇文章，我先看了一遍莉拉漂亮的圆体字，那是她在小学时就已经定型的，她的字体和我非常不一样，我的字体已经更简洁、更小了。那页纸上的句子真的都是我写的，但更加清晰——删掉的部分、句子位置的改变，还有补充的地方，让我的表达更加有效。她的笔迹给我一种感觉：就好像我从自己身上逃开了，现在奔跑在自己前面一百米的地方，充满了能量，非常和谐，是落在后面的那个我所不具有的力量和协调。

我决定保留莉拉的笔迹，不再自己抄写。我把那篇文章带给了尼诺，就是想在我的语言中保留她的笔迹，一种可见的痕迹。他在看那篇文章时，眼睛眨了好几次。最后，他带着一丝忧伤说：

"加利亚尼老师说得对。"

"她说什么？"

"你写东西比我写得好。"

我很尴尬，说那不是真的，他又把那句话重复了一遍，然后转身走了，连招呼都没有打。他甚至没有告诉我，杂志什么时候出来，怎样才能获得那份杂志，我也没有勇气问他。他的态度让我很厌恶，加上他离开时，我从他远去的身影中看到他父亲走路的样子。

我们这次见面就这样收场了，我们又一次都错了。尼诺有好几天对我都很排斥，就好像我的文章比他写的好是一种错、一种罪过。我觉得很生气，但有一天，他忽然出现在我面前：有血有肉，真的是他。他问我能不能和他一起走走，我冷冰冰地说，我有事，我男朋友会来接我。

有一段时间，他以为我的男朋友是阿方索，但这种可能被排除了，因为有一天放学时，他妹妹玛丽莎出现了，她好像来告诉尼诺一件什么事。自从在伊斯基亚岛会面之后，我们已经有很长时间没有见面了。她马上跑了过来，对我表现得非常亲切。她说很遗憾夏天我没再去巴拉诺。那时候我和阿方索走在一起，我就给她介绍了一下。她哥哥已经走了，她坚持要和我们走一段路，她先是对我们讲了她遭受的爱的痛苦。最后，她发现我和阿方索并不是男女朋友，就不再和我说话，而是用她惯有的方式，开始和阿方索亲密地交谈了起来。我确信她回家之后就告诉她哥哥，我和阿方索之间没有什么，因为在第二天，尼诺又开始围着我转，但我看到他就觉得很心烦。尽管他很讨厌自己的父亲，但他还是像他父亲一样昏庸吗？他以为其他人都迫不及待地想见他、爱着他吗？他那么自负，以至于无法容忍别人比他强？

我让安东尼奥来学校接我，他马上就按照我的要求来了，一方面他很迷惑，另一方面又很感激我能让他来。最让他惊讶的是：我当着所有人的面拉住了他的手，和他十指交缠。我一直拒绝那样和他走在一起，无论是在城区里面还是在外面，因为这让我感觉到我还是个孩子，在和我父亲一起散步。那次，我就是这么做的，我知道尼诺看到了我们。我想让他知道我是谁：我的文章比他写得好，我会在他发表文章的地方发表自己的文章，我在学校学习很好，比他还好，我还有一个男人，这就是我的男人，因此我不会像一只忠诚的小狗一样，跟在他屁股后面。

- 55 -

我让安东尼奥陪我去参加莉拉的婚礼，我让他一直陪着我，要他和我说话，和我跳舞。我非常害怕那一天的到来，感到一种彻底的撕裂，我希望有人一直支撑着我。

这样的要求应该让他觉得很为难。莉拉给所有人都发了邀请，整个小区所有的妈妈和奶奶都在缝制新衣服，购置帽子和小包，四处物色结婚礼物。我知道他们都在买杯子、盘子和刀叉。他们那么费劲，并不是为了莉拉，而是因为斯特凡诺，他是一个好心的小伙子，允许人们在月底结账。还有，对所有人来说，婚礼都是一个不能丢脸的地方，尤其是对于那些没有男朋友的姑娘，这是一个机会，她们可以在婚礼上物色一个男朋友，安置自己，在几年之内把自己嫁出去。

因为上面说的这些缘故，我想让安东尼奥一直陪着我。我没有任何意图对外正式宣布我们的关系——我们都很小心，一直都对外保密，但我想表现得迷人一些，这样可以抑制我的焦虑。我想在那种情况下表现得规矩、安静，戴着我的眼镜，穿着我母亲给我缝制的简单衣服和旧鞋子。我应该这么想：我拥有一个十六岁女孩子该拥有的一切，我不需要任何东西、任何人。

但安东尼奥的理解并不是这样，他爱我，他认为我是他遇到的最大幸福。他经常大声问我，表面上看起来是想逗乐，实际上声音里带着一丝不安和紧张，他问我为什么会选择他，他说自己很笨，连话都说不清楚。实际上，他迫不及待地想去我家里，向我父母公开我们之间的关系，所以我的这个要求让他认为：我决定和他走出这种地下关系。他借钱做了一套衣服，更不用说买礼物也需要钱，还要给艾达和几个弟弟妹妹买衣服，梅丽娜也要穿得体面。

我一点都没有察觉到这些，我还是一直埋头学习，有时候会在莉拉、她小姑子和她婆婆之间出现麻烦时去救急。我想着自己的小文章发表在杂志上的情景，内心充满着期待，夹杂着甜美和不安。在内心深处，我觉得自己的名字——埃莱娜·格雷科印到杂志上时，自己才算真正活过，我对别的事都漫不经心，一直期待着文章出版的那一天。我并没让安东尼奥注意到这一点，他现在想着他参加婚礼的衣服，他想要添一双“赛鲁罗”牌鞋子。他时不时会问我：“你知不知道，鞋子做得怎么样了？”我回答他说：“你问问里诺吧，莉娜什么都不知道。”

事情的确如此。赛鲁罗父子在十一月让斯特凡诺去店里看鞋子，根本就没有考虑过先让莉拉看看，尽管莉拉当时还住在家里。斯特凡诺特意带着未婚妻和妹妹皮诺奇娅去看了，他们三个人穿的就像刚从电视屏幕里出来一样。莉拉对我说，她试了那些鞋子，看到她前些年设计的鞋子做成了实物，觉得异常激动，就好像真有一位仙女实现了她的梦想，那些鞋子就是她之前想象的样子。皮诺奇娅也目瞪口呆，她试了试一双喜欢的款式，对里诺说了很多恭维话，让他觉得自己是一位真正的能工巧匠，能做出那么轻盈结实、线条漂亮的鞋子。唯一一个表现出不悦的人是斯特凡诺。

他打断了莉拉对哥哥、父亲以及几个学徒的热情恭维，他让皮诺奇娅闭嘴——皮诺奇娅正在用甜蜜的声音恭维里诺，她抬起了一只脚的脚踝，向他展示那只鞋子是多么合脚。斯特凡诺开始逐一按照款式批评那些鞋子和图纸的出入。他尤其针对那双男鞋，说当时里诺和莉拉瞒着费尔南多偷偷做出来的那双鞋和父子俩后来做出来的不一样。“这道边是怎么回事儿？这些针脚呢？这个金色扣子又是怎么回事儿？”他很不客气地问。尽管费尔南多有理有据地说明了那些修改的原因，说这是为了掩盖设计中出现的问题，但斯特凡诺还是毫不让步，说他投了那么多钱，并不是为了随便得到一双鞋子，他要和莉拉设计的鞋一模一样的款式。

气氛非常僵。莉拉的态度很柔和，她马上站在了父亲的一边。她对未婚夫说，不要管之前的图纸了，她的设计只是小姑娘的奇思异想，而且那些改变不是很明显，但非常有必要。里诺却站在斯特凡诺那边，所以他们一直在争论，直到最后费尔南多筋疲力尽。他坐在一个角落里，看着墙上的图纸说：

“如果你在圣诞节前要这些鞋子，那就只能这样了。如果你要和我女儿设计的一模一样的鞋子，你找别人去做吧。”

这时候，斯特凡诺做出了让步，里诺也退了一步。圣诞节的时候，那些鞋子出现在了铺子的橱窗里，橱窗上用棉絮做成彗星装饰。我经过那里，看到那些鞋子非常优雅精美，做工很好，看到这些鞋子，就让人有一种富裕奢华的感觉。那些鞋子和铺子简陋的橱窗、外面荒凉的景色，以及铺子内部很不相称。修鞋铺里，到处都是皮革碎片、工作台、锥子、鞋模，那些装鞋子的盒子一直堆积到天花板，等着顾客来买。尽管费尔南多对那些鞋子做了修改，但那只是我们天真的梦想，并没有考虑到这个城区的现实。

实际上，一直到圣诞节，那些鞋一双都没有卖出去。只有安东尼奥出现在店里，让里诺给他了一双四十四码的鞋，他试了试。后来，他跟我说了那双鞋子穿在脚上的感觉：非常合脚，他想象着和我一起出现在婚礼上，身上穿着新做的衣服，脚上穿着那双鞋子，但最后他没有买。

当他问那双鞋子多少钱时，里诺说了价格。他目瞪口呆地回答说：“你疯了？”里诺对他说：“你可以月供。”他笑着回答说：“那我还不如去买辆兰美达踏板摩托呢。”

- 56 -

那时候，莉拉非常专注于婚礼的筹备，她没有觉察到哥哥的变化。之前里诺很愉快，尽管干活非常辛苦，但他也爱开玩笑，现在的他变得很阴郁，睡不好觉，动不动就发火。有时候里诺发火，莉拉为了袒护哥哥，就对皮诺奇娅说：“他心情多变，一不称心就耍小性子，没有耐心，真像个孩子！”莉拉和费尔南多全然不觉得，圣诞节没有卖出去一双鞋是一种失败。最终来说，做这些鞋并没按照一个非常具体可行的计划，一切都源于斯特凡诺的一时兴起，想看到莉拉的幻想变成具体的实物。他们的产品有单鞋，也有棉鞋，一年四季的鞋子都有，这是件好事。在赛鲁罗的铺子里，白色的盒子堆积着，里面有各种款式的鞋子，只要等着冬天、春天、秋天，这些鞋子会卖出去的。

但里诺越来越不安了。圣诞节之后，里诺自己采取了行动，他跑到了大路尽头的一家积满灰尘的鞋店。尽管他知道，那家鞋店的老板和索拉拉兄弟手足相连，里诺对老板说他想在橱窗里展示几双“赛鲁罗”鞋，不用押钱，就是看看有没有人要。那个老板很客气地拒绝了他，他说那些鞋不适合他的客户群。他马上恼了，两人对骂起来，搞得整个城区的人都知道了。费尔南多对儿子发火，里诺回嘴了。莉拉又感觉到，哥哥让人心烦意乱，表现出让她害怕的破坏性力量。他们四人一起出去时，她注意到，哥哥故意让她和皮诺奇娅走在前面，他和斯特凡诺走在后面进行交谈。一般情况下，肉食店老板都会耐心地听他说。有一次，莉拉听见她未婚夫说：

“对不起，里诺。你觉得，我在作坊里投了那么多钱，那个铺子简直就像个无底洞，只是出于对你妹妹的爱？鞋子我们已经做好了，而且很漂亮，我们现在要把它们卖出去，问题是要找到合适的市场。”

那句“只是出于对你妹妹的爱”让她很不悦，但她没有理会，因为那句话对里诺起了很好的效果，他平静下来了，开始扮演起了销售专家的角色，尤其是在皮诺奇娅面前。他说需要把眼光放得高远一些，为什么很多很好的创举最后都失败了呢？为什么格莱西奥的汽车修理店放弃生产轻型摩托了呢？为什么缝纫用品店老板娘的新裁缝店只坚持了六个月呢？因为这些企业都没什么创意。“赛鲁罗”鞋很快就会走出这个破城区，会在富人的城区获得成功。

结婚的日子越来越近了。莉拉去婚纱店里试衣服，最后装点一下未来的家。她和皮诺奇娅、玛丽亚做斗争，她们母女除了干涉所有事情，也不能容忍农齐亚插手婚礼的准备。临近三月十二日，她们之间的关系变得越来越紧张，但并不是这些矛盾使双方关系产生了裂缝。当时接连发生了两件事情深深地伤害了莉拉。

二月的一个寒冷的下午，莉拉忽然问我能不能陪伴她去奥利维耶罗老师家里。她从来都没有对奥利维耶罗老师表现出一丁点兴趣和情感，也没有任何感激之情，现在她感觉有必要亲自把结婚请帖送过去。过去，我从来都没对她说过老师在提到她时的鄙夷语气。在当时的情况下，我也没办法对她提这个，加上那段时间，奥利维耶罗老师好像没那么刻薄了，她变得有些忧伤，没准她会欣然接受莉拉的邀请呢。

莉拉那天穿得非常考究，我们一起走到老师居住的楼下，距离教堂没几步远的地方。我们上楼时，我觉察到她非常不安。我已经习惯于走那段路、那些楼梯，但是她不习惯，她一句话也没有说。我摁了门铃，随后听到奥利维耶罗老师有些拖沓的脚步声。

“谁啊？”

“格雷科。”

她打开了门，肩膀上有一条紫色的披肩，她半张脸都包在围巾里。莉拉马上微笑着说：

“老师，您记不记得我？”

奥利维耶罗老师盯着她看，就好像在小学时莉拉惹她心烦时的眼神。最后，奥利维耶罗老师对着我，嘴里好像含着什么东西似的，她很艰难地说：

“这谁啊？我不认识她。”

莉拉有些慌乱，她马上用意大利语说：

“我是赛鲁罗，我是来给您送请帖的，我要结婚了。如果您能来参加我的婚礼，我会非常荣幸。”

老师对着我说：

“赛鲁罗我是认识的，但这个人我不知道她是谁。”

她当着我们的面把门关上了。

我们在楼梯平台那里待了一会儿，我拉着她的手，试图安慰她。她把手缩了回去，把那张请帖从门下面塞了进去，我们走下楼去。

一路上，她都在说市政府还有教堂的手续有多麻烦，说我父亲对她的帮助很大。

另一件让莉拉伤心的事，也许是伤她更深的事，是关于斯特凡诺和鞋子的事情。他们从开始就决定，证婚人由玛丽亚的一个亲戚来担任，这位亲戚在战后就迁到佛罗伦萨去生活了，现在经营着自己的小生意，主要是买卖一些来自不同地方的古董，尤其是金属制品。他和一个佛罗伦萨女人结了婚，说话口音都变了，因为他说话的腔调，他在家里享有一定的威望，他也是斯特凡诺的坚信礼教父。事情本来都已经定好了，但是斯特凡诺却忽然间改变了主意。

莉拉跟我说起这件事情时，开始的时候，就好像这和最近一段时间的其他烦人事一样，对于她来说，谁当证婚人都可以，她都不在意，最主要的是要做决定。但有几天，斯特凡诺一直闪烁其词，前言不搭后语，她一直不知道是谁替换了佛罗伦萨的那对夫妇。最后，距离婚礼还有一个星期的时间，她发现了真相。斯特凡诺通知她，这件事情定好了，不容更改，他没有说明理由，只告诉她证婚人是西尔维奥·索拉拉——马尔切洛和米凯莱的父亲。

在这之前，莉拉从来都没有想到过，马尔切洛·索拉拉会作为他们的远亲来参加婚礼。有几天时间，她又变回了我熟悉的那个小姑娘。她对斯特凡诺恶语相向，出口很粗俗，她说她再也不想见到他。她把自己关在父母家里，不再管任何事情，甚至不再去最后一次试婚纱，不做任何和迫在眉睫的婚礼相干的事情。

全家人都轮番去劝她，先是她母亲——农齐亚很悲痛，说她要为家里着想。然后是费尔南多，他有些结巴地说，她再也不能像一个不懂事的小女孩一样了：任何一个想要在城区立足的人，都要让西尔维奥·索拉拉当教父。最后是里诺，他非常粗暴地跟她说，说她嫁给一个商人，商人就是只认钱，索拉拉家就像一个银行，尤其是一个能把“赛鲁罗”鞋和鞋店联系起来的渠道。“你想干什么？”他眼睛里充满了血丝，对妹妹吼叫着，“你要把我、全家人，还有我们到目前为止的辛劳都毁掉吗？”之后，就连皮诺奇娅也来了，她用一种假惺惺的语气说，将来她结婚时，也会很乐意让佛罗伦萨的古董商人来做证婚人，但要好好想想，不能因为这样一件小事让婚礼泡汤、抹杀一场爱情。

就这样过了一天一夜，农齐亚待在角落里一动不动，不做家务，也不去睡觉。最后她从家里偷偷溜了出来找我，让我劝劝她女儿，说句好话。我觉得很有面子，我想了很长时间，考虑该支持谁。这涉及一场婚礼，一件非常实际的事情，非常复杂，牵扯了很多情感和利益。我很害怕，那时候虽然我可以当众批判“圣灵”，挑战宗教老师的权威，但假如我处在莉拉的位子，我绝对没有勇气让一切都泡汤。但她就可以，她有勇气那么做，尽管婚礼眼看就要举行了。怎么办呢？我感觉只要一点点力气，就可以把她推向那条路。结果会让我很满意：让莉拉再次变回那个脸色苍白的姑娘，扎着马尾辫，像猛禽一样眯着的眼睛，身上穿着几件不值钱的衣裳，让她再也没有那种气势像杰奎琳·肯尼迪一样出现在城区。

但无论是于我还是于她，我都觉得这是一种不得体的做法。我相信，为了她好，我不想让她再回到赛鲁罗家黯淡的房子里。因此我打定主意，我一次又一次，小心翼翼地说服她：“莉拉，西尔维奥·索拉拉不是马尔切洛，也不是米凯莱。你现在这样闹不好，你比我更清楚。你也知道，不是西尔维奥·索拉拉把艾达拉到车里的，也不是他在新年夜里朝我们开枪的，不是他一直赖在你家里，也不是他说了你的坏话。西尔维奥做证婚人，他会帮助里诺和斯特凡诺销售那些鞋，事情很简单，他不会对你未来的生活造成任何影响。”我把我们了解的事情统统说了一遍，我按照先后顺序先说了上一代的事情，然后是我们这一代的事，说明我们是多么不同，尤其说她和斯特凡诺是多么不同。最后这段话吸引了她，让她的态度有些松动，我说得更带劲了。她静静地听我说话，很明显，她想让我帮助她恢复平静，她慢慢平静下来了。我从她的眼睛里可以看出来，斯特凡诺的做法向她展示出了他的另一面、让她无法认清的一面，她觉得这比里诺的疯狂还要可怕。最后，她对我说：

“可能，他不是真的爱我。”

“什么他不爱你？你说什么他就做什么。”

“那是没有危及到他真正的利益。”她用一种非常鄙夷的语气谈到了斯特凡诺·卡拉奇，那是之前从来没有过的事情。

最后，她终于又出门了。她不去肉食店，也不去新房子那里，总之，她不是事先妥协的那个人。她等着斯特凡诺对她说：“谢谢你的谅解，我很爱你。你知道，有些事情我们不得不那么做。”只有在这时候，她才让斯特凡诺搂着她的肩膀，亲吻了她的脖子，但她忽然转过身去，看着他的眼睛，对他说：

“我的婚礼，绝对不能让马尔切洛·索拉拉出现。”

“我应该怎么办？”

“我不知道，但你要向我发誓。”

他叹了一口气，笑着对她说：

“好吧，莉娜，我向你发誓。”

- 57 -

三月十二日到了，春天已经来了，天气很暖和。莉拉希望我早点去她家，帮她洗澡、梳头、穿衣打扮。她把母亲打发走了，我们俩单独在一起。她坐在床边上，身上只穿着内裤和文胸。她身边放着的婚纱看起来像具女尸。在她前面，六角形木块拼接的地板上有一只铜盆，里面装满了雾气腾腾的热水。她忽然问我：

“你觉得，我是不是做错了？”

“什么事儿？”

“结婚。”

“你还在想着证婚人的事？”

“没有，我想的是我们的小学老师。她为什么不让我进她家门？”

“因为她是一个脾气古怪的老太太。”

她沉默了一会儿，盯着水盆里亮闪闪的水，然后说：

“无论发生什么事情，你都要继续学习。”

“还有两年，拿到高中毕业证我就学完了。”

“不，永远都学不完，我给你钱，你要一直学下去。”

我很不安地笑了一下，说：

“谢谢。到了一定程度，就没学可上了。”

“但你不一样，你是我的天才朋友，你应该比任何人都要厉害，无论是男生还是女生。”

她站起身，脱掉内裤和文胸说：

“帮帮我，否则要晚了。”

我从来都没看到过她全裸的样子，这让我有些难为情。现在看来，当时我的尴尬是因为自己被她完美的身体所吸引，我见证了她十六岁时的美丽，因为在几小时之后，斯特凡诺就会抚摸她、进入她、改变她，可能会让她怀孕。当时，我只感觉自己思绪纷飞，虽然不是很情愿，但我在做一件必须做的事情。在当时特定的环境下，我不能把目光投向别处，无法把手拿开，因为我担心她会觉察到我的不安。如果我打退堂鼓，那她会发现我的心绪不宁，因而打破她那平静、单纯的状态。我不能让她看出我内心的波涛汹涌，所以不得不留下来帮她洗澡。我的目光落在了她男孩子般的肩膀上，落在她坚实的乳房、窄窄的胯部、坚挺的臀部、漆黑的隐私部位、修长的双腿、线条优美的膝盖和脚踝，以及优雅的双脚上。我假装若无其事，因为一切都势在必行，在那间破旧阴暗的小房间里，四周是破烂家具，地上是溅了水渍、坑坑洼洼的旧地板，我心潮澎湃，热血沸腾。

我非常缓慢、仔细地给她洗澡。我先让她坐在水盆里，很轻柔地给她擦洗，然后让她站起来，我的耳朵里现在还回响着水滴落下的声音，我还记得当时的感觉：铜盆的手感和莉拉的皮肤给我的感觉一样，都那么光滑、坚实、平静。

我满脑子混乱的想法：拥抱她，和她一起哭泣，吻着她，拽着她的头发，一起大笑，假装很有性经验，高调地教育她，在最亲密的时候推开她。但最后，唯一一个挥之不去的想法是：在大清早，我从头到脚把她清洗干净，晚上斯特凡诺会把她彻底玷污。我想象着，她像这个时候一样，光着身子被她丈夫紧紧抱着，在他们新家的床上，火车从他们家窗户下面开过，发出铿锵的声音，他很粗暴地进入她，非常干脆，就像酒瓶的木塞子进入瓶颈一样。我忽然觉得，唯一可以对抗我感受到的，或者我可能会感受到的痛苦的办法，就是找一个非常僻静的地方，让安东尼奥在同一时刻对我做同样的事情。

我帮她擦干身体，帮她穿好内衣和婚纱。带着一种混杂着自豪和难过的心情，我想着：这婚纱是我为她选的。婚纱在她的身上变得鲜活，白色的布料包裹着她的热度，映衬着她的红唇，还有那双黑色的、炯炯有神的眼睛。最后，她穿上自己设计的鞋子，那是里诺要求她穿的，她不穿的话，她哥哥会觉得那是一种背叛。她选了一双鞋跟不是很高的鞋，这样就可以避免比斯特凡诺高出太多。她拉起了裙裾，看了一眼镜子。

“这双鞋太丑了。”她说。

“才不丑呢。”

她笑得有些僵硬。

“是很丑，你看！脑子里的梦想，现在被踩在了脚下。”

她忽然转过脸来，满脸惊恐地问：

“莱农，我身上会发生什么？”

- 58 -

费尔南多和农齐亚已经在厨房里等了我们很长时间了。他们早就准备好了，我从来没见过他们收拾得那么用心。那时候，莉拉的父母、我的父母，以及所有人的父母，在我看来都很老。我觉得他们和祖父祖母、外公外婆都没有太大差别。在我眼里，他们都背负着一种冷冰冰的生活，他们的生活和我、莉拉、斯特凡诺、安东尼奥还有帕斯卡莱的生活没有共同之处。我们这些人完全沉浸在自己的激情里，充满思想，热情洋溢。在我写下这些文字时，我才想到：费尔南多那时候应该不到四十五岁，农齐亚应该比他年轻一些。那天早上，他们一起在厨房等着，他穿着白衬衣、黑西装，长得像美国演员兰道夫·斯科特，农齐亚穿着一身天蓝色的衣服，头上戴着一顶天蓝色的帽子，一张蓝色的面纱，他们都看起来很体面。我的父母也一样，我清楚记得他们那时的年龄：我父亲三十九岁，我母亲三十五岁。在教堂里，我长时间地看着他们，感觉很苦恼，因为在那天，我在学校的优异成绩根本就不能安慰他们；相反，他们——尤其是我母亲——觉得我上学是白费时间，是没用的。莉拉穿着那件光洁耀眼的婚纱，在一道轻纱后面，她光彩照人，她挽着鞋匠的胳膊向圣家教堂走去，在那里和斯特凡诺会合。斯特凡诺那天也英气逼人，他站在摆满鲜花的祭台上——花匠提供的鲜花可真充分。我的母亲——尽管她的斜眼好像在看别的地方，其实是看着我——让我觉得压力很大，让我觉得自己戴着眼镜，不受人关注，而我的坏朋友却找到了一个有钱的丈夫，拥有家族企业还有一套属于自己的房子，房子里有大浴缸、电冰箱，还有电视和电话。

婚礼仪式非常漫长，主持的神父很啰嗦，没完没了。在教堂里，新郎的亲戚朋友都聚在一起，站在一边，新娘的亲戚朋友站在另一边。摄影师不停地在照相，闪光灯、反光板很耀眼，一个年轻的助理在旁边摄像，录下那些重要的环节。

安东尼奥一直坐在我旁边，他穿着在裁缝那里定做的衣服。他让妹妹艾达照顾母亲，艾达非常不耐烦，因为作为新郎的肉食店售货员，她本可以待在另一个位置，但她不得不待在梅丽娜身边看护着她，和几个弟弟妹妹待在一起。安东尼奥有一两次在我耳边低声说了些什么，但我没有回答他。他的任务就是待在我身边，但不要表现得那么亲密，免得别人说闲话。我的目光掠过拥挤的教堂，我看到人们都有些不耐烦了，都像我一样在四处张望。空气中弥漫着鲜花的香气，还有新衣服的味道。吉耀拉非常美，卡梅拉·佩卢索也非常漂亮。那些小伙子也不逊色。恩佐，尤其是帕斯卡莱，穿得很阔气，好像要显示在祭台上，他们要比斯特凡诺还要体面、更配得上莉拉。

泥瓦匠帕斯卡莱和卖水果蔬菜的恩佐站在教堂最后面，就像两个哨兵一样，在确保婚礼的顺利举办。里诺呢，作为新娘的哥哥，他打破了规矩，没有和新娘的亲戚待在一起，而是待在皮诺奇娅身边，和新郎的亲戚朋友在一起。他身上也穿着一套全新的衣服，脚上穿着“赛鲁罗”鞋子，亮锃锃的，很气派，头发也油光可鉴。很明显，所有接到邀请的人都来参加婚礼了，都穿得很体面。就我所知，花费不是小数目，这也是当时大家有目共睹的。首先是坐在我旁边的安东尼奥——他的衣服应该是借钱做的。我看到了西尔维奥·索拉拉，他体格强壮，穿着黑色的衣服，站在新郎旁边，手腕上金光闪闪。我看到了他的妻子曼努埃拉，她穿金戴银，一身粉色的衣服，站在新娘身边。大家用来装扮的钱，都是从索拉拉夫妇那里借的，堂·阿奇勒死了之后，整个城区的人要借钱，他们都要找这个男人——他的脸是青紫色的，蓝色眼睛，鬓角很秃；还有那个消瘦的女人，她鼻子很长，嘴唇很薄（说得更具体一点，是曼努埃拉在进行具体的操作，她有一个红皮的登记本，上面写着借钱的数目、到期的时间，那是大家都熟知、害怕的账本）。莉拉的婚礼，不仅仅对于花店老板、摄影师是一桩好事，对于这对夫妇来说，尤其是一件好事，除了放债之外，他们还供应了蛋糕和喜糖。

我发现，莉拉从来都不用正眼瞧他们。她也不看斯特凡诺，只是盯着神父。我想，从背后来看，他们不是很登对。莉拉个子很高，斯特凡诺没莉拉高；莉拉光芒四射，引人注目，但他好像一个黯淡的小人儿；莉拉非常专注，就好像要努力搞清楚那个仪式的深层含义，而斯特凡诺时不时转身看着他母亲，或者对西尔维奥·索拉拉微笑一下，轻轻挠一下脑袋。我忽然非常担心，斯特凡诺本质上是不是和他表现出来的不一样？但出于两个原因我没有细想：首先，新娘新郎两个人都非常坚决干脆地说了“我愿意”。他们都表现得很激动，他们交换了戒指，接吻。莉拉真的结婚了，我必须接受这个事实；还有一个原因就是，我不再关注新郎新娘，我忽然发现自己看到了所有人，唯独没看到阿方索，我用目光在新郎和新娘的亲戚队伍里搜寻他，最后我看到他在教堂最后面、在一根柱子后面。我给他做了个手势，他看到我，就向我走了过来，身后跟着盛装的玛丽莎·萨拉托雷，很快尼诺也出现了，他又瘦又高，手放在口袋里，头发乱蓬蓬的，身上穿着上学时穿的衣服。

- 59 -

一群人簇拥在新娘新郎身边，他们从教堂里出去，乐队吹奏着音乐，摄影师的闪光灯伴随着他们。莉拉和斯特凡诺停在了教堂前面的空地上，亲戚朋友围过来吻他们，拥抱他们。周围还有乱糟糟的汽车、焦急等待着的亲友，还有其他人——尽管没有血缘关系，但他们更重要，更受尊敬，他们穿戴更阔气，那些太太戴着样式奇特的帽子。那些重要客人很快坐上汽车，被拉到了贺拉斯街上的餐馆。

阿方索的穿戴可真周正啊！我从来都没见过他穿深色西装、白衬衣，打着领带的样子，这和平时他在学校的朴素着装，还有在肉食店里穿着白大褂的样子完全不同。他那时候十六岁了，我觉得他看起来比实际年龄要大，好像忽然间，他的身体发育得和他哥哥斯特凡诺完全不一样了。他更高更瘦，我觉得他长得像那时我在电视上看到的一个西班牙芭蕾舞演员：眼睛很大，嘴唇很厚实，还没有一丝胡子。很明显，玛丽莎一下击中了他的软肋，他们的关系更进了一步，在我不知道的情况下，他们应该已经见过面了。尽管阿方索非常关注我，但他还是被玛丽莎波浪一样的长发、被她的能言善语征服了吗？他那么害羞，她的善谈能填满他们对话的空白吗？他们俩在一起了吗？这一点我表示怀疑，如果在一起了，那阿方索会告诉我的。但很明显，他们的关系发展到了一定程度，以至于阿方索邀请她来参加哥哥的婚礼。而她呢，为了获得父母的准许，把尼诺也强行拉来了。

现在他们都在那里，在教堂门口的空地上。尼诺·萨拉托雷身上穿着皱巴巴的衣服，个子太高，太瘦，头发太长太乱，他手放在裤子口袋里，与周围的环境格格不入，一脸不知所措的样子，他也像其他人一样看着新娘新郎，但没表现出任何兴趣，那只是因为他不知道该看什么。他的出现出乎我的意料，让我非常慌乱。我们在教堂里相互打了个招呼，很小声。“嗨！”“嗨！”尼诺打完招呼后，就和他妹妹还有阿方索待在一起。安东尼奥紧紧拉着我的一条胳膊，但我很快摆脱了他。最后我和艾达、梅丽娜、帕斯卡莱、卡梅拉，还有恩佐待在一起。在乱糟糟的人群中，新娘新郎坐上了一辆白色的宽敞汽车，他们和摄影师还有他的助理一起离开去纪念公园照相。我忽然担心安东尼奥的母亲认出尼诺，她可能会从他脸上的轮廓看到多纳托的影子，但这种担心是多余的。莉拉的母亲农齐亚把疯疯癫癫的梅丽娜拉到自己身边，她和艾达，还有几个小孩子上了一辆汽车一起走了。

实际上，没人认出尼诺来，就连吉耀拉都没认出他来，卡梅拉、恩佐也没认出来。他们也没发现玛丽莎，尽管她还保留了一些孩童时期的特征，没有人注意到萨拉托雷兄妹。这时候，安东尼奥把我推到帕斯卡莱的老汽车上，我们和卡梅拉还有恩佐坐在一起。我一个劲儿地问："我父母在哪儿呢？希望有人能照顾他们。"恩佐回答说，他看到他们已经上了一辆车，总之我找不到别的借口留下，我们出发了。尼诺还是满脸茫然地站在教堂门口，阿方索和玛丽莎说话，我只来得及瞥他们一眼，车就开走了。

我变得很焦虑，安东尼奥对我的情绪变化很敏感，他在我耳边轻声问：

"你怎么了？"

"没事。"

"什么事让你不舒服了？"

"没事。"

卡梅拉笑着说："她看到莉娜结婚了，也想结婚了，不耐烦了。"

"难道你不想结婚吗？"恩佐问。

"我啊，如果可以，我明天结婚都行。"

"和谁啊？"

"我知道和谁！"

"闭嘴！"帕斯卡莱说，"没人会娶你。"

我们向海边驶去，帕斯卡莱车开得很猛，安东尼奥把他的车子改装了，他开起来像开跑车一样。汽车轰鸣着一路飞奔，全然不顾路上坑坑洼洼，非常颠簸。他很快就赶上了他前面的车子，又迅速超过它们，好像要撞上一样，在撞上之前马上刹车，迅速打方向盘超过那些车子。我们几个女孩子发出惊恐的叫喊，非常生气地让他小心点，他笑了起来，更加嚣张了。安东尼奥和恩佐连眼睛眨都不眨一下，他们会说几句恶毒的话，骂那些开得很慢的人，他们把车窗摇了下来，当帕斯卡莱超车时，他们会喊几句脏话。

在开向贺拉斯街的那段路上，我开始明显地感觉到，自己和其他人格格不入，这让我很不开心。我和那些孩子一起长大，我觉得他们的做法非常正常，他们充满暴力的语言也属于我的世界，但我的日常生活却走上了另外一条道路。已经有六年了，我所经历的生活是他们所不了解的，我在这条道路上一帆风顺，所向无敌。和他们在一起，我平时学的东西一点也用不上，我必须克制自己、降低我自己来适应他们。学校的那些事情，我不得不放在括号里，有时候拿出来震慑他们一下。在那辆车里，我想我到底在干什么？车里是我的朋友，当然还有我的男朋友，我们正要去参加莉拉的婚宴，但正是那场婚宴，使莉拉——唯一一个我感觉和我有共同语言的人，虽然我们的生活全然不同——不再属于我们。没有她，我和这些年轻人之间的联系，我和这辆奔驰的汽车之间的联系都消失了。我为什么没和阿方索在一起？我知道，我和他的情况一样，我们都会逃离这里。特别是，我为什么没有停下来，让尼诺留下来参加婚宴，问他那本刊登了我的文章的杂志什么时候出来，和他交谈，创造一个空间，让自己远离帕斯卡莱的开车方式，远离他的粗俗，远离卡梅拉和恩佐的粗鲁的言谈，以及安东尼奥的庸俗和暴戾。

- 60 -

我们是最先一批到达餐厅的年轻人，这让我的心情更加恶劣。西尔维奥和曼努埃拉·索拉拉已经和佛罗伦萨来的古董商夫妇坐在一起，斯特凡诺的母亲也到了。莉拉的父母和其他亲戚一起坐在一张长桌前，我的父母、梅丽娜、艾达和他们在一起。艾达一看见安东尼奥，就愤怒地对着他招手。乐队也在做准备，几个乐手在试乐器，歌手在试麦克风。我们有些尴尬地转悠，不知道应该坐在哪里，我们中间没人有勇气问服务员，安东尼奥紧紧挨着我，想逗我乐。

我母亲叫我，我假装没有听到。她又叫了我几声，我还是没有回答。这时候，她站起来一瘸一拐地走向我。她想让我坐在她旁边，我拒绝了。她恶狠狠地说：

“为什么梅丽娜的儿子一直围着你转？”

“妈，没人围着我转。”

“你以为我是傻子啊？”

“不是。”

“你过来坐在我身边。”

“不！”

“我告诉你，赶紧过来。我们供你读书，不是让你被一个工人给毁了，而且他妈妈还是疯子。”

她怒不可遏，我顺从了她的意愿。其他年轻人也慢慢到了，都是斯特凡诺的朋友。在那群人中，我看到了吉耀拉，她示意我过去，但我母亲扯着我。帕斯卡莱、卡梅拉、恩佐、安东尼奥最后和吉耀拉坐在一起了。艾达终于摆脱了她母亲，把她托付给了农齐亚。艾达过来在我耳边说：“过来吧。”我想站起来，但母亲非常愤怒地拉住了我的一条胳膊。艾达满脸遗憾，跑去坐到了她哥哥安东尼奥的身旁。安东尼奥时不时看着我，我给他做手势，眼睛看着天花板，意思是我走不开。

乐队开始演奏，那个歌手大约四十多岁，几乎秃顶了，但脸上的线条很精致，他哼了几句歌词试音。其他客人也到了，整个大厅挤满了人，大家都看起来很饿，但要等新娘新郎来。我试着站起身，我母亲恶狠狠地对我说：

“你要待在我身边。”

待在她身边，我看着她的愤怒，她蛮横的做法，我想她真是没有意识到自己前后矛盾。她本来不想让我上学，但我已经上学了，她就认为我是和我一起长大的那帮孩子中最出色的，她就认定，在当时的情况下我不能和他们坐在一起。她强迫我和她待在一起，我不知道在她的眼里，安东尼奥代表着什么样的危险？像充满暴风雨的大海，或者说漩涡和激流？但我和她在一起，就意味着停留在她的那个世界，变得和她一样。假如我最后变得和她一样，我不找一个像安东尼奥这样的男人，那我还能找谁呢？

这时候，新娘新郎进来了，大家都热烈地鼓起掌来，乐队马上开始演奏婚礼进行曲。我待在我母亲身边，和她贴得很近，那种格格不入的感觉越来越强烈。整个小区的人都来庆祝莉拉的婚礼，她看起来很幸福，很优雅地微笑着，显得非常文雅。她和丈夫手拉着手，简直太美了。我从小都紧盯着她——她走路的方式、她的身体，就是为了躲过我母亲对我的影响。我错了，莉拉还是留在了那里，她受制于那个世界的生活方式，并认为自己已经获得了最好的安置，那个年轻男人是她在这个世界里最好的选择。那场婚礼，对于里诺和她父亲的制鞋生意也是最好的道路。她的生活和我的求学之路，已经没有任何共同之处了。忽然间，我觉得非常孤单。

大家嚷嚷着，让两个新人先跳了一场舞，他们在闪光灯下在大厅里旋转，动作非常标准。我要采取行动从我母亲的世界里逃离出来，虽然即便莉拉也没能从那个世界中逃离出去，但我必须做到，不能再这样逆来顺受。我应该把莉拉从我的生活中抹去，就像奥利维耶罗老师来我们家里要求我做的那样，她是为了我好。我母亲拉着我的一条胳膊，我应该无视她，我要想到自己在意大利语、拉丁语和希腊语方面是最好的，我要记住，我的一篇文章会发表在一份杂志上，有一个非常英俊、优秀的高五男生也给那份杂志写稿。

尼诺·萨拉托雷这时候走进了餐厅，在看到阿方索和玛丽莎之前，我先看到了他。一看到他我就马上站了起来。我母亲拉住了我的裙子，但我一下子就甩开了她。安东尼奥一直在盯着我看，他的脸上放晴了，向我投来了邀请的目光。这时候，莉拉和斯特凡诺正走向放在餐厅中间的位子，那张桌子前坐着索拉拉夫妇，还有佛罗伦萨来的古董商夫妇。我离开他们，走向了门口，朝着阿方索、玛丽莎和尼诺的方向走去。

- 61 -

我们找到了坐的地方，我和阿方索、玛丽莎寒暄，希望尼诺能主动找我聊天。这时候，安东尼奥从我身后走了过来，他弯下腰，在我耳边说：

“我给你占了个位子。”

我低声说：

“你走吧，我母亲已经发现了。”

他很忐忑地看看周围，有些羞怯，又回到了自己的位子上。

餐厅里响起一阵不满的嘀咕声，那些心怀怨气的客人马上提出抗议，他们说各个桌子上的酒不一样，而且有的桌子已经上了第一道菜，有的桌子开胃菜还没上。已经有人开始大声嚷嚷，说新郎亲戚坐的桌子和服务要比新娘那边要好。我感觉到了那种紧张、激愤的气氛。我打起精神，把尼诺扯进了我们的对话中，让他给我讲讲他那篇关于那不勒斯贫穷落后问题的文章。我的目的是等他说完之后，我自然而然地提到下期杂志和我那篇短短的文章。他马上就说起了这个城市的状况，讲得非常有意思，有很多信息。他肯定的语气很吸引我，在伊斯基亚时，他还是一个内心不安的少年，但现在我觉得他变得过于成熟：作为一个十八岁的男孩，他没有像帕斯卡莱那样用一种非常悲痛的语气谈论这里普遍悲惨贫穷的生活。尼诺的语气很冷静，谈的一些具体的事实和数据，他是怎么做到的呢？

“你是从哪里学到这些的。”

“读到的。”

“读什么？

“谈论这些问题的报纸、杂志还有书籍。”

我从来都没有翻阅过任何一份报纸或者杂志，我只读小说。莉拉也一样，在她读书的那段时间，除了流动图书馆那些破旧的小说之外，她其他什么书都没有看。我已经太落后了，尼诺可以帮助我，弥补我所不知道的领域。

我的问题越来越多，他在回答。但在回答我的问题时，他不像莉拉那么犀利，他没有莉拉的那种本领，可以把任何事情都讲得很吸引人。在谈论问题时，他采用的语气是学者式的，充满了具体的实例。我的每个问题都会推动他滔滔不绝，他一直说个不停，没有任何修饰，也没有讽刺，只是很尖锐生硬。阿方索和玛丽莎很快就觉得被孤立了。玛丽莎说：“天啊，我哥真是乏味！”

她和阿方索聊了起来。我和尼诺也单独聊了起来，我们感觉不到发生在周围的事情：我们不知道放在盘子里的是什么，我们不知道自己在吃什么、喝什么。我在努力寻找想要问他的问题，很专注地倾听他滔滔不绝。我很快就感到，他谈论的事情都是围绕一条主线进行的，他的每句话都围绕着一个核心：要拒绝那些晦涩的句子，需要明确地指出问题，提出一个可行的解决方案，然后介入。

我一直在点头，说我同意他说的话。在他谈到文学时，我有一丝忐忑。他说："那些都是放烟雾弹的人。"他皱着眉头，重复了两三次，说文学家——那些放烟雾弹的人是他的敌人，"他们写小说，我很乐意读，但如果要真正改变现实，那是另外一回事儿。"实际上，按照我的理解，他用"文学"这个词来反对那些腐蚀人们头脑的人，他说文学都是无用的闲谈。对于我提出的微弱反对，他这样回答："有太多糟糕的骑士小说了，莱农！他们塑造了一个堂·吉诃德，我们很尊敬堂·吉诃德，但在那不勒斯，我们不需要他，我们不需要和风车作战，那只是白费力气，我们需要了解风车的运作方式，并且能让风车发挥作用的人。"

很快，我希望自己每天能和这种水平的男生进行讨论：在他身上，我犯了多少错误啊！我那么渴望他，爱他，但却一直回避他，这是多么愚蠢的做法啊！那是他父亲的错，但也是我的错。我那么全身心地排斥我母亲，却让他父亲丑陋的影子投射在儿子身上？我后悔了，我庆幸自己能及时醒悟过来，也后悔自己沉浸在那个小说的世界里。这时候，餐厅里充满了嘈杂的音乐和人声，我不得不抬高嗓门和他说话，他也大声地对我说话。有几次，我向莉拉坐的那桌看去：她在笑，在吃东西，聊天，她根本都不知道我坐在哪里、在和谁说话。

有很少几次，我向安东尼奥坐的那桌望去，我很担心他会叫我过去，但我看到他看我的目光有些气愤，我感觉很好。我想：没办法，只能这样，我已经决定明天和他分手。我不能继续和他在一起，我们的差别太大了。

当然，他很欣赏我，他对我全身心地投入，就像小狗一样忠诚。尼诺对我说话的样子，让我觉得他很迷人，没有任何从属的感觉。他向我展示了他的未来，以及他的思想根基。我听他说话，感觉我的头脑被点亮了，就像曾经的莉拉对我的启发一样，他对我说的话能帮助我成长。他会把我从我母亲的世界里拉出来，他自己也在全力摆脱他父亲的影响。

我感觉到有人在碰我的肩膀，又是安东尼奥。他阴着脸说："我们跳舞吧。"

我小声说："我母亲不答应。"

他语气有些焦虑，大声反驳说：

"大家都在跳舞，有什么问题吗？"

我对尼诺露出了一个尴尬的微笑，他很清楚地知道，安东尼奥是我的男朋友。他很严肃地看了我一眼，开始和阿方索聊天。我去跳舞了。

"你不要强迫我。"

"我没有强迫你！"

餐厅里人声鼎沸，充满着欢乐的气氛，所有人都在跳舞，年轻人、小孩子和中老年人，但我能感觉到这欢庆的表层下真实的东西。新娘的亲戚都满脸不快，他们都在吵吵嚷嚷，尤其是女人们。为了买礼物，筹备身上的衣服，她们花了很多钱。她们借钱充门面，现在却被像叫花子一样对待：劣质葡萄酒，上菜慢得让人无法容忍。为什么莉拉没有介入呢？为什么她没有在斯特凡诺面前抗议呢？我了解她们——出于对莉拉的爱，她们会克制自己的愤怒。但婚宴结束之后，莉拉会去换衣服，当她穿着旅行的衣裳回来、分发喜糖包，当她穿得漂漂亮亮和她的丈夫离开之后，就会爆发出一场前所未有的争吵，会催生持续好几个月、甚至好几年的仇恨，那些报复和辱骂会把她们的丈夫和儿子也卷进来，他们会向母亲、姐妹还有祖母展示自己是真正的男人。我了解这里的所有人、所有的男男女女，我看到那些小伙子用仇恨的目光看着那个歌手和乐队的乐手，因为他们用一种暧昧的目光看了自己的女朋友。我看到恩佐和卡梅拉跳舞时的说话方式，看到帕斯卡莱和艾达坐在桌子前：很明显，在这场婚礼结束之后，他们会在一起，很快就会订婚，极有可能经过一年半载，他们也会结婚。我看到里诺和皮诺奇娅：他们可能会更快一些，假如“赛鲁罗”制鞋坊能真正启动起来，最多过一年，会举行另一场婚礼，和莉拉的婚礼一样排场。他们一起跳舞，四目对视，紧紧地拥抱着。爱情和利益，肉食店和制鞋厂，老楼房和新楼房。我就像他们一样吗？我还像他们一样吗？

“那人是谁？”安东尼奥问我。

“还能是谁？你没认出他来吗？”

“没有。”

“他是萨拉托雷的大儿子尼诺，还有玛丽莎，你记得吗？”

他一点儿也不在乎玛丽莎是谁，他只在乎尼诺。他很暴躁地说：

“你先带着我去见萨拉托雷，让他不要再来这里，然后你又和他儿子一聊好几个小时？我做了新衣服，就是为了看到你和他一起聊得那么开心吗？他连头发都没剪，连领带都没有打！”

他把我撇在了大厅中央，快步走向了天台的玻璃门。我犹豫了几秒钟，不知道是该去追安东尼奥，还是回到尼诺身边。我母亲一直注视着我，尽管她的斜眼好像在看别的地方；我父亲也注视着我，目光有些凶狠。我想：假如我回到尼诺身边，假如我没在天台上和安东尼奥会合，那就是他甩了我，最好是这样。我经过大厅时乐队还在演奏，人们还在继续跳着双人舞，我回到了自己的位子上。

尼诺好像根本就没有注意到发生了什么。他那时正在谈论加利亚尼老师，还是那种滔滔不绝的方式，他正在和阿方索争论，捍卫加利亚尼老师，因为我知道，阿方索很讨厌加利亚尼。尼诺说，他也经常和这位女老师发生冲突——她太严厉了，但作为老师，她非常棒，她一直激励着自己，教会了他学习的能力。我也想插话，我非常迫切地想让尼诺再次接纳我，我不希望他和我同桌讨论起来，就像刚才和我讨论时一样。我想和尼诺说话，为了避免自己跑去和安东尼奥讲和，满脸泪水地对他说："是的，你说得有道理，我不知道自己是谁，想要什么，我利用你，然后甩开你，这不是我的错，我不知道自己想干什么，原谅我吧！"我需要尼诺，需要他把我拉入他了解的事情之中、进入他的世界，认为我是他的同类，因此我几乎是抢下了他的话头。他正在努力地捡起我们之前的话题，我列出了那学期初老师借给我的书，还有给我的建议。他点了点头，有些不悦，他提到老师在前不久也借给了他一本书，是我提到的书单里的一本，他就开始谈起了那本书。但我需要更多的认可，让我能脱离安东尼奥。我忽然问他：

"那本杂志什么时候出来？"

他用一种游移的目光看着我，带着一丝不安说：

"已经出来了，大概两星期之前。"

我欢呼了一下，问他：

“我在哪儿可以找到？”

“在桂达书店里有卖，我可以帮你搞到。”

“谢谢。”

他犹豫了一下，然后说：

“你的那篇文章他们没加进去，因为没地方了。”

阿方索脸上马上露出了微笑，他舒了一口气说：

“这样最好。”

- 62 -

我们当时十六岁。我坐在尼诺、阿方索和玛丽莎的对面，努力地微笑着。我用一种佯装的随意说：“好吧，还会有其他机会。”莉拉在餐厅的另一头——她是新娘，整个宴会的女王，斯特凡诺在她耳边说话，她在微笑。

这场漫长、让人疲惫的婚宴快要接近尾声了。乐队在演奏，歌手在唱歌。安东尼奥背对着我，压抑着内心的痛苦看着大海，他的痛苦因我而起。恩佐可能正在对卡梅拉说爱她。里诺一定已经对皮诺奇娅表白过了，他们正四目相对，说着情话。帕斯卡莱有些担忧地在我们周围转悠，但在婚礼结束之前，艾达极有可能会逼他说出她想听到的话。大家已经开始祝酒，中间夹杂着淫秽的暗示，那个佛罗伦萨来的商人非常精于此道。地板已经被饭菜的汤汁弄脏——那是从一个小孩手中的盘子里洒出来的，从斯特凡诺的爷爷杯子里洒出来的红酒，也在地上流淌。

我咽下了眼泪。我想：也许，他们会在下一期杂志上发表我写的文章，也许尼诺没有坚持让他们把文章插进去，也许我应该亲自去编辑部。但我什么都没有说，我继续保持笑容，甚至打趣说：

“我已经和神父吵了一次，再吵一次就没意义了。”

“的确如此。”阿方索说。

但没有什么东西能缓解我的失望，我努力挣扎，想摆脱自己的低落和痛苦，但是我做不到。我认为，如果我能发表那篇文章，我的名字变成铅字，那代表着我最终能改变自己的命运，我的刻苦一定能提升我自己，那代表着奥利维耶罗老师说得对，她要把我推向前方，让我放弃莉拉。“你知道什么是庶民吗？”“知道，老师。”在那一刻，我更清楚什么是庶民，要比几年前奥利维耶罗老师问我时更加清楚。我们就是庶民，庶民就是争抢食物和酒，就是为了上菜的先后次序、服务好坏而争吵，就是那面肮脏的地板——服务员正在上面走来走去，就是那些越来越粗俗的祝酒词。庶民就是我的母亲，她喝了酒，现在整个背都靠着我父亲的肩膀上。我父亲一本正经，我母亲张着大嘴在笑，因为佛罗伦萨的古董商人讲了一个淫秽的段子。所有人都在笑，包括莉拉，她看起来像要把自己的角色扮演到底。

眼前上演的节目可能让尼诺觉得很恶心，他起身说他要走了。他和玛丽莎定好了一起回家的时间，阿方索答应把她按时送到说好的地方。玛丽莎很高兴拥有一个尽职的骑士。我有些忐忑地问尼诺：

“你不和新娘打个招呼吗？”

他做了一个手势，嘟囔了一句关于自己着装的话，然后就向门口走去，他没有和我、阿方索握手，也没有说任何告别的话。他走路的方式还是像平时一样，身子有些晃荡。他能自由出入这个城区，并且不受环境的影响，他可以做到，有能力做到，也许在很多年前他已经学会了，就是差点要了他命的那次迁徙——那个暴风雨般的时刻。

我怀疑自己做不到，去上学也没有用。我可以在考试中得满分，但那只是在学校。那些编杂志的人能从我的简述、从我和莉拉写的简述中，嗅到我的怯懦，因此他们没把那篇文章印出来。尼诺却能做到：他的面孔和手势，还有他走路的方式已经展示出来了，他会越来越强。他消失的时候，我觉得，唯一能把我从这个餐厅拉出去的人消失了。

我感觉餐厅门被一阵风刮得闭上了。实际上没有风，也没有门扇撞击的声音。那时候发生了一件注定会发生的事情——在众人吃蛋糕发喜糖的时刻，索拉拉兄弟出现了，他们都很英俊，衣冠楚楚。他们走在餐厅里，和很多人打招呼，就像他们是这里的主人。吉耀拉一下子扑到了米凯莱的怀里，把他拉到自己身边坐下。莉拉的脸颊和眼睛周围忽然红了，她用力拉了一把丈夫的手臂，在他耳边说了些什么。西尔维奥很无力地给两个儿子打了个招呼，曼努埃拉满脸自豪地看着他们。歌手唱起了歌曲《娜札蕾拉》，模仿奥雷利奥·菲耶罗的腔调，效果还可以。里诺露出一个很友好的微笑，让马尔切洛坐在了他旁边，马尔切洛坐下来，松了松领带，跷起了二郎腿。

出人预料的事情就在此时发生了。我看到莉拉脸色大变，她变得非常苍白，和她小时候一样，脸色要比她身上的婚纱还白，眼睛忽然之间眯成了一条缝，她眼前放着一瓶红酒，我担心她目光里传递的力量能让那个瓶子碎成一千块，她看的是远处，看的是马尔切洛·索拉拉的鞋子。

那是一双“赛鲁罗”牌男鞋，但不是配着金色带扣、批量销售的款式。马尔切洛脚上穿的鞋子，是她丈夫斯特凡诺之前买的那双——那是她和里诺一起做的，他们改了又改，用了好几个月时间，把手都磨坏了，才做出来的鞋子。